LES TSARINES

VLADIMIR FEDOROVSKI

Les Tsarines

Les femmes qui ont fait la Russie

ÉDITIONS DU ROCHER

Les Tsiganes

Remerciements

Ce livre n'aurait jamais existé sans une amitié reflétant des affinités particulières entre la France et la Russie.

Je voudrais exprimer ma profonde gratitude à Isabelle de Tredern qui, avec sa passion viscérale pour la Russie, m'a comme à l'accoutumée accompagné dans ce travail.

Mes remerciements vont aussi à mon éditeur Jean-Paul Bertrand et ses collaborateurs, notamment Caroline Sers, qui m'ont accordé leur confiance et leur bienveillance.

Je n'oublie pas dans mes pensées les écrivains de mon pays qui m'ont poussé dans l'aventure de l'écriture, Valentin Kataïev et Boulat Okoudjava.

Je tiens tout particulièrement à remercier les collaborateurs des Archives d'État de la Fédération de Russie qui m'ont permis d'utiliser leurs Fonds.

Merci, enfin, à Marie-Claude et Georges Vladut, Olga Solheid et Anne Leppert, aux collaborateurs du journal *Les Nouvelles de Moscou*, notamment à son directeur Viktor Lochak et à son épouse Marina, ainsi qu'à Olga Matinenko.

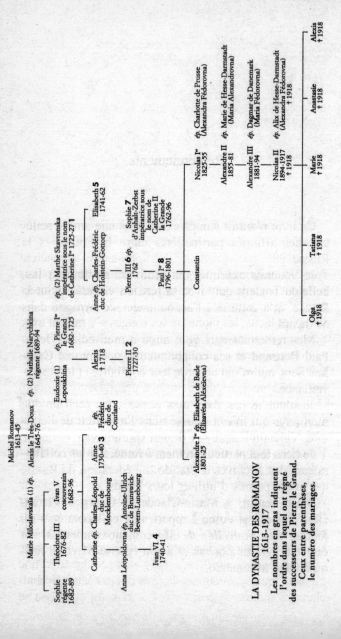

Michel Romanov
1613-45

Alexis le Très-Doux
1645-76

ép. (2) Nathalie Narychkina
régente 1689-94

Marie Miloslavskaïa (1) ép.

Sophie
régente
1682-89

Théodore III
1676-82

Ivan V
cosouverain
1682-96

ép. Pierre Iᵉʳ le Grand
1682-1725

ép. (2) Marthe Skavronska
impératrice sous le nom
de Catherine Iʳᵉ 1725-271

Eudoxie (1)
Lopoukhina

Alexis
† 1718

Anne ép. Charles-Frédéric
duc de Holstein-Gottorp

Élisabeth **5**
1741-62

Catherine ép. Charles-Léopold
duc de
Mecklembourg

Anne
1730-40 **3**

ép.
Frédéric
duc de
Courlande

Pierre II
1727-30

Pierre III **6** ép.
1762

Sophie **7**
d'Anhalt-Zerbst
impératrice sous
le nom de
Catherine II
la Grande
1762-96

Anna Léopoldovna ép. Antoine-Ulrich
duc de Brunswick-
Bevern-Lunebourg

Ivan VI **4**
1740-41

Paul Iᵉʳ **8**
1796-1801

ép. Elisabeth de Bade
(Elizavéta Alexéïevna)

Alexandre Iᵉʳ
1801-25

Constantin

Nicolas Iᵉʳ
1825-55

ép. Charlotte de Prusse
(Alexandra Fédorovna)

Alexandre II
1855-81

ép. Marie de Hesse-Darmstadt
(Maria Alexandrovna)

Alexandre III
1881-94

ép. Dagmar de Danemark
(Maria Fédorovna)

Nicolas II
1894-1917
† 1918

ép. Alix de Hesse-Darmstadt
(Alexandra Fédorovna)
† 1918

Olga
† 1918

Tatiana
† 1918

Marie
† 1918

Anastasie
† 1918

Alexis
† 1918

LA DYNASTIE DES ROMANOV
1613-1917

Les nombres en gras indiquent
l'ordre dans lequel ont régné
des successeurs de Pierre le Grand.
Ceux entre parenthèses,
le numéro des mariages.

Prélude

Les Tsarines... Ce titre me rappelle une époque révolue.

En 1985, mes fonctions de diplomate m'amenèrent souvent au Kremlin. Les édifices anciens de ces palais reflètent parfaitement le caractère russe. Cette architecture s'élève sans le moindre souci de symétrie ; les verts, les bleus, les jaunes et les rouges s'y mêlent avec bonheur, mettant en valeur angles et facettes.

Lorsque j'entrai au palais pour assister à une réception, une foule d'invités avait déjà rempli le grand escalier. Les accents assourdissants d'un orchestre militaire couvraient les conversations par des mouvements sonores aux rythmes solennels. Encore tout frais de l'air glacé hivernal, je me glissais sur le tapis rouge de l'escalier quand quelqu'un chuchota à mon oreille : « Voici notre nouvelle tsarine... »

À cet instant, Mikhaïl Gorbatchev et son épouse apparurent dans la salle. Je fus tout de suite frappé par les gestes d'attention réciproque de ce couple. Gorbatchev avait sans cesse besoin de toucher sa femme. Ce contact semblait le rassurer face à l'hostilité du monde.

Il expliquera d'ailleurs plus tard ce geste d'une manière imagée, évoquant un rêve fait par Mme Gorbatchev à l'époque de leur mariage. Mikhaïl et Raïssa se trouvaient au fond d'un puits qu'ils tentaient d'escalader, se soutenant l'un l'autre. Leurs mains étaient en sang, la douleur était insupportable. Raïssa lâchait prise quand Mikhaïl la rattrapa *in extremis*. Enfin, ils parvinrent à sortir de ce « trou noir ». Une route rectiligne claire et pure dans un écrin forestier s'ouvrit ; l'horizon semblait se dissoudre dans un énorme soleil. Tandis qu'ils fuyaient main dans la main, des ombres noires fondirent sur eux…

À travers le destin de Raïssa Gorbatchev, nous allons tenter de déchiffrer l'énigme de la perestroïka, cette première révolution non violente du XXe siècle qui amena la fin de la guerre froide et du communisme.

Mieux que quiconque, Mme Gorbatchev mit en lumière le rôle du sexe dans les rapports ambigus de la gestion des affaires d'État.

En Russie, l'influence féminine sur la politique a pris racine dans une étonnante tradition historique pour devenir un véritable phénomène de civilisation. Les Russes ont donc pris l'habitude d'appeler ces femmes d'influence les « tsarines », même si celles-ci n'ont aucun lien avec la famille impériale.

Cette influence fut portée au pinacle au XVIIIe siècle, quand cinq impératrices régnèrent sur le pays, ce qui représente un fait unique dans l'histoire mondiale. Le XIXe siècle apporta un nouveau profil à ces femmes d'exception : le triomphe des égéries de l'ombre, poussant les hommes sur le devant de la scène, tout en continuant à jouer leur rôle d'inspiratrices secrètes. Le XXe siècle apportera des reflets inattendus à notre récit car les leaders politiques russes, notamment Gorbatchev et Eltsine, auront chacun « leur tsarine ». Mais pourquoi cette influence fut-elle si déterminante en Russie ? La personnalité des tsars et des tsarines, leur caractère, jouèrent un rôle capital et parfois fatal, parce qu'ils étaient des autocrates, des monarques absolus. Leurs ambitions personnelles, leurs faiblesses psychologiques, seront au centre de ce récit et nous aideront à comprendre les aléas de l'histoire de ce pays. Passion, trahison, conflits sans merci, fuite en avant, tous les ingrédients des grands drames sont présents dans ce tableau. De nouvelles archives secrètes et des témoignages inédits concernant surtout ces dernières années donneront des facettes inattendues à ce récit.

La première tsarine

En ces années quatre-vingt-dix du XVe siècle, Basile III, le père d'Ivan le Terrible, était encore adolescent lorsque sa mère Sophie Paléologue décida de le marier.

Les cloches des cathédrales du Kremlin sonnèrent à toute volée, les boyards arrivèrent de partout. Ils marchaient en rangs serrés, conformément à une hiérarchie et une étiquette très strictes. Les plus puissants précédaient les moins fortunés. La démarche de chaque rang dépendait du degré de son influence. Du premier au dernier rang, l'allure se transformait, de majestueuse elle devenait trottinante.

Selon la tradition des princes de Moscovie, la grande-duchesse Sophie choisit parmi les boyards les messagers qu'elle allait envoyer auprès des grands seigneurs afin de trouver une épouse digne de son fils.

Tout le pays fut en effervescence. Certaines jeunes filles ou leurs parents n'hésitèrent pas à recourir à la sorcellerie et autres poisons mortels pour évincer leurs rivales. L'enjeu, il est vrai, était de taille.

Plusieurs centaines de jeunes filles escortées de leurs parents arrivèrent bientôt à Moscou. Les équipages rivalisaient de magnificence. Les étoffes les plus riches, les bijoux les plus rares paraient toutes les prétendantes. Le peuple se pressait sur la place du Kremlin pour tenter d'apercevoir celle qui deviendrait sa souveraine. Chacun commentait l'allure du cortège, la tenue des chevaux. Sous le ciel bleu du printemps, les hommes rêvaient d'autres contrées, de nouvelles silhouettes. Les jeunes filles s'imaginaient à la place des princesses, les femmes se remémoraient leurs fiançailles et regardaient leur époux en souriant. Les *babouchka* priaient le Seigneur pour que la paix règne dans le royaume.

Aux portes de la ville les enfants perchés dans les arbres annonçaient l'arrivée des équipages et criaient : « Voilà encore trois troïkas et à dix verstes il y en a au moins six ! » Les badauds ovationnaient les cavaliers portant la bannière de chaque fief, les touchaient, les bénissaient et les questionnaient sur leur province. Il était parfois difficile de se comprendre tant étaient divers les langages et les accents. En tête du long cortège, deux cavaliers coiffés de chapeaux pointus bordés de fourrure ouvraient la route. L'un portait une pelisse de renard argenté ouverte sur un cafetan rouge comme ses cheveux et sa barbe bien taillée. Il venait de la Volga et montait un cheval bai dont l'étoile était si bien dessinée qu'on eût cru qu'un diamant ornait le milieu de son front. L'autre homme était vêtu d'un long manteau noir fourré de zibeline. Son sabre attaché à sa ceinture par un cordon rouge et or battait le flanc gauche de sa monture au rythme de son pas. Les carrosses ressemblaient à de gros coffres de cuir clouté, verts, orange ou écarlates. Par leurs petites ouvertures protégeant du froid du printemps naissant, on distinguait à peine les visages des passagers, au grand dam des Moscovites.

Les prétendantes et leur famille furent reçues par les boyards dans la cour du palais, et conduites à leurs appartements. Éblouis, les invités promenaient leur regard sur les murs voûtés et enluminés, les riches tapis et cachemires d'Orient. Sur une table, on avait pris soin de disposer des jonquilles et des plateaux d'or contenant toutes sortes de *zakouski* et de friandises. Un samovar fumant et des petites timbales d'alcool de blé attendaient quelque convive. Il n'y avait pas seulement cette boisson ordinaire lointaine ancêtre de la vodka, mais aussi des eaux-de-vie colorées par les baies sauvages du Nord, par le poivre, le citron ou le miel comme la célèbre Medavoukha, boisson préférée des princes de Moscovie ressemblant à de l'hydromel.

Le lendemain eut lieu la présentation. Avec leurs dentelles de perles et de pierreries, les robes des jeunes filles étincelaient. Certains brocarts d'or représentaient des chevaux, des oiseaux ou encore des arbres fantastiques caractéristiques des régions du Nord. Les filles de l'Oural portaient des blouses de satin ornées de dentelles d'or à motif floral. Leurs *sarafan*, ces robes chasubles traditionnelles, étaient fermées par une ribambelle de boutons en pierres précieuses. Les boutons jouaient un grand rôle dans l'ornement du costume et coûtaient parfois plus cher que tout le vêtement. Les pierres précieuses avaient une signification symbolique. L'émeraude était considérée comme la pierre de la sagesse, le saphir « révélait la trahison et chassait la peur », le rubis était « médecin du cœur et du cerveau ». Pour ne pas être tué, le guerrier ornait son arme d'un diamant. La parure d'une femme noble comportait également un *kokochnik*, diadème orné d'émaux et de perles. Des pendants en torsade, ornés de pierres précieuses et de perles, en descendaient des tempes jusqu'aux épaules. Les boucles d'oreilles à deux ou trois pendeloques étaient une de leurs parures favorites.

Le père ou le frère de chaque princesse fit l'éloge de la prétendante, certains osant même évoquer les richesses familiales. Durant le festin qui suivit cette

longue séance de présentation, Basile, coureur et bon
vivant, put à loisir observer les jeunes filles.

Le lendemain, se déroula le « rite des bains » du
térème. Le *térème* était un lieu réservé aux femmes
comme le gynécée gréco-romain ou le harem musul-
man. Là, se baignait Salomonie, une jeune fille d'origine russo-tatare appartenant à une famille de boyards
de Souzdal. Ébloui, Basile demanda à être marié sur-
le-champ.

Sophie Paléologue voulait pour son fils une princesse
d'une beauté exceptionnelle, capable de le retenir au
Kremlin. Son vœu s'était réalisé. Salomonie n'avait
qu'un défaut, elle aimait l'équitation, interdite aux
femmes des *térèmes*.

Le mariage fut cependant malheureux. La jeune
femme devint rapidement la cible des attaques des
boyards qui lui reprochèrent de ne pas respecter les
traditions. Elle souffrait surtout de ne pas avoir
d'enfant, malgré tout l'amour que lui manifestait son
époux.

Le puissant prince Glinski, de Lituanie, proposa alors
de céder à la Moscovie Smolensk, ville d'importance
stratégique située au centre de la Russie, à condition
que Basile épouse en deuxièmes noces sa nièce Hélène.

Basile III alla prendre conseil chez le métropolite.
Celui-ci fut catégorique, le prince devait accepter la
proposition. La politique l'emporta sur la religion et les
liens sacrés du mariage. En apprenant cette nouvelle,
Salomonie prédit à son mari des malheurs sans fin.
Troublé, le prince alla consulter trois vieux moines du
monastère de la Trinité-Saint-Serge. Le verdict des trois
sages fut sans appel : si Basile répudiait Salomonie et
se remariait, l'enfant qui naîtrait de cette union ferait
trembler le monde par sa férocité. Basile passa outre et
envoya Salomonie finir ses jours au couvent de Souz-

dal, d'où elle disparut bientôt. Des moines et des voyageurs racontèrent qu'ils avaient vu l'ancienne princesse mendier sur les routes inondées de l'automne.

Basile III épousa donc la sentimentale, frivole et intrigante Hélène Glinski, qui allait bientôt donner naissance à un garçon. La mort prématurée de Basile donna libre cours aux histoires les plus folles. On soupçonnait les Glinski d'avoir donné un coup de pouce au destin. D'ailleurs l'attitude de la veuve encourageait toutes les plus sombres accusations. On reprocha également à la mère d'Hélène les pires débauches avec les trois jeunes serviteurs qui dormaient dans sa chambre. Selon d'autres rumeurs, elle aurait été vue les nuits de pleine lune arrachant le cœur des cadavres de ses ennemis pour les faire macérer dans une eau souillée dont elle aspergeait les murs de ceux dont elle désirait la mort. La plus grave accusation porta sur la mort de ses nombreux amants qu'elle faisait précipiter dans la Moscova du haut d'une tour du Kremlin.

Comme pour donner raison à la prophétie des trois moines, les excès du petit Ivan se manifestèrent dès son plus jeune âge. Il faut dire qu'il était à bonne école… À cinq ans déjà, il prenait un malin plaisir à jeter des animaux du haut des tours, il aimait aussi les torturer, arracher les ailes des mouches, asperger les fourmilières d'huile destinée aux petites lampes illuminant les icônes, et y mettre le feu. S'il perdait à un jeu, il lui arrivait d'exécuter les gagnants. Mais son divertissement favori consistait à lâcher un ours enragé dans la foule pour contempler avec un plaisir pervers la couleur du sang et humer l'odeur de la chair humaine.

La disparition d'une femme allait une fois encore changer le destin de la Russie. Hélène Glinski mourut empoisonnée, laissant son fils Ivan seul sous la tutelle des deux grandes familles de boyards, les Chouïski et les Belski. Les deux clans n'hésitaient pas à se livrer sous les yeux de l'enfant à des règlements de comptes sanguinaires pour s'emparer du pouvoir. Ainsi la peur, fléau qui hante les tyrans, s'empara-t-elle de l'âme du jeune prince pour ne jamais la quitter. Dès lors, son cerveau d'enfant ne nourrit plus qu'une idée fixe : se débarrasser de l'omniprésence des boyards.

Ivan écrivit plus tard : « … Je me rappelle comment les boyards, et en particulier le premier boyard, se sont conduits envers moi et mon jeune frère Youri, comme ils nous ont tenus dans la pire pauvreté, comment ils nous ont empêchés de manger à notre faim. »

La sensualité précoce d'Ivan, âgé de douze ans, provoqua plusieurs incidents dont les servantes du *térème* furent les victimes. Le premier boyard reçut un rapport détaillé sur le comportement du jeune prince. « La servante, disait le rapporteur, se plaint d'avoir eu ses jupes et son bustier déchirés, il lui manque une manche ; sa ceinture est inutilisable. En outre son cou, sa poitrine, ses genoux et ses cuisses sont couverts de bleus. Vierge, elle devait épouser un capitaine, mais après ce viol, elle risque de rester vieille fille et sera obligée d'entrer dans un couvent… »

Adolescent, Ivan aimait chevaucher en compagnie de ses fidèles à travers cette Russie ravagée depuis trois siècles par les invasions tatares. Il lui arrivait parfois de faire halte dans un de ces monastères retranchés sous les neiges et de se lancer dans des discussions théologiques avec les moines. Il pouvait tout aussi bien plonger dans les débauches les plus effrénées. Puis, brutalement, l'adolescent sauvage et violent se transforma. Il étudia, lut l'*Histoire romaine*, les chroniques russes, les Pères de l'Église, médita les Saintes Écritures, la Bible, les Évangiles, les livres de liturgie aux couvertures de vermeil incrustées de pierres dures, d'onyx, de sardoines, d'agates, de béryls, d'aigues-marines, de lapis-lazuli, de malachites et surtout d'émeraudes. Malgré son tempérament excessif, il possédait une sensibilité étonnante. Dès l'âge de quatorze ans, Ivan fit preuve d'un talent littéraire unanimement reconnu. La beauté de son langage, le caractère inattendu de ses allégories firent de lui un des plus grands écrivains de son époque, et sans doute le plus éminent styliste de tous les monarques russes.

En 1547, quatre ans après avoir livré aux chiens le premier boyard, Ivan se fit sacrer tsar (du latin *caesar*). Par ce sacre, Ivan le Terrible fera de son épouse la première tsarine de Russie. L'épithète populaire *grozny*, qu'on a traduite en français de façon ambiguë par « le terrible », exprime plutôt l'admiration et indique la puissance du souverain. Ainsi aurait-il été plus opportun de dire « le redoutable » ou encore « l'orageux ».

Ivan déclara aux boyards accablés qu'il voulait marquer une nouvelle ère du pouvoir suprême et ne tiendrait plus compte des titres ou des privilèges en vigueur.

Les diplomates russes n'ignoraient pas que l'adoption d'un nouveau titre était régie par des règles très strictes, aussi attendirent-ils, afin d'éviter des complications, pour informer les États étrangers du couronnement d'Ivan IV. À l'occasion de son sacre, le futur tsar confirma ses dons littéraires en écrivant la légende selon laquelle le collier, le sceptre, le globe et la chapka qu'il allait recevoir étaient les attributs que l'empereur Constantin Monomaque avait légués à son petit-fils le prince Vladimir, lequel les aurait conservés jusqu'à la venue d'un héritier digne du prince byzantin. Conformément à l'étiquette, les tsars ne porteront la chapka de Monomaque qu'une seule fois dans leur vie, le jour de leur couronnement. Pour les autres occasions solennelles, chacun aura sa propre couronne d'apparat. La célèbre chapka bordée de zibeline était un ouvrage oriental composé de huit plaquettes d'or ciselé représentant des lotus.

Devenu tsar, Ivan voulut se marier. La chronique rapporte qu'il s'adressa au métropolite en ces termes : « Ma première pensée fut de me chercher une fiancée en d'autres royaumes, toutefois, ayant réfléchi mûrement, je renonce à cette idée. Privé de parents dès ma petite enfance et élevé en orphelin, je puis ne pas m'accorder de tempérament avec une étrangère : dans ce cas, la vie conjugale m'apportera-t-elle le bonheur ? Je souhaite trouver une fiancée en Russie… »

Le tsar décidait donc de rompre avec la tradition familiale, son grand-père ayant épousé la Grecque Sophie Paléologue, et son père la Lituanienne Hélène Glinski. Cette décision, comme l'expliqua le célèbre opposant de l'époque, le prince Kourbski, dans son *Histoire*, ne pouvait que réjouir les partisans d'un retour au passé lointain : « Dans l'excellente lignée des princes russes, le diable sema de mauvaises mœurs, en particulier à travers leurs épouses expertes en sorcellerie, surtout celles qui venaient de l'étranger. » Kourbski faisait évidemment allusion à la grand-mère et à la mère d'Ivan.

Le rituel du choix de la première tsarine se déroula selon la tradition ancestrale, et fut organisé par la grand-mère d'Ivan, Anna Glinski. Plus de cinq cents candidates arrivèrent de toutes les régions de la Russie. Une nouvelle église fut construite. Ne pouvant contenir tout cet essaim de jeunes filles, le *térème* fut agrandi et de nouveaux bains munis de larges fenêtres en verre de Venise furent aménagés. Dans les bains du Kremlin, les candidates se présentaient complètement nues. Ivan regarda ce spectacle au côté de sa grand-mère. Parmi ces jeunes beautés se trouvait Anastasia Romanova.

(Michel, un de ses parents, fondera plus tard la dynastie des Romanov.)

Les yeux grands et verts, légèrement bridés, le visage mat à l'ovale parfait, un corps de Diane, Anastasia subjugua Ivan. Le mariage eut lieu dans des fastes sans précédent.

Le caractère tendre des relations du premier tsar et de la première tsarine basées sur le respect mutuel ne correspondait pas aux normes du temps, mais rappelait plutôt une époque antérieure. En effet, au début du Moyen Âge, la femme russe était l'égale de l'homme, et nombreuses étaient celles qui administraient leurs domaines ou participaient aux guerres au côté de leurs époux. D'ailleurs, le folklore russe témoigne de l'existence de ces puissantes femmes, redoutables guerrières. L'invasion du pays par les Mongols au XIIIe siècle mais aussi l'influence de la religion byzantine firent peu à peu perdre à la femme son autonomie et ses droits. Considérée au XVe siècle comme un être impur, donc inférieure à l'homme, elle fut enfermée dans le *térème*. C'est là qu'elle subissait la force de son mari, et même de ses amis, car il était courant que les époux « prêtent ou louent » les charmes de leur femme. L'Église autorisait le mari à fouetter son épouse : « modérément et pour son bien », et s'il la tuait, son meurtre était jugé avec indulgence.

Ivan aimait ardemment sa femme. La douce et vertueuse Anastasia l'avait rendu plus humain, plus compréhensif. Il voyait souvent chez son épouse le père Sylvestre, pope de la cathédrale du Kremlin. Celui-ci enseignait et racontait l'Évangile à la tsarine. Le souverain ne tarda pas à en faire son conseiller intime. Il avait aussi pour ami un nobliau du Kremlin, Adachev. Les deux conseillers s'entretenaient souvent avec le jeune tsar, lui inspirant des mesures de clémence et d'auda-

cieuses réformes. La période la plus éclatante du règne
d'Ivan IV s'ouvrit alors.

Au cours des années qui suivirent, il remporta de
nombreuses victoires sur les Tatars et agrandit le
royaume vers l'est et le sud-est. Parallèlement, il entreprit un remarquable travail d'organisation administra-
tive et de justice. Cette période de paix et de prospérité
ne dura malheureusement pas. Les conseillers Sylvestre
et Adachev se querellaient de plus en plus souvent avec
les parents d'Anastasia qui voulaient accéder aux plus
hautes fonctions, sans en avoir les compétences nécessaires. Le 7 août 1560, lors d'une dispute avec Adachev,
la tsarine fut terrassée par une crise d'apoplexie. Trans-
portée dans ses appartements, elle s'éteignit sans
reprendre connaissance. Ivan avait vécu treize ans avec
sa chère Anastasia, ils avaient eu six enfants. Boule-
versé, il fit brûler des centaines de cierges et resta pros-
tré des jours entiers. Les lourds portails de son palais
restaient fermés. Lorsque Adachev vint lui rendre visite,
il cria : « Va à tous les diables, je ne veux plus te
voir, assassin ! »

Le caractère autoritaire du tsar se fit à nouveau sentir,
son comportement changea de manière radicale. Dès
que la tsarine fut inhumée, il se mit à injurier les
boyards, les menaçant de faire rouler leurs têtes sur la
place Rouge. Désormais, sa sensibilité et son imagina-
tion fantasque semblèrent lui interdire toute action raisonnable. Plus que jamais en proie à la peur et à la
suspicion, il vit des complots partout et commença à
faire régner la terreur. Dans une lettre adressée au prince
Kourbski, Ivan affirmait : « Les conseillers ont pris mon
pouvoir et gouverné comme bon leur semblait, m'écar-
tant de l'administration de l'État. » Il accusait Sylvestre
et Adachev d'avoir tué sa « jeune beauté ». « Que de
malheurs j'ai soufferts par vous, que d'humiliations,

que d'offenses ! Pourquoi m'avez-vous séparé de mon épouse ? » leur répétait-il. Ivan n'avait aucune raison de soupçonner ses amis d'avoir empoisonné Anastasia. Sans doute voulait-il trouver un prétexte à la répression contre les boyards.

Le tsar chercha le réconfort dans les bras d'une belle Caucasienne d'origine câbardine, Maria Temrioukovna. Elle avait une longue tresse noire dans le dos, un visage mat parsemé de taches de rousseur, un nez droit et fin, des yeux noirs et des sourcils noirs ; des cheveux secs et rêches à peine bouclés. Lorsqu'il l'avait vue paraître dans un sarafan de soie jaune d'or, il avait déclaré : « Elle est digne d'un peintre, d'un peintre d'icônes même. » Pourtant, les chroniques de l'époque l'attestent, le tsar ne retrouvera jamais la qualité des rapports conjugaux qu'il avait eus avec Anastasia. Ses humeurs devinrent de plus en plus imprévisibles.

Le 3 décembre 1564, les Moscovites virent de nombreux chariots entrer dans la cour du Kremlin. La nuit suivante, Ivan le Terrible quittait Moscou accompagné de sa famille, pour une destination inconnue. Un vent de panique souffla sur la capitale, les boutiques se fermèrent, les boulangers cessèrent de faire du pain, le peuple pleura. Trois jours après le départ du tsar, un courrier apporta au métropolite et aux boyards une missive dans laquelle Ivan annonçait qu'il comptait séjourner dans une bourgade proche de Moscou. Précédés du métropolite, des milliers de Moscovites s'y rendirent alors en procession afin de supplier le souverain de rentrer. Le métropolite trouva Ivan en prière dans une misérable cabane. « Je vous donnerai ma réponse dans quelques jours », se contenta-t-il de dire. Quelques jours plus tard effectivement, un message arrivait à Moscou, demandant au métropolite, aux boyards et aux nobles de signer un acte solennel par lequel ils donnaient carte blanche au tsar « pour combattre la trahison ».

Quelques jours plus tard, Ivan rentrait au Kremlin avec tous les pouvoirs d'un autocrate. Rongé par la maladie de la persécution, il n'allait désormais plus connaître aucun répit. Assailli par les cauchemars et les hallucinations, il ne pouvait plus se rendre à la cathédrale du Kremlin sans voir des têtes coupées lui barrer le chemin.

Pour se protéger de ses démons, le tsar créa alors sa police personnelle, l'*Opritchnina*. Il quitta ensuite le Kremlin pour habiter avec ses « fidèles » dans un quartier de la ville situé aux abords du couvent Novo-Diévitchi. Ses fils Ivan et Fédor l'accompagnèrent. Abandonnée dans le *térème*, la tsarine ne reçut pratiquement plus la visite de son époux. Devenu exécrable avec Maria, Ivan satisfaisait ses appétits charnels lors de festins se terminant le plus souvent en orgies orchestrées par ses compagnons de l'*Opritchnina*.

Les quelque dix mille hommes de la police secrète du tsar étaient vêtus de noir de la cagoule aux pieds. Les harnais de leurs chevaux aussi étaient noirs. Sur un fanion attaché à leur selle, étaient brodés un balai et une tête de chien. Tels étaient les attributs de cette fonction qui consistait à flairer les opposants, comme des chiens, et à les balayer. Cette étrange police se comportait avec une sauvagerie rare : elle torturait, violait les femmes, pillait les marchands et incendiait les boutiques de ceux qui refusaient de payer la dîme imposée par les *opritchniks*. En d'autres temps, pères et maris eussent été fiers d'avoir de belles épouses et de jolies filles. Désormais leur seule hantise était de les cacher.

« Les parallèles historiques sont toujours aléatoires », estimait Staline. Cependant on ne peut s'empêcher de comparer le temps de l'*Opritchnina* des années 1565-1572 à l'époque de la « grande terreur » de 1935-1938. Ivan aurait pu opter pour des réformes, mais il choisit l'*Opritchnina* afin d'anéantir les quatre grandes familles princières de Souzdal s'opposant à sa politique. Tout comme Staline décréta les purges pour s'emparer du pouvoir absolu, jusqu'alors limité par les vieux bolcheviks. De plus, dans les deux cas, la terreur suivit le décès des épouses respectives des deux tyrans.

D'ailleurs, la mort de sa deuxième épouse en 1571 allait marquer une nouvelle période du règne d'Ivan le Terrible.

Au terme de la traditionnelle présentation des fiancées (près de deux mille jeunes filles y participèrent), le tsar élut la blonde aux yeux d'azur Marfa Sobakina. Quinze jours après les noces, elle mourait.

Cette disparition pour le moins soudaine entraîna une nouvelle vague de terreur. Soupçonnant sa police d'être à l'origine du décès de Marfa, le tsar commença à douter de son utilité. Seuls les hommes de l'*Opritchnina* pouvaient, en effet, pénétrer dans son quartier général du faubourg Alexandrov où son épouse trouva la mort.

Dès lors, la vie amoureuse d'Ivan bascula dans la débauche et ne connut plus de limites. Il se mit à collectionner les conquêtes féminines, ce qui ne l'empêchera pas plus tard d'exhiber sa liaison avec son favori Basmanov, fils d'un grand boyard et grand ordonnateur des orgies du faubourg Alexandrov.

Après la disparition de ses deux dernières femmes par empoisonnement, le concile autorisa à Ivan un quatrième mariage en 1572, avec Anna Koltovskaïa. Mais, trois ans plus tard, le tsar envoyait Anna finir ses jours dans un monastère pour vivre successivement – sans être marié – avec Anna Vassiltchikova, puis avec Vassilissa Melentieva. Lorsqu'il répudia Anna Koltovskaïa, Ivan se contenta de lui déclarer : « Tu as maigri, et je n'aime pas les maigres… »

Parmi ses éphémères épouses, Maria Dolgoroukaïa

eut, elle, la très grande infortune de susciter des doutes sur sa virginité. Le lendemain de ses noces, Ivan fit atteler une carriole avec des chevaux préalablement nourris d'avoine gonflée de bière, puis invita la jeune épousée à y prendre place pour une promenade. Il ne s'assit pas à côté d'elle mais lui souhaita bon vent d'un ton sarcastique et fouetta violemment les chevaux. La voiture roula quelques centaines de mètres dans un train d'enfer avant de s'enfoncer dans l'onde d'un étang, noyant l'infortunée et ses fous coursiers.

À l'époque, le souverain pensa même à abandonner son pays pour se réfugier à l'étranger. Après avoir long-temps courtisé la sœur du roi de Pologne, Sigismond II, il proposa à Élisabeth Iʳᵉ d'Angleterre d'être sa femme. Mais ayant eu vent du sort réservé aux épouses du tsar, la reine préféra décliner l'offre. Et pour cause : elle était la fille d'Henri VIII et d'Anne Boleyn, que son mari jaloux avait fait décapiter. Ivan resta en relations épisto-laires avec la reine jusqu'à ce qu'un incident vienne ternir ces rapports. Ne jugeant pas de son goût la réponse d'Élisabeth à sa demande d'obtenir la garantie d'un refuge en Angleterre, il lui écrivit : « Tu n'es qu'une fille ; tes moujiks de commerce font de toi ce qu'ils veulent ; je crache sur toi et ton palais… » En 1580, ses défaites en Livonie poussèrent Ivan à reprendre ses relations avec Élisabeth qui lui proposa même la main de sa nièce, Mary Astings. Le mariage n'eut pas lieu et, en cette même année, le tsar épousa en septièmes noces Maria Nagaïa, dont il allait bientôt avoir un fils, Dimitri.

En janvier 1581, un drame se produisit dans le *térème* de la femme du tsarévitch Ivan. Impatient, le tsar était entré dans ce *térème* le jour d'une grande fête. La tsa-revna, à l'époque enceinte, était encore en peignoir, non fardée. Fou de rage, Ivan le Terrible frappa sa bru au ventre de coups de pied. Alerté par les cris de sa femme, le tsarévitch accourut et s'interposa. Furieux, Ivan assena à son fils un coup de sceptre sur la tempe et celui-ci s'écroula. Les contemporains, dont l'Anglais Jérôme Gorsey installé à Moscou, donnèrent des versions différentes du crime, reprises selon leurs goûts par les peintres, les écrivains et les historiens. Le tableau d'Ilia Repine, un des chefs-d'œuvre de la Galerie Tretiakov à Moscou, montre un Ivan halluciné, serrant dans ses bras son fils qu'il aimait tant. Le tsarévitch porte une blessure à la tempe et le sceptre gît sur le sol.

Des années plus tôt, Ivan avait écrit à Kourbski : « Souviens-toi du plus grand des tsars, Constantin ; souviens-toi qu'au nom du royaume, il tua son propre fils et compte malgré tout parmi les saints »…

L'infanticide allait devenir un des grands mythes de l'histoire russe : le tsar devait demeurer impitoyable, même à l'égard de ses propres enfants. Ainsi Pierre le Grand exécutera-t-il son fils Alexis, et Staline laissera-t-il mourir son fils Jacob dans les geôles hitlériennes en refusant la proposition des Allemands de l'échanger contre le maréchal Paulus : « Je n'échangerai pas un maréchal contre un lieutenant », coupa court le montagnard du Kremlin, faisant fi des liens de sang.

La nuit du drame, Ivan, désespéré, monta au clocher de la cathédrale Saint-Basile, accompagné de son fils cadet Fédor, et sonna lui-même le glas. Après avoir tenté de se jeter dans le vide, il s'évanouit.

Ivan Ivanovitch disparu, l'héritier légitime était Fédor, le fils d'Anastasia, mais Fédor était « simple d'esprit, peu apte aux affaires politiques et superstitieux à l'extrême ». Restait donc Dimitri, le fils de Maria Nagaïa.

En supprimant son fils aîné, Ivan exposait la Russie aux dangers de l'anarchie, la « Grande Anarchie » de l'histoire russe, qui allait débuter au XVIIe siècle. Dix ans passeront avant que le destin du tsarévitch Dimitri n'ébranle la Russie.

Le 19 mars 1584, dès son réveil, Ivan attrapa les pierres précieuses auxquelles il attribuait des pouvoirs bénéfiques et les fit rouler dans ses mains. L'après-midi, malgré son extrême lassitude, il écrivit son testament : « … Mon corps est malade, mon esprit est malade. Les blessures de mon âme et de ma chair s'accroissent de jour en jour ; et pas un médecin pour me guérir ! J'ai attendu quelqu'un qui aurait partagé ma souffrance, en vain ; personne n'est venu. Personne… Pas un consolateur… Tous m'ont rendu en mal le bien que je leur ai fait… Tous. Il n'y a pas de justice en ce bas monde ; même les tsars ne peuvent la trouver auprès de leurs sujets et de leurs serviteurs… »

Ainsi Ivan le Terrible exprima-t-il la solitude du tsar et de la tsarine dont le pouvoir était pourtant absolu, face à la perfidie et l'hostilité des boyards ; cet isolement qui avait motivé la peur incontrôlable des longs couloirs vides, des caves, des souterrains et même de la vaste cour du palais.

Le testament prévoyait le partage des biens du tsar jusqu'à la paire de chaussures offerte jadis par Élisabeth Ire, qu'il léguait à son écuyer.

Un seul homme, peut-être, avait gagné la confiance du souverain peu avant sa fin : Boris Godounov, un de ses *opritchniks*. Ivan le fit appeler pour jouer aux échecs avec lui. Pendant cette ultime partie, par trois fois le roi tomba sans raison apparente sur l'échiquier. Le tsar se leva en demandant à boire de l'alcool de blé ; soudain il se mit à chanceler puis s'effondra dans les bras de Boris Godounov. Il avait cinquante-quatre ans. La veille, Ivan avait voulu qu'on le porte jusqu'à Saint-Basile. Il désirait encore une fois contempler l'insolite église, surmontée de bulbes aux formes différentes et aux couleurs éclatantes, dont l'architecture intérieure faisait découvrir des petites loges et chapelles au détour d'un couloir, des escaliers dérobés, des fenêtres de toutes formes. Soudain sa vue s'était troublée et il avait demandé à rentrer.

Dans l'ambiance familière des pièces voûtées du Kremlin, recouvertes de scènes religieuses, le tsar s'était peu à peu détendu. Ayant posé son regard sur le dais de bois sculpté garni d'émaux aux armes des provinces, il avait murmuré : « Tant de provinces réunies… » À qui iraient ces richesses puisqu'il n'y avait plus d'héritier digne du trône ?

Ivan IV, dit le Terrible, n'était plus. Il s'était éteint à l'heure précise où le soleil printanier s'enfonçait dans le ciel rougeoyant et où la verdeur exubérante des forêts avait revêtu une noirceur contrastant si fort avec la lumière du ciel. Noir comme les traits du caractère de ce tsar déchiré, et lumineux comme le souvenir de ses années passées auprès de la douce Anastasia, la première tsarine de Russie.

Fédor monta sur le trône. Le malheureux héritait d'un pays ruiné, rongé par des conflits extérieurs. Le peuple lui avait donné le surnom de « sonneur de cloches ». Peu enclin aux affaires de l'État, le nouveau tsar était un homme doux et humble qui s'était efforcé d'oublier les crimes de son père. Réfugié dans les clochers, il aimait parler aux pigeons et aux cigognes.

Pour la première fois en Russie, le monarque ne gouvernait pas. En effet, un Conseil de Régence fut nommé pour diriger l'État. Boris Godounov, premier boyard, devint le véritable homme de l'ombre de Fédor. Ces années de régence constituèrent une période de répit pour le pays.

La mort de Fédor Ier en janvier 1598, au terme de

quatorze ans de règne, et l'avènement de Boris Godounov, tsar « élu », coïncidèrent avec cette période de
guerres, d'incertitudes et d'affaiblissement du pouvoir
que les Russes appellent le « Temps des Troubles ».
Toutes les nations ont connu de tels moments au cours
de leur histoire, mais ils furent, pour la Russie, l'occasion de nourrir des peurs et des fantasmes dont certains
durent encore. L'apparition de faux tsars et de fausses
tsarines en est une manifestation des plus saisissantes.

Boris Godounov, immortalisé par la tragédie de
Pouchkine et l'opéra de Moussorgski, fut décrit ainsi
par le diplomate anglais Jérôme Gorsey : « Il est
d'apparence agréable, beau, affable, porté sur la magie
noire, âgé de quarante-cinq ans ; il manque d'instruction
mais a l'esprit vif, il a des dons d'éloquence et maîtrise
bien sa voix ; il est rusé, très impulsif, rancunier, peu
enclin au luxe, modéré dans ses habitudes alimentaires,
mais il a le goût des cérémonies ; il offre de somp-
tueuses réceptions aux étrangers, adresse de riches présents aux souverains des autres contrées. » Au dire des
chroniques, toute action de Boris Godounov visait à
favoriser ses intérêts personnels, son propre enrichisse-
ment, le renforcement de son pouvoir ou l'élévation de
sa lignée.

Mais ce tsar « élu » n'était pas de sang royal ; il lui
manquait la légitimité. Boris Godounov était un étrange
personnage. Doué d'une grande intelligence, il n'avait
pas cru nécessaire d'apprendre à lire et à écrire. Il
signait les actes en griffonnant quelque chose qui ressemblait à un oiseau (*goudoune*, en tatare, signifie
alouette). D'origine tatare, il avait épousé la fille du chef
de l'*Opritchnina* afin de faire une carrière politique. Du
temps où il était encore régent, il avait décidé de marier
sa sœur à Fédor, pour consolider sa situation – par tsarine interposée.

Comme l'exigeait la coutume, il avait organisé la grande cérémonie de présentation des candidates au mariage, mais le pauvre Fédor qui était timide refusa de s'y rendre. Boris Godounov, en accord avec le métropolite Job, déclara tranquillement, au nom de Fédor, que le tsar avait jeté son dévolu sur sa sœur.

Le mariage fut célébré dans la cathédrale du Kremlin. La tsarine partit ensuite habiter son *térème* où son mari ne vint jamais la voir. À vingt-cinq ans, Fédor se conduisait toujours comme un enfant, il continuait à sonner les cloches et à se livrer à des facéties puériles : il changeait les serrures des portes, enlevait le mica des fenêtres du Palais aux Facettes, cachait sa couronne dans un hangar à foin et ne la retrouvait plus pour recevoir les étrangers. À la mort de Fédor, Boris Godounov, en sa qualité de premier boyard, convoqua le *sobor*, l'assemblée générale des boyards, afin de procéder à l'élection d'un nouveau tsar, et le patriarche Job proposa la candidature de Boris. Après un office grandiose dans la cathédrale du Kremlin, la foule dirigée par le patriarche se dirigea vers le couvent de Novo-Diévitchi où la tsarine, la sœur de Godounov, s'était retirée depuis son veuvage. Des policiers armés de bâtons marchaient derrière la foule. Les pèlerins avaient reçu l'ordre de tomber à genoux devant le couvent, de se lamenter, de se mettre à pleurer et à hurler, pour prouver à la tsarine leur affection. Ceux qui n'obéirent pas reçurent des coups de bâton jusqu'à ce qu'ils se décident à gémir et à pleurer. Le patriarche fit alors une entrée solennelle dans le couvent et, désignant la foule, s'adressa à la tsarine : « Regarde ton peuple ! Il te supplie de t'adresser au *sobor* en lui demandant d'élire comme tsar ton frère Boris… »

Après cette scène savamment orchestrée, la tsarine s'adressa au *sobor* qui élut Boris Godounov tsar de toutes les Russies.

À peine la cérémonie du couronnement dans la cathédrale d'Ouspiénié – encore plus fastueuse que celle du couronnement d'Ivan IV – fut-elle terminée, que les boyards et la grande noblesse fomentaient déjà toute une série de complots. Les conjurés, principalement les Chouïski et les Romanov, reprochaient au nouveau tsar ses origines tatares ; ils l'accusaient également d'avoir fait assassiner le tsarévitch Dimitri, le dernier fils d'Ivan le Terrible – seul prétendant légitime au trône de Russie, dont la mère Maria Nagaïa vivait en exil à Ouglitch. L'air du Kremlin devint irrespirable, aussi Godounov prit-il la décision de chasser les conjurés hors du pays.

Peut-être Boris Godounov aurait-il pu surmonter les coups du destin, si une nouvelle terrible n'était arrivée à Moscou en 1604 : des détachements polonais, ukrainiens et cosaques venaient de franchir le Dniepr, avec à leur tête un homme qui prétendait être le tsarévitch Dimitri. Il déclarait avoir échappé aux soldats envoyés à Ouglitch par Boris Godounov pour l'assassiner et entendait prendre sa place de « tsar légitime de toutes les Russies »…

La plus grande mascarade de l'Histoire allait commencer…

La fausse tsarine

Dans le centre de la Pologne, une fillette gambadait en compagnie de son chien. On pouvait apercevoir tout au bout de chemin une vaste demeure seigneuriale flanquée d'une grosse tour carrée.

La petite Marina était la fille du comte Mniszek. Sa mère était morte et sa sœur mariée. Souvent, au cours de ses promenades solitaires, elle demandait à son chien : « Crois-tu que je rencontrerai un prince charmant ? Comme j'aimerais connaître l'avenir !... » Quelques années plus tard, le comte Mniszek emmena sa fille chez le cartomancien du roi Sigismond III, à Varsovie. Une destinée hors du commun fut prédite à la fille ainsi qu'honneurs et fortune pour le père.

Le lendemain soir, le cortège précédé de flambeaux du prince Wichnevetski, oncle de Marina, arriva devant le château. La jeune fille remarqua parmi les gens de sa suite un étranger, Grigori Otrepiev.

La jeune fille ne fut pas insensible aux amabilités de ce serviteur, même si son comportement lui semblait singulier pour un valet. Cependant, lorsque Grigori lui déclara sa flamme, et lui demanda tout de go de l'épouser, elle en fut ulcérée. Cette fin de non-recevoir guidat-elle sa main quand, réitérant sa demande par écrit, il signa son billet doux de ces mots énigmatiques : « Dimitri Tsarévitch » ?

Marina n'avait pas de secret pour son père. Elle lui fit part de cette lettre et du nom du signataire. Bien qu'étonné, le comte accueillit la nouvelle avec intérêt.

Et si ce Grigori disait la vérité ? Ne serait-il pas opportun de ne pas l'éconduire ? Criblé de dettes et sans scrupules, Mniszek était prêt à tout. Aussi conseilla-t-il à sa fille de réfléchir à cette proposition…

Qui était donc ce garçon ?

Au tout début du XVIIe siècle, les chroniques de Kiev relatèrent l'apparition d'un moine de taille moyenne, au visage lunaire et aux pommettes saillantes. Les cheveux roux, une expression timide sur le visage, un air triste, son aspect extérieur ne reflétait ni sa nature ni son intelligence. Il était d'un tempérament très vif et s'emportait facilement. Grigori était lettré. Il venait du prestigieux monastère de Tchoudov en Russie, où il avait été remarqué pour son intelligence brillante, ses talents d'orateur et son sens de la diplomatie. On disait qu'il descendait d'une famille de la petite noblesse vivant depuis des siècles dans le centre du pays et qu'il était devenu moine sous le nom de Grigori, après la mort prématurée de son père. Sa carrière monastique avait été fulgurante. D'abord servant d'un moine, de l'archimandrite puis diacre, il fut finalement attaché à la cour du patriarche. Cette formidable ascension s'effectua en un an seulement grâce à ses dons hors du commun : « Il assimilait en quelques mois ce qui nécessitait, pour d'autres, une vie entière. »

Grigori aurait sans doute pu prétendre à une longue et brillante carrière ecclésiastique, mais le spectacle qu'offrait le pays plongé dans l'instabilité politique causée par la maladie de Boris Godounov, les ravages occasionnés par la famine, les épidémies et tous les crimes provoqués par « le Temps des Troubles » lui donnèrent à penser que son destin se trouvait ailleurs. Ainsi la vie de Grigori bascula-t-elle par des chemins sinueux dans l'imposture.

On le vit réapparaître à Kiev, puis il entra en contact avec les cosaques Zaporogues, à l'époque sous le joug des Polonais. Avant d'être au service de l'oncle de Marina, Grigori passa à la cour du prince Ostrojski, ardent défenseur de l'orthodoxie, farouchement opposé à l'union des Églises. Ce prince naguère avait ordonné de chasser les moines défroqués qui trouvaient refuge dans les centres de l'arianisme. La secte d'Arius, également appelée secte des Frères polonais, devait jouer un rôle important dans la Réforme en Pologne. Les partisans de l'arianisme rejetaient le dogme de la Sainte Trinité, et exigeaient un respect inconditionnel de la liberté de conscience. Ainsi doté de cette « éducation polonaise libérale », Dimitri offrit ses services au beau-frère du comte Mniszek…

Pour l'heure, Marina n'était pas encore amoureuse de ce tsarévitch providentiel et restait inconsciente des intérêts en jeu. Aussi son père entreprit-il de la convaincre :

– Et si Grigori réussissait, avec l'aide des Polonais, à monter sur le trône de Russie, les avantages que nous pourrions retirer de cette situation seraient inestimables !

En attendant que sa fille réfléchisse, le comte Mniszek s'occupa de présenter « Dimitri tsarévitch » au roi Sigismond III. Le nonce du pape et les jésuites assistèrent à l'audience, entendant favoriser les desseins du prétendant au trône russe. Varsovie n'était pas seule à le soutenir, les boyards de Russie, hostiles au tsar centralisateur Boris Godounov, cherchaient de leur côté un homme providentiel prêt à défendre leurs intérêts. Le faux Dimitri fut donc « mijoté dans un four polonais mais pétri à Moscou », pour reprendre les mots de l'historien russe Klioutchevski.

Dans ce contexte, Marina finit par accepter la perspective d'un mariage avec le faux Dimitri. Grigori-Dimitri multiplia alors les promesses : il feignit de satisfaire les jésuites en acceptant de se convertir au catholicisme, il jura de céder au roi de Pologne les territoires occidentaux de la Russie et s'engagea même à soutenir son candidat au trône de Suède. À son futur beau-père enfin, Dimitri assura qu'il épongerait toutes ses dettes ; ce fut d'ailleurs le seul serment qu'il tint.

Pouchkine, dans *Boris Godounov*, nous montre Dimitri avouant à sa fiancée Marina qu'il n'est pas le tsarévitch : « C'est l'ombre du Terrible qui m'a nommé Dimitri et adopté fils… »

Selon toute vraisemblance, l'authentique Dimitri était bien mort, mais dans sa biographie du faux Dimitri, Prosper Mérimée énumère une série de points obscurs et contradictoires : « Dans quel couvent eût-on trouvé des moines qui tuassent des ours d'un seul coup d'épieu ou qui pussent conduire à une charge un escadron de hussards ? » Il relève aussi la connaissance qu'avait l'imposteur de la langue polonaise, ses remarquables qualités de cavalier ainsi que son audace.

Le 13 octobre 1604, muni d'une troupe de mille cinq cents hommes, composée de cosaques aguerris et de soldats de fortune, le faux Dimitri franchit la frontière russe et commença aussitôt sa progression. Marina avait promis de le rejoindre dès qu'il se serait emparé de la capitale. La nouvelle alarma sérieusement Boris Godounov qui décréta la mobilisation générale.

Homme à l'esprit théâtral, Dimitri organisa son arrivée à Moscou d'une manière spectaculaire. Il demanda d'abord à « sa mère » de venir le rejoindre. La veuve d'Ivan le Terrible, Maria Nagoïa, était devenue religieuse sous le nom de Marfa. Elle feignit de reconnaître son fils et joua son rôle à la perfection. Se prêta-t-elle à ce manège pour se venger des humiliations qu'elle avait subies après la mort de son époux ? De toute évidence, Maria-Marfa tenait sa revanche. Pendant le règne du faux Dimitri, elle retourna vivre au Kremlin dans le *térème* réservé aux tsarines douairières.

Dimitri marcha près du carrosse de sa mère jusqu'à Moscou. Leur entrée fut triomphale. Pour la population en liesse, le retour du tsar « légitime » était un véritable miracle. Un gigantesque chapiteau avait été dressé sur les bords de la Moscova. Les cheveux et la moustache soigneusement peignés, vêtu d'une tunique rose et d'un pantalon bleu bouffant, le faux Dimitri y reçut les gens du peuple et les représentants des corporations. Durant cette cérémonie traditionnelle, il reçut de nombreux présents – soieries et bijoux d'or et d'argent. Il fit ensuite une entrée solennelle au Kremlin par la Porte du Sauveur et se dirigea vers la cathédrale Saint-Michel Archange afin de s'y recueillir devant le tombeau d'Ivan. Au-dehors, les cosaques venus du Don, de l'Oural et de la Volga s'agenouillèrent. Le son des trompettes se mêlait aux actions de grâces chantées par les chœurs de la cathédrale tandis que les bannières du clergé ondulaient sous le vent.

Peu après, Dimitri fit transférer la dépouille de Boris Godounov auprès des corps de sa femme et de son fils, étranglés quelques jours auparavant dans la « Maison des pauvres », un couvent du centre de la Russie où ils avaient trouvé refuge.

Pendant ce temps, le cortège de Marina quittait la Pologne. En ce mois d'avril, la sève montante faisait éclater les bourgeons. Les nuits étaient encore froides, et sous le soleil timide du matin, on entendait les blocs de glace charriés par le courant des rivières s'entrechoquer sourdement. Les perce-neige avaient cédé la place aux coucous dans l'herbe fraîche ; la nature, comme les hommes, se réveillait d'une longue hibernation.

Dimitri avait organisé pour sa fiancée une halte dans un monastère russe. La population crut que cette retraite avait été fixée pour que la future tsarine s'y convertisse à la religion orthodoxe. Mais il n'en fut rien, Marina voulait rester fidèle au catholicisme. D'ailleurs Dimitri, malgré la promesse faite aux jésuites, ne s'était lui-même pas converti.

Marina arriva enfin à Moscou le 2 mai, sa fierté était à son comble : elle allait régner sur cet immense territoire… Sur l'esplanade du Kremlin, elle fut éblouie par le plus splendide entassement de palais, d'églises et de monastères. Pour elle cela ne ressemblait à aucun style connu. Ce n'était ni le style gothique de Varsovie, ni le style byzantin, c'était tout simplement le style moscovite. Jamais architecture plus libre, plus originale n'avait à ses yeux réalisé ses caprices avec une telle fantaisie.

Le destin russe de Marina allait-il être aussi capricieux ?

Le talent pour la mise en scène du faux Dimitri et de Marina fut porté à son apogée quelques jours plus tard, lorsque le jeune homme traversa Moscou sur un cheval blanc dont le harnachement était entièrement couvert de pierres précieuses. Il portait un costume tissé de fils d'or et toute sa garde offrit au peuple une éclatante démonstration de l'exubérance vestimentaire russe à laquelle les Polonais ajoutaient le raffinement de l'élégance occidentale. Les habitants de la capitale furent surtout frappés, non par l'apparence de la royale fiancée, mais par son immense cortège, armé jusqu'à la provocation. Tout cela ressemblait bien à une invasion étrangère : une horde de soldats qui se comportaient en pays conquis, importunant les gens et saccageant même les boutiques.

Le mariage, suivi du sacre, eut lieu le 8 mai 1606.

Le tsarévitch, revêtu d'un cafetan bleu broché d'or, attendait sa future épouse dans la salle du trône. Il fut ébloui par la beauté de sa fiancée. Elle avait choisi de porter, sur ses cheveux tressés de chaînes d'or, un voile à la polonaise ; sa robe à la russe était parée de pierres précieuses en si grand nombre qu'on pouvait à peine en distinguer la couleur.

Les auteurs du siècle dernier se plaisaient à décrire Marina Mniszek comme une jeune fille rousse aux yeux verts, à la silhouette longue et svelte, mais les chroniques de l'époque la représentaient brune et de petite taille, avec de grands yeux de couleur marron. Si Prosper Mérimée affirmait : « Elle se faisait remarquer par sa grâce et sa beauté, parmi les femmes de son pays », l'historien polonais Pawel Jasienica précisait : « Marina se distinguait par une forme de beauté peu engageante : c'était une femme froide, ambitieuse, plus impitoyable que le pire des usuriers. » Quant à Alexandre Pouchkine, il écrivait dans les pages brûlantes de *Boris Godounov* : « Il n'est pas de reine plus belle qu'une fille de Pologne. »

La cérémonie du mariage commença par l'échange des anneaux, puis Marina, conduite par son père, fut invitée à prendre place sur son trône. Le grand écuyer apporta alors la croix, la couronne, le diadème et le collier qu'il fit baiser au couple.

Les cloches se mirent à sonner à toute volée, appelant les époux à se rendre à la cathédrale de l'Assomption. L'archiprêtre déposa les attributs sacrés sur un plateau d'or ciselé, les recouvrit d'un voile et porta le plateau au-dessus de sa tête jusqu'au lieu saint. Derrière lui, Marina et Dimitri, suivis par un prince portant le sceptre et par un boyard tenant le globe impérial, avançaient solennellement.

Dans la cathédrale, le couple alla baiser les icônes et

les reliques. Marina avait beau se mettre sur la pointe des pieds, elle ne parvenait pas à atteindre les plus hautes, aussi se vit-elle offrir un tabouret pour accomplir le rite. Le patriarche passa le collier autour du cou de la jeune femme et présenta à l'assistance le diadème qu'il allait délicatement poser sur son front. Elle crut mourir sous le poids de tous ces attributs qui s'ajoutait à celui de sa robe.

Le patriarche oignit ensuite le front, les joues, la paume et le dos des mains du tsar et de la tsarine avec la myrrhe sacrée ; les mariés burent à la même coupe. La cérémonie était enfin terminée. La liturgie orthodoxe avait duré des heures et les Polonais, fatigués d'être debout, avaient réclamé des sièges. Cette entrave au protocole provoqua l'indignation des Russes.

Les cloches se mêlèrent aux chœurs pour saluer la sortie des nouveaux mariés. Dehors, il faisait déjà sombre. Sur le ciel noir, des étoiles limpides brillaient d'une lueur vive et persistante. La foule acclama ses souverains et les festivités se poursuivirent jusqu'au matin dans toute la ville.

Le lendemain, Marina reçut en son pavillon de bain son époux ; ils parlèrent longtemps, enivrés par les vapeurs d'eucalyptus. Au fil des mots, Marina se surprit à apprécier cet homme auquel elle avait associé son destin. Et lorsqu'il l'approcha, cette fois elle ne le repoussa pas…

Dimitri se mit à gouverner d'une manière peu habituelle. Contrairement à la coutume, il n'avait pas encore visité les salles de torture. Le nouveau tsar n'avait rien de l'effroyable cruauté d'Ivan. Selon l'historien Klioutchevski, Dimitri surpassait même Pierre le Grand dont « les réformes audacieuses et la mince couche de culture occidentale étaient recouvertes par la plus authentique des barbaries ».

Marina, elle, transforma le mode de vie des souverains russes ; le couple ne dormait plus après les repas, allait souvent aux bains, lieu privilégié de ses retrouvailles amoureuses. Le faux tsar et la fausse tsarine avaient changé le caractère médiéval des relations des Grands du Kremlin avec leurs serviteurs. Ils étaient à la fois distants et accessibles aux derniers de leurs sujets.

Dimitri se rendait souvent chez les artisans afin de mieux connaître leur commerce et de trouver des moyens d'encourager les arts et métiers. Dans une lettre aux Moscovites, il déclara qu'il voulait que son royaume soit libre, ajoutant : « Je veux enrichir mon pays grâce au commerce. » Les chroniqueurs anglais s'empressèrent de révéler ces excellentes dispositions, en insistant sur le fait qu'aucun souverain européen n'avait, à ce jour, accordé une liberté aussi large à son peuple !

Le tsar voulait être au courant de tout ce qui se passait dans les chancelleries et faisait des apparitions inattendues dans les administrations où il feuilletait les dossiers ; tous les jours il se rendait à la Douma contrôler personnellement les affaires de l'État. Il tenait aussi, en chef compétent et érudit, à diriger lui-même les exercices militaires.

La cote du couple ne dura cependant qu'un temps. On en vint à lui reprocher de ne pas tutoyer les boyards et de ne pas vouloir être tutoyé par eux. À la demande de Marina, Dimitri ne portait ni barbe ni moustache et refusait de boire du vin de blé. Il allait rarement à l'église et refusait de s'astreindre aux jeûnes prolongés. En revanche, il ressentait une profonde sympathie pour le Vatican et les catholiques. Après avoir nommé un nouveau métropolite, Philarète Romanov, un ancien boyard exilé jadis par Boris Godounov, Dimitri convoqua l'assemblée des boyards en séance solennelle dans le Palais aux Facettes. « Il est nécessaire, dit-il, d'unir toutes les Églises chrétiennes pour combattre les Turcs et l'Islam. » Lors de ce discours œcuménique, il critiqua le formalisme dogmatique des ecclésiastiques russes. Cette harangue ne fut guère du goût de l'assemblée. Un phénomène de rejet s'instaura dès lors à l'égard du couple, comparable avec ce que devaient vivre quatre siècles plus tard Mikhaïl Gorbatchev et son épouse.

Les Polonais installés à Moscou étaient nombreux et les querelles les opposant aux Russes devinrent de plus en plus fréquentes et violentes. Les Moscovites commencèrent à s'en plaindre au tsar.

Dimitri et Marina furent maintes fois avertis qu'un complot se fomentait, mais, comme souvent en pareil cas, la victime est incrédule… « Je sais où je règne ; je n'ai pas d'ennemis ! » déclarait le tsar à son beau-père qui lui proposait de prendre des mesures de sécurité supplémentaires.

Le coup d'État des boyards commença à l'aube du 26 mai 1606. Les conjurés firent croire à une invasion des Polonais et pénétrèrent au Kremlin avec les cosaques, sous prétexte de protéger la vie du tsar. Aucun document, à ce jour, n'a attesté une aide de Sigismond III aux boyards. On sait toutefois que Dimitri n'avait pas tenu ses promesses aux Polonais. En outre, une rumeur courait à Varsovie selon laquelle le souverain moscovite se préparait à attaquer la Pologne afin de s'emparer du trône.

Les cent cinquante églises de Moscou sonnèrent le tocsin : une troupe commandée par Vassili Chouïski, le chef des boyards, entrait dans la ville et se dirigeait vers le Kremlin.

Alertés par le vacarme, Marina et Dimitri coururent aux fenêtres. Criant à l'imposture, des soldats pénétrèrent en force dans le palais et enfoncèrent la porte de la chambre des souverains. En chemise de nuit, son sabre recourbé de cosaque à la main, Dimitri parvint à se dégager de ses assaillants et s'enfuit. Protégée par son jeune page qui la défendit jusqu'à la mort, Marina ne dut la vie sauve qu'à son sang-froid : elle offrit à ceux qui voulaient la tuer ses bijoux et tout son or. En sautant par la fenêtre, Dimitri s'était cassé une jambe. Tentant de se traîner jusqu'aux casernes d'un régiment polonais, il fut bientôt rattrapé par une meute d'insurgés qui l'acheva à coups de talon et de gourdins en hurlant perfidement : « Les Polonais assassinent le tsar ! »

Son corps mutilé fut promené à travers Moscou avant d'être brûlé. Ses cendres furent mises dans un boulet de canon qu'on tira dans la direction de Varsovie. Ainsi l'imposteur retourna-t-il d'où il était venu…

Les annalistes actuels n'aiment pas considérer Grigori Otrepiev comme un simple imposteur. Son cas est plus complexe : d'abord parce qu'il crut fermement à son jeu, ensuite parce qu'il s'est révélé, comme Gorbatchev, un roi de l'ambiguïté, champion du double langage. Enfin parce qu'il s'efforça de gouverner la Russie en utilisant des méthodes plus subtiles que ses prédécesseurs. « Il existe deux façons de régner, répétait souvent Dimitri à Marina : avec miséricorde et grandeur d'âme ou en versant le sang. J'ai promis à Dieu d'employer la première… »

L'arrivée au pouvoir du chef des boyards, Chouïski, le 19 mai 1606, marqua le début de « l'époque polonaise ». Ainsi le Kremlin fut-il occupé pendant plusieurs années par les armées polonaises qui pillèrent les trésors historiques, détruisirent les maisons et tuèrent les habitants de Moscou. Le nouveau tsar payait les chefs des troupes polonaises du Kremlin pour le protéger, car, contrairement au faux Dimitri, courageux soldat, il craignait le bruit du canon et détestait l'odeur de la poudre !

Chouïski, surnommé par le peuple le « tsar crapule »,
était hanté par le retour d'un nouveau faux tsar. Il
n'avait pas tort… Certes il avait mis un terme à la vie
de Dimitri, mais les aventures de la fausse tsarine continuaient.

En effet, une année plus tard, un repris de justice
évadé de prison se proclamait « Dimitri échappé, par
miracle, aux assassins envoyés par les boyards ». Aussitôt le peuple s'empressa d'acclamer ce deuxième faux
Dimitri : l'imposture était devenue la somatisation du
mécontentement social. Dès lors, et ce jusqu'à la fin du
XIX\ :superscript:`e` siècle, la Russie aura ses imposteurs ; rares seront
les règnes qui ne verront pas leur apparition. Le poète
russe Maximilien Volochine exprima parfaitement cette
idée en déclarant, au nom de Demetrius Imperator :
« C'est alors que je devins innombrable… »

N'ayant rencontré qu'une faible résistance du côté
des troupes moscovites, l'armée du nouveau faux Dimitri s'installa à Tchouchino, aux portes de la capitale
russe, au printemps 1608.

Il existe diverses versions sur les origines du second
faux Dimitri. Selon la plus vraisemblable, il s'agissait
d'un Lituanien du nom de Bogdanov, qui – avec le
soutien du roi Sigismond III – réussit à réunir à ses
côtés une petite armée de mercenaires de tout poil et de
cosaques du Don, conduits par un ataman polonais, afin
de se lancer à la conquête du Kremlin.

Une fois encore, les femmes jouèrent un rôle essentiel dans son ascension. Si Marina et son père étaient
encore dans leur exil moscovite, la deuxième épouse du
comte Mniszek prit une part active à la recherche d'un
nouvel « homme providentiel ». Aussi le domaine des
Mniszek en Pologne fut-il qualifié de fabrique d'imposteurs.

Pendant ce temps, Chouïski et Sigismond III

signaient un traité de paix aux termes duquel les deux parties s'engageaient à ne pas intervenir dans les affaires intérieures de leurs États respectifs. Moscou libéra alors tous les prisonniers détenus depuis le renversement de Dimitri. Marina comptait parmi eux. Mais tandis qu'elle se rendait en Pologne, elle était enlevée par un détachement envoyé par son « époux », le deuxième faux Dimitri.

Son père l'avait encore vendue. En échange, il obtint la somme de cent mille roubles et le fief de Serversk qui ne comprenait pas moins de quatorze villes. Non sans heurts, Marina accepta de reconnaître solennellement le « voleur de chevaux » comme son mari, avec la bénédiction du patriarche Philarète Romanov, qui n'était autre que le père du fondateur de la nouvelle dynastie ! L'intervention du haut clergé dissipa les derniers doutes : Dieu avait sauvé le faux Dimitri des griffes de Chouïski ; le peuple criait au miracle…

Ainsi, grâce à Marina, le « voleur de chevaux », le « brigand de Tchouchino » devint-il le nouveau « tsar légitime » et commença à régner sur la partie méridionale du pays qui avait reconnu son autorité. À Tchouchino, il créa une cour, une assemblée, leva les impôts, rendit la justice, exactement comme s'il n'existait pas un autre tsar à Moscou. Une coalition russe et suédoise finit cependant par le chasser et il fut tué en 1610. Marina fut abandonnée à son destin, aussi bien par son père que par le roi de Pologne. Impitoyablement pourchassée par les Russes, elle trouva refuge auprès d'un chef cosaque d'Ukraine et passa le restant de sa vie à fuir avant d'être enfin rattrapée puis emprisonnée. On tua son bébé de trois ans et son amant sous ses yeux. Oubliée de tous, elle mourut de désespoir au fond de sa geôle humide.

Pourtant, le nom de Marina revint sur le devant de la

scène politique à l'occasion de l'élection du premier des Romanov. En février 1613, le *Sobor* adopta la motion suivante : « Désormais aucun étranger ou rejeton d'une mère non russe ne pourra être élu tsar… » Le roi Sigismond, son fils Ladislas et « le fils du voleur et de la Polonaise » Marina Mniszek étaient ainsi exclus, une fois pour toutes, de la liste des candidats au trône russe. « Qui d'autre que Michel Romanov ? s'exclama la majorité. N'est-il pas le neveu du tsar Fédor par la tsarine Anastasia ? Que Dieu garde en paix son âme sainte au paradis ! N'est-ce pas le petit-neveu du tsar Ivan, qui est allé auprès de Dieu pour lui demander le pardon de ses péchés ! Dieu ne nous envoie personne d'autre que Michel Romanov. Essuyons la honte de nos choix imprudents… »

Le temps des Romanov

En ce vendredi de carême 19 février 1613, les coupoles dorées, surmontées de croix grecques, prenaient des reflets transparents, la lumière au point saillant s'y concentrait en une étoile brillante. Les cloches des cathédrales du Kremlin qui sonnaient depuis des jours et des jours annoncèrent l'élection du jeune Romanov.

Le 11 juillet de la même année, une foule immense acclamait son nouveau tsar. Une nonne entièrement vêtue de noir, coiffée de cette espèce de boisseau semblable au diadème de certaines divinités mithriaques que portaient les ecclésiastiques, monta d'un pas ferme sur l'estrade. De longues barbes de crêpe en descendaient en bouts flottants et retombaient sur son ample robe. C'était Marfa, la mère de Michel. Elle s'agenouilla et dit : « Je te bénis, mon fils, règne en véritable tsar russe. » Oubliant l'étiquette de la cour, le premier des Romanov se baissa pour relever sa mère, mais tomba lui-même à genoux sous le poids de sa tenue. Le sceptre et la chapka de Monomaque roulèrent par terre. Aussitôt les boyards formèrent un cercle autour du jeune tsar : « Lève-toi donc, chuchota le prince Mstislavski, sache que tu es tsar et que Marfa est ton esclave ! » Les murmures indignés des proches ne parvinrent pas jusqu'aux oreilles de la foule mais les témoins furent unanimes : « Ces incidents avaient suffi à montrer aux boyards que le tsar serait toujours sous l'influence de sa mère, qui était autoritaire et intrigante… »

Les boyards, en effet, comprirent vite qu'il leur fallait s'adresser non pas au tsar, mais à sa mère que le peuple allait bientôt surnommer la « vraie tsarine ».

Un festin suivit le sacre. Sur la table du tsar, trônait un cerf entier couronné de ses bois et accompagné de sauces aux baies sauvages. Bien des cuisiniers ont, au cours des siècles, tenté de restituer les mets qui avaient coutume d'orner la table impériale. Rappelant certaines compositions des peintres contemporains, le jaune des citrons faisait chanter la noirceur du caviar pressé venu d'Astrakan et se mêlait aux couleurs des baies et au rose inégalable du saumon mariné dans le lait.

Une vaisselle d'or accompagnait les coupes d'argent ciselées. Gravées de scènes bibliques par des artisans du Caucase, leurs motifs rappelaient aux boyards l'inéluctable jugement de Dieu. Mais ils n'en avaient cure et s'adonnaient à la boisson en abondance.

Boire n'était-il pas, selon le grand-prince Vladimir de Kiev, « la joie des Russes » ? La convivialité imposait de boire, et être ivre à l'époque était un trait essentiel de l'hospitalité. Les hôtes avalaient coupe sur coupe et les retournaient au-dessus de leur tête pour montrer qu'elles étaient vides. Si les invités n'étaient pas renvoyés chez eux ivres morts, la soirée n'était pas réussie ! Mais le tsar Michel était de santé fragile et supportait difficilement ces excès. Bientôt rendu impotent par une paralysie partielle des jambes, il apparut de moins en moins à ce genre de festivités.

En 1618, la paix fut signée entre la Russie et la Pologne, et tous les prisonniers russes furent rapatriés. Parmi eux se trouvait le père du tsar, le patriarche Philarète Romanov. Soutenu par sa femme la nonne Marfa, le vieillard autoritaire se fit bientôt proclamer « tsar n° 2 » et patriarche de toutes les Russies.

On vit désormais d'étranges processions traverser la place Rouge : Philarète, en habit sacerdotal, marchait en tête, portant dans ses mains le sceptre impérial ; derrière lui suivait Michel, portant sa couronne, la toque et le col. Un jour, un fort coup de vent emporta la toque et le col : Philarète courut après les attributs du pouvoir suprême, les saisit avidement et, tendant à son fils le chapeau impérial, s'affubla du col ! Michel ne broncha pas et, les jambes vacillantes, poursuivit sa marche derrière son père.

Le tsar nourrissait surtout une passion pour les montres, les horloges et, tandis que Philarète présidait les réunions des boyards, Michel recevait, sur le conseil de sa mère, marchands, diplomates, mécaniciens et ingénieurs étrangers à qui il montrait avec orgueil son « musée d'horlogerie ».

En 1630, Philarète mourut et fut enterré au Kremlin avec tous les honneurs dus à un tsar. Mais Marfa veillait…

Un terrible malheur accabla le souverain : ses deux fils aînés trouvèrent la mort dans des circonstances mystérieuses. Michel refusa dès lors de s'occuper des affaires d'État. De plus en plus diminué, il ne parcourait plus les cours du Kremlin que dans son fauteuil roulant, toujours entouré d'une foule de mendiants et de simples d'esprit. On lui proposa d'enquêter sur la mort de ses enfants, en vain : « La vie et la mort de tous reposent dans la main de Dieu », se contenta-t-il de répondre. Sa vie familiale était de toute façon déterminée par sa mère la « tsarine » Marfa. En 1616, Michel avait pris pour femme la fille d'un noble sans fortune, Maria Khlopova. Marfa fit tout pour briser cette union. Aussi en 1624, le tsar épousa-t-il Maria Dolgorouki. Elle devait mourir empoisonnée quatre mois plus tard. C'est seulement en 1626 que Michel trouva une épouse agréée de tous, Eudoxie Strechneva, fille d'un nobliau. Le couple eut dix enfants, dont seuls Alexis, Irina, Anna et Tatiana survécurent.

Michel offrit la main de sa fille Irina au prince héritier du Danemark, mais la question religieuse allait empêcher cette idylle. En 1643, le prince Waldemar, fils de Christian IV, arrivait à Moscou avec une suite de trois cents personnes. Au terme de longs pourparlers, un accord était intervenu : Irina apportait en dot les principautés de Souzdal et Iaroslav. Par crainte de pratiques de sorcellerie, le prince ne reçut aucun portrait de sa fiancée. D'ailleurs les mœurs moscovites voulaient que l'époux étranger voie sa femme pour la première fois dans la chambre nuptiale. Waldemar était également autorisé à garder la foi protestante.

Cependant, à Moscou, on exigea de lui qu'il se convertît à l'orthodoxie. Le prince refusa et demanda à rentrer chez lui sur-le-champ, ce qui lui fut refusé. Il tenta de s'enfuir mais fut rattrapé et séquestré deux années, jusqu'à la mort de Michel. Ce mariage manqué marqua profondément la famille du tsar. Le jour de son quarantième anniversaire, 12 juin 1645, Michel regarda sa fille Irina, les yeux pleins de larmes, la bénit, et laissa retomber sa tête sur le dos de son fauteuil. Il était mort. Ainsi se terminait le règne du premier des Romanov.

La mère de Pierre le Grand

Alexis, le troisième fils de Michel, lui succéda à l'âge de seize ans. C'était un garçon au caractère docile. Il entrera dans l'histoire russe sous le nom de « Très paisible ». D'une nature contemplative, le nouveau tsar était facilement influençable. Il avait été élevé par le boyard Morozov. Homme d'État éminent mais intrigant et guère scrupuleux, ce dernier comptait bien devenir, à l'instar du patriarche Philarète, un tsar *bis*. Le meilleur moyen d'y parvenir était bien sûr de marier opportunément Alexis. On réunit alors deux cents jeunes filles, dont six furent retenues. Le puissant conseiller encouragea vivement le jeune tsar à prendre pour femme Maria, la fille de son ami et complice Miloslavski. Morozov lui-même épousa la sœur cadette de la future tsarine.

Alexis aima tendrement cette femme qui allait lui donner treize enfants. En revanche le mariage de Morozov âgé de soixante ans avec la toute jeune sœur de Maria ne fut guère heureux.

Mais la rumeur, comme toujours, finit par détruire la réputation de la nouvelle tsarine. On raconta qu'elle « sortait sur un manche à balai et qu'elle allait jusqu'aux collines des faubourgs pour célébrer, avec le diable, le sabbat ». Un certain moine proclama : « Belzébuth lui-même avait décidé de quitter l'Enfer pour habiter au

Kremlin avec ses amis. » Les boyards affirmaient que si la tsarine et sa sœur refusaient toujours d'être assistées aux bains par des servantes, c'était parce que « les orteils de leur pied gauche portaient la marque de Satan et étaient fourchus ».

Vers la fin du mois de juin 1648, plus de cent mille personnes envahirent le Kremlin, réclamant de voir le pied gauche de la tsarine. Affolé, Alexis accepta de livrer à la foule quelques proches de Morozov. La tsarine parvint à s'enfuir *in extremis* par les souterrains du palais.

Les yeux remplis de larmes, Alexis déclara à la foule :

— Ma dynastie règne parce qu'elle a été élue par le peuple. Je vous donne solennellement la promesse, pour moi et mes descendants, que le Kremlin est et sera toujours le lieu d'où seront chassés les « ennemis du peuple ».

Les clameurs de la foule sont toujours si changeantes en Russie… La vue de ce tsar âgé de dix-neuf ans à peine, paraissant tellement malheureux, émut les manifestants qui se mirent alors à hurler : « Longue vie à notre tsar bien-aimé ! » Ceux qui continuèrent à proférer des menaces furent ligotés et livrés à la police par la populace elle-même.

À la suite de cette émeute, la tsarine supplia son époux d'agir pour calmer le peuple, comme le fera plus tard la femme de Nicolas II. Alexis convoqua immédiatement l'assemblée des boyards par un conseil extraordinaire, afin élaborer un nouveau code pénal. Les réformes prévues, empruntées aux législations asiatiques, étaient d'une extrême sévérité, comme en témoignent les articles suivants :

1° Absorption et ingestion de métal fondu et chauffé à blanc pour les faux-monnayeurs.

2° La femme qui tue son mari doit être enterrée jusqu'au cou et maintenue dans cette position jusqu'à ce que mort s'ensuive (mais le mari qui tue sa femme ne doit payer qu'une amende !…).

Cette attitude révélait le caractère fermé de l'État moscovite, à la fois animé par la peur et la suspicion, l'orgueil et le refus des étrangers. Kotchkhine, témoin privilégié, souligna que la substitution des fiancées destinées aux étrangers était fréquente. « Nulle part au monde, dit-il, il n'est tromperie plus grande que dans l'État moscovite car les Russes n'ont pas adopté cette pratique en usage dans d'autres États qui veut que l'on voie par soi-même et que l'on s'accorde à l'avance avec la promise. » Jamais les ambassadeurs étrangers ne remettaient personnellement les présents de leur monarque aux épouses et aux filles des tsars car, écrit un autre historien, Zabeline, « le beau sexe de l'État moscovite ignore la lecture et l'écriture, que les femmes ont l'esprit naturellement simple et qu'elles sont pudiques ; il est vrai que de l'âge le plus tendre jusqu'à leurs noces elles vivent auprès de leur père à l'abri des regards indiscrets dans des appartements secrets où, hormis leurs parents les plus proches, personne, et surtout pas les étrangers, ne peut les voir ». Cette situation permet de comprendre pourquoi les libres mouvements de l'esprit et de la volonté ne s'exprimaient pas.

Quand l'élaboration du code fut terminée, le tsar quitta brusquement les boyards. Courant le long des couloirs du Kremlin, il regagna ses appartements et se réfugia dans son cabinet de prière attenant à sa chambre à coucher. Dans le secret de ces quatre murs, entouré d'icônes protectrices dont les ors scintillaient à la lueur des chandelles, il s'agenouilla et se mit à prier.

Alexis s'enferma de plus en plus souvent dans sa petite chapelle ; sa santé déclina rapidement. La tsarine, elle, était atteinte de graves crises de mélancolie. Leur fils aîné, le tsarévitch Fédor, errait dans les cours du Kremlin discutant avec ses seuls « amis », les chats ; leur deuxième fils, Ivan, simple d'esprit, passait le plus clair de son temps dans un fauteuil ; souvent il esquissait quelques mouvements saccadés comme pour attraper des mouches. Seule leur fille Sophie était robuste comme sa mère et débordait d'une vitalité qu'elle assouvissait dans les bras des officiers de la garde de son père ! La famille du tsar menait donc au Kremlin, une vie irréelle, sans contact avec le peuple et ses soucis.

C'est alors qu'apparut Nikone, fils de paysan, moine, pope marié, puis moine de nouveau. Reçu en audience par Alexis, il lui fit une telle impression que le tsar le retint au Kremlin. En 1652, Alexis fit du moine le métropolite de Novgorod, puis le nomma patriarche de toutes les Russies. Beaucoup pensent que Nikone fut la figure la plus étonnante de Russie au XVIIe siècle. Le tsar doux et hésitant devint rapidement l'ombre du chef de l'Église et ne fit plus quoi que ce soit sans être approuvé par Nikone. Il est vrai que le patriarche était une véritable force de la nature, il mesurait deux mètres et sa voix était puissante comme le tonnerre. Le tsar, persuadé d'avoir gagné la guerre contre la Pologne grâce aux prières de Nikone, ne lui refusa plus rien. Ainsi lui accorda-t-il de convoquer le concile pour « réparer les erreurs liturgiques ». Pour Nikone, les modifications apportées aux livres sacrés étaient un moyen essentiel de supprimer les désaccords avec l'Église grecque, nés des erreurs contenues dans les textes russes. Alexis ne se considérait pas seulement comme le tsar de toutes les Russies, mais se tenait pour le tsar de l'Orient orthodoxe tout entier. Si les adversaires de Nikone ne contestaient pas le caractère universel du tsar russe, ils réfutaient en revanche la nécessité d'aller chercher auprès des Grecs les sources de la véritable orthodoxie. Les querelles engendrées par l'action de Nikone allaient prendre une tournure fanatique et sanglante.

Sans doute Alexis regretta-t-il alors d'avoir donné tant de pouvoir à son patriarche, car ce dernier prônait la supériorité de l'autorité spirituelle sur l'autorité temporelle. Le tsar y vit une menace contre son propre pouvoir. De nouveau il s'enferma des journées entières avec la tsarine et consulta les livres sacrés. Cette affaire de correction des Écritures le dépassait.

Las, le tsar, après de longs conciliabules avec son beau-père, décida de créer un nouveau ministère, le *Taïni Prikaze* (ministère des Affaires secrètes de l'État). Lorsque les boyards apprirent cette décision, un vent de panique souffla sur le Kremlin. Aussitôt on parla d'un retour à l'époque d'Ivan le Terrible. Pendant ce temps, le tsar restait muet ; cependant l'on pouvait voir se dessiner sur son visage une jubilation imperceptible et énigmatique. Un jour, devant une assistance nombreuse, Alexis dit à un boyard : « Tu seras le chef de ce nouveau ministère. » À partir de cet instant, le boyard Stoukov fut assailli par ses confrères qui tentèrent de gagner sa sympathie. On vit même certains d'entre eux glisser des pièces d'or dans sa poche pendant l'office religieux ! La fièvre ravageait tout le Kremlin, quand, lors d'une assemblée, Alexis cria à Stoukov, afin d'être entendu de tous : « N'oublie surtout pas d'acheter des éperviers de Vologda, ce sont les meilleurs de notre pays, ceux qui se dressent le plus facilement ! »

Hé ! oui, le fameux ministère, celui qui faisait si peur, ne s'occupait que de la chasse ; le tsar s'était joué des boyards ! Alexis possédait des milliers d'oiseaux dressés, trois mille faucons et éperviers et plus de dix mille nids de pigeons. Il écrivit même un ouvrage intitulé *Code des chemins fauconniers*. Afin d'augmenter sa « Haute Cour », ainsi appelait-il ses oiseaux, il avait créé un *ministère* dont le nom évoquait étrangement la police secrète d'Ivan le Terrible. Scène anodine dans la tragi-comédie aux cent actes qui se jouait au Kremlin depuis déjà plus d'un siècle et qui n'est pas sans rappeler les grandes chasses de Leonid Brejnev…

La première chasse du nouveau ministère fut un succès : les faucons et éperviers rapportèrent plus de cinq cents bêtes. Malheureusement, à son retour, Alexis apprit la mort de sa femme.

Chaque boyard prépara alors sa fille pour la grande présentation, espérant que le tsar choisirait la sienne ; mais celui-ci avait déjà jeté son dévolu sur Natalia Narychkine. Nikone contesta vivement la décision d'Alexis. En effet, Natalia était la fille d'un fonctionnaire des Affaires étrangères sans fortune et d'une Écossaise russifiée : un tsar ne pouvait pas épouser une demi-étrangère. Nikone céda finalement, non sans avoir obtenu du souverain la promesse que la future tsarine se préparerait au mariage « dans la véritable foi de l'Église orthodoxe » et le prendrait, lui, le patriarche de toutes les Russies, pour unique confesseur.

Un vent de joie et de jeunesse souffla sur le Kremlin. Natalia n'était pas une beauté, mais son caractère rieur, son esprit vif la rendaient charmante. Désormais le palais résonnait des airs populaires russes et écossais, qu'elle chantait en s'accompagnant elle-même à la cithare ; pour le plaisir d'Alexis, elle dansait aussi remarquablement. La nouvelle tsarine initia son époux aux distractions occidentales ; ainsi fut créé le premier théâtre du Kremlin dans lequel danses et concerts animaient les longues soirées d'hiver. Alexis y fit même venir une troupe allemande en 1672. Le tsar n'osa pas transformer entièrement la vie sévère du palais, mais afin de préparer quelques réformes, il envoya son ambassadeur Potemkine étudier les mœurs et les habitudes occidentales. Le diplomate rapporta que les mœurs françaises n'étaient pas bonnes pour les chrétiens et que les Espagnols étaient « des tziganes déguisés » !

Nikone ne se souciait guère de ces études sur la vie occidentale, et persévérait dans ses certitudes. En plein milieu d'un office religieux, il déchira un ouvrage de liturgie ancienne et le jeta par terre. Ivre de rage, le patriarche s'écria : « Ce livre est l'œuvre de Satan ! »

Nikone ne retrouvait son calme qu'avec la jeune tsarine qui venait souvent parler avec son confesseur de divers sujets religieux. Si le tsar se réjouissait de voir sa femme tenter de sauver son âme de « pécheresse » avec ce « saint homme », son entourage regardait ces rendez-vous fréquents d'un autre œil. Les ennemis du patriarche ne se gênaient pas pour souligner le tempérament volcanique de Nikone. Aussi les relations du mari et du confesseur devinrent-elles extrêmement tendues. Lassé de cet ami trop influent, le tsar changea d'attitude à son égard. Au mois de juillet 1658, Nikone renonçait au patriarcat.

À la même époque, en 1672, la tsarine mit au monde un enfant. Le petit Pierre allait être une force de la nature et mesurer lui aussi deux mètres.

Très affaibli par ces querelles, Alexis ne sortit plus de son palais et mourut en 1676. Grâce aux victoires de ce tsar paisible, notamment en Pologne, la Russie devint une grande puissance.

Le défunt avait laissé beaucoup d'héritiers, deux fils et six filles du premier lit, un fils et deux filles du second. La situation était compliquée car la famille était divisée en deux branches, selon l'origine des deux tsa-

rines : les Miloslavski et les Narychkine. Si les filles du
premier mariage débordaient de santé et d'énergie, les
fils, Fédor et Ivan, étaient souffreteux. En revanche,
Natalia Narychkine, la seconde épouse du tsar, avait
mis au monde un garçon solide et intelligent. Mais le
puissant clan Miloslavski résolut de faire monter Fédor
sur le trône. Derrière ce projet se cachait la plus forte
et la plus ambitieuse de ses sœurs, Sophie, qui avait
seulement un an de plus que sa marâtre Natalia Narychkine.

Le jeune Fédor avait reçu une excellente éducation
grâce à son précepteur Siméon, qui lui inculqua l'amour
des sciences, la connaissance des mathématiques et de
plusieurs langues étrangères y compris le latin. Cependant, une maladie incurable le tenait faible, à peine
capable de se mouvoir.

Sophie prend le pouvoir

Une neige fondue coulait sur les vitraux des cathédrales du Kremlin. Les sabots des chevaux pataugeaient dans la boue de la place Rouge. Des milliers de moines, venus de tous les coins du pays pour assister au couronnement du fils aîné d'Alexis, s'enfonçaient dans cette boue jusqu'aux chevilles. Âgé de quinze ans, le chétif Fédor eut grand mal à supporter le poids des attributs impériaux. Pendant que le futur tsar ajustait le col royal, le prince Golitsyne, qui portait la couronne, eut l'idée saugrenue de la poser sur sa propre tête. Un vieux boyard à la stature imposante s'avança vers le prince et lui dit : « Eh bien, sais-tu que ce geste est un crime de lèse-majesté et que tu pourrais bien le payer de ta tête ! »

Golitsyne ne répondit point et jeta un regard vers la tsarevna Sophie qui souriait. Elle n'était pas la seule, d'ailleurs, à s'en amuser, car ceux qui avaient remarqué la scène connaissaient leur complicité et savaient que chaque nuit le prince gagnait le *térème* de Sophie et n'en sortait qu'au petit matin.

En 1680, postérité oblige, on décida de marier Fédor III. Mais le pauvre garçon n'y était guère prêt. Il se mit à pleurer lorsqu'on l'obligea à se rendre aux bains pour choisir sa fiancée. Les parents des candidates le traînèrent alors vers le *térème*, proférant toutes sortes d'encouragements. Amené à la place privilégiée du « voyeur », le tsar ferma obstinément les yeux, murmura une prière et se signa fébrilement. Malgré ses états d'âme, les boyards firent défiler les jeunes filles, pressant Fédor de faire son choix. Écœuré, le jeune tsar désigna au hasard une Polonaise nommée Agathe Grouchevski.

La nouvelle tsarine, qui avait six ans de plus que son époux, possédait un caractère aussi indépendant qu'autoritaire. Elle mourut une année plus tard en accouchant d'un fils qui ne lui survécut pas. Selon une légende, désirant renforcer son autorité, Sophie décida d'adresser dans le plus grand secret au patriarche une demande de « dispense d'inceste » pour épouser son frère le tsar ! Une indiscrétion fut commise au secrétariat du patriarche et, avant que toute la ville et le royaume en parlent, Sophie renonça à son projet. Elle trouva alors une nouvelle candidate pour son frère, Marfa Apraxine, la fille d'un nobliau de Riazan. Fédor accepta sa nouvelle épouse avec la plus parfaite indifférence.

Durant son court règne, Fédor III tenta de réhabiliter l'ex-patriarche Nikone. Peu avant de mourir, il lui envoya un message dans son couvent de la mer Blanche, lui demandant de prier pour son âme et celle de son père Alexis, et le rétablissant dans son titre de patriarche. Nikone répondit : « Je te pardonne à toi, Fédor. Quant à ton père, seul le jugement dernier décidera ; nous nous rencontrerons lui et moi devant Dieu et là nous verrons ! »

Sans doute se rencontreront-ils effectivement dans l'éternité, par la personne interposée du futur tsar Pierre le Grand.

Pour l'heure, le retour en grâce de Nikone faisait

grand bruit dans le pays. En apprenant son retour, des opposants du nord de la Russie se jetèrent dans des brasiers avec leurs familles, pour marquer leur attachement à l'ancienne Église. Leur chef spirituel *protopope* Avaakoum donna l'exemple en s'immolant sur son bûcher avec sa femme et ses enfants. Des milliers de croyants suivirent son exemple, l'odeur de chair brûlée se répandit jusqu'à la capitale.

La mort de Nikone mit un terme à cette vague de suicides. Alors qu'il se dirigeait vers Moscou, une maladie brutale le terrassa ; Dieu seul sait laquelle. En revanche, nous savons que le métropolite refusa de lui administrer les derniers sacrements. Fédor, victime de violentes coliques, mourut à son tour le 27 avril 1682, pour avoir – dit-on – abusé de son plat préféré, la tarte aux mûres…

En ce printemps, la vie politique en Russie était toujours plus rude que le climat ! La succession de Fédor était compliquée.

Depuis longtemps déjà, deux clans s'opposaient au Kremlin : les nobles, autour de Sophie, les Narychkine autour de la tsarine Natalia et de son fils Pierre. Le choix de Pierre comme héritier de Fédor paraissait naturel, car Ivan, frère cadet du tsar défunt, était simple d'esprit. Mais Sophie ne l'entendait pas ainsi. La tsarevna avait l'appui total des nobles qui détestaient les Narychkine et le soutien des *streltsi*, ces fantassins armés d'arquebuses qui allaient devenir le principal dispositif de la conquête du pouvoir. Elle prit alors la tête d'un coup d'État afin de placer Ivan sur le trône et devenir régente.

Le glas des quatre-vingts églises de Moscou retentit longuement, remplissant de ses notes funèbres la cathédrale où l'on célébrait les funérailles du jeune tsar. Faisant entrave au protocole, Sophie avait suivi le cercueil de Fédor en sanglotant et en s'arrachant les cheveux.

Elle avait vingt-six ans et en paraissait le double. Le consul français La Neuville en a laissé un portrait sans complaisance : « Affligée d'un corps d'une grosseur monstrueuse, avec une tête large comme un boisseau, du poil au visage et des ulcères aux jambes. »

À la sortie de l'office, la tsarevna lança un appel au peuple : « Notre frère le tsar Fédor a été empoisonné par nos ennemis. Notre frère Ivan n'a pas été choisi pour régner. Nous ne sommes plus que de pauvres orphelins. Accordez-nous la vie et laissez-nous partir en terre étrangère chez les rois chrétiens ! »

Le 15 mai 1682, une foule épouvantée se massa sur la place Rouge, regardant les nobles entrer dans le palais où s'étaient réunis les partisans de Pierre et de sa mère.

« Voici la liste des canailles que nous avons décidé de supprimer, crièrent-ils. À toi, tsarine Natalia, et à ton fils, nous ne ferons aucun mal, mais il faut que nous trouvions les traîtres à notre religion orthodoxe chrétienne. Sinon, pas une pierre de ce palais ne subsistera et vous serez tous pendus comme des chiens ! » Une escouade de *streltsi* se rangea sur le perron. La liste des condamnés fut énoncée. Vingt-cinq personnes furent immédiatement appréhendées, empalées et sabrées. Natalia et Pierre durent regarder cet horrible massacre. Un des hommes piqua sa lance dans une tête qui roulait près de lui et se tourna vers le petit Pierre, qui n'avait alors que dix ans : « Regarde bien cette tête, cria-t-il à l'enfant horrifié qui fermait ses yeux. C'est celle de ton oncle, cette canaille de Narychkine ! » L'officier saisit Pierre par l'oreille, le traîna malgré les cris de Natalia vers les cadavres mutilés et le fit tomber sur le corps de Narychkine. L'enfant se releva et courut se blottir dans les bras de sa mère en tremblant de tout son être. Pierre ne pourra jamais plus éliminer ce cauchemar de ses nuits et gardera ce tremblement nerveux toute sa vie.

Les *streltsi* massacrèrent encore une cinquantaine de personnes. Ils pillèrent la cave du tsar, burent tous les vins, même le « Samos » grec destiné à l'Eucharistie du tsar et de quelques boyards.

Sophie, le prince Golitsyne et quelques hommes de sa suite avaient quitté le Kremlin durant ces sanglantes journées de mai. La tsarevna gratifia les *streltsi* de dix roubles chacun et les biens des boyards en disgrâce furent vendus à leur profit. La décision de la Douma de placer Pierre sur le trône fut révisée : la Russie allait avoir deux tsars. Ivan fut proclamé « premier tsar », tandis que Pierre fut proclamé « second tsar ». La régence fut confiée à Sophie.

La tsarevna nomma son amant, le prince Golitsyne, chancelier et commandant en chef. Fin et cultivé, cet homme se rendit vite compte de la faiblesse militaire des nobles et réorganisa complètement leur armée. Il donna sur la place Rouge la première revue militaire qui impressionna les diplomates étrangers et le peuple. Se souvenant de la vaillance des cosaques Zaporogues, il transforma en districts militaires leurs fiefs.

Désormais, Sophie et son amant étaient les véritables maîtres du Kremlin. Avant Sophie, deux femmes seulement avaient gouverné l'État russe : la princesse Olga à Kiev, et Hélène Glinski régente durant l'enfance de son fils le futur Ivan le Terrible. Pour la première fois, une tsarevna non mariée détenait le pouvoir suprême.

Polonophile et occidentaliste, Sophie voulut avant tout réconcilier Moscou et Varsovie pour entrer dans la Sainte Ligue formée par la Pologne, l'Autriche, la Hongrie et Venise, et la rejoindre dans sa lutte contre les Turcs.

La marâtre de Sophie, la tsarine Natalia, fut obligée de quitter le Kremlin avec sa famille et alla habiter le « Palais d'Été » de Préobrajenskoïe, situé non loin de Moscou.

Formellement, Ivan et Pierre étaient donc tous deux tsars. Pour tenter de sauver les apparences, Sophie commanda un double trône. Les attributs impériaux furent portés par chacun à tour de rôle ; on fit confectionner à l'intention de Pierre une « seconde » chapka de Monomaque rappelant l'originale par sa forme mais considérablement inférieure en valeur artistique.

Se méfiant de la sagesse des deux petits souverains, les boyards firent aménager derrière le dossier de ce trône entièrement en argent une cachette pour leurs précepteurs. Elle était cependant le plus souvent occupée par la régente.

De temps en temps, les boyards venaient chercher Pierre au Palais d'Été pour le présenter aux corps diplomatiques. Au cours de ces audiences, Sophie soufflait de sa cachette, par une petite ouverture dissimulée sous un tapis, les réponses aux questions insidieuses des diplomates, souvent étonnés par la sagesse de l'enfant.

Voici comment un ambassadeur polonais décrivit une de ces cérémonies : « Le tsar Pierre, âgé de dix ans, très grand pour son âge, nous regardait de ses yeux tristes et curieux, en agitant nerveusement sa tête ; on dit que ce tic remonte au jour du coup d'État de sa demi-sœur Sophie, où les *streltsi* menacèrent de l'assassiner. Le tsar Pierre voulut toucher la décoration du Lion et du Soleil que l'empereur de Perse avait offerte au ministre de Courlande, mais il en fut brutalement empêché par le chef de la police secrète de Sophie, qui le prit par le bras et le pinça sans doute, car le jeune tsar rougit de colère et de douleur.

Quant à Ivan, c'était un curieux tsar qui restait constamment immobile, les yeux tournés vers le plafond ; il ne fit qu'un mouvement brusque pour capturer une mouche et pour rattraper sa couronne qui manqua de tomber. Ce fut Pierre qui sauta de son trône et la lui remit sur la tête... »

À la mort du tsar Alexis, son successeur, Fédor, avait insisté pour que son demi-frère Pierre bénéficie d'un excellent précepteur : « Un homme craignant Dieu, bien instruit, et surtout pas un ivrogne » ! Les boyards cherchèrent longtemps l'oiseau rare, et finirent par le dénicher au ministère des Contributions directes, qui s'occupait essentiellement des recettes provenant de l'alcool. Nikita Zotov était un homme bien instruit pour l'époque mais à force d'avoisiner les buveurs de vodka, il était devenu au fil du temps un ivrogne invétéré. Dans ses rares moments de sobriété, le précepteur apprenait à Pierre l'alphabet russe, l'Évangile, l'Ancien Testament, les chants liturgiques, des rudiments d'arithmétique et d'histoire.

Zotov enseignait d'une façon si monotone que son élève s'endormait souvent sur ses genoux ! Le futur créateur de l'Empire russe ne pouvait écrire sa langue natale sans faire de nombreuses fautes d'orthographe. On releva un jour quatre fautes dans un mot composé de trois lettres ! Pierre ne retint, dit-on, de ce que lui avait enseigné Zotov que quelques chants. Il aima d'ailleurs toute sa vie chanter de sa belle voix de basse avec les chœurs des cathédrales.

Fils unique et tendrement choyé par sa mère, Pierre grandit très vite, trop vite peut-être, et devint un adolescent précoce. À douze ans, c'était déjà un grand et beau garçon qui ne dédaignait pas l'alcool, que Zotov lui avait appris à boire.

La tsarine douairière disposait d'une suite réduite au Palais d'Été, car le Kremlin ne lui accordait que très peu d'argent. Mais les quelques femmes qui servaient Natalia appréciaient beaucoup le jeune tsar. En effet, la boisson le rendait « sentimental » et lui faisait rechercher leur compagnie. Une très ancienne croyance russe attribuait aux attouchements du tsar des qualités thérapeutiques. Pierre usa pleinement de ses « pouvoirs de guérisseur » qui se terminaient par des éclats de rire dans les buissons ou sur la pelouse. Mais quand il entra dans sa treizième année, les jeunes filles commencèrent à se plaindre de son comportement, comme en témoigne cette lettre : « … Je suis venue sur la pelouse, vêtue de mes plus beaux habits, et je suis rentrée nue comme un ver car le tsar a déchiré mon corsage, ma jupe et mes rubans. Il m'a cassé au moins une côte, car je me suis défendue contre ses défis et n'ai pas voulu commettre le péché mortel… »

Pour remédier à ces ardeurs, Natalia décida de marier Pierre dès qu'il eut seize ans. Les Narychkine ne voulaient pas d'une alliance avec une grande lignée, susceptible de leur faire concurrence. Aussi la tsarine choisit-elle Eudoxie Lopoukhine, fille d'un nobliau. La fiancée avait de grands yeux verts et une gorge imposante. Elle était jolie, mais complètement indifférente à son promis.

Après son mariage, Pierre continua à mener une vie désordonnée. Une des demoiselles d'honneur de la tsarine Eudoxie raconta une visite que Pierre, ivre mort, aurait faite à sa femme. Ayant tiré Eudoxie de son lit par les pieds, il l'aurait forcée à s'habiller pour ensuite déchirer ses vêtements, l'aurait jetée sur un sofa en présence de trois de ses servantes et les aurait violées avant de s'endormir sur une table…

Depuis plusieurs années déjà, le tsar aimait parcourir les foires et les lieux de distractions publics. Certes, il y recherchait la compagnie des filles, mais il y recrutait aussi des jeunes gens dans le dessein de se constituer une garde personnelle. Il les groupa en « régiments de jeu », comme s'il s'était agi de compagnons de plaisir et non pas de soldats. N'ayant pas assez d'argent pour acheter l'équipement nécessaire à ses amis, il soudoya les gardiens de l'arsenal du Kremlin et réussit à s'y procurer tout ce dont sa garde avait besoin.

Depuis son enfance, Pierre avait été intrigué par le faubourg des Allemands dont il voyait les maisons proprettes en brique et les jardins ombragés. Le jeune tsar passait souvent sur la route de ce quartier de Moscou où habitaient les étrangers. Mais ce n'est qu'à partir de 1690, deux ans après son mariage, que ses visites y devinrent fréquentes. Il quittait volontiers le palais pour jouir des plaisirs de la rue. Si les Russes se contentaient de passer des soirées à boire jusqu'à ce que tout le monde ronflât, les étrangers, eux, aimaient les échanges sur le monde, ses hommes d'État, ses savants et ses guerriers. À travers cette liberté, Pierre forgeait de nouvelles relations et se retrouvait, comme le diront ses biographes, « à mi-chemin de l'Europe ».

Dans le faubourg des Allemands, il fit la connaissance du volubile capitaine Franz Iakovlevitch Lefort, d'origine genevoise. Arrivé à Moscou sous le règne d'Alexis, Lefort avait fait carrière dans l'armée. Ce bon vivant, grand trousseur de jupons, restera jusqu'à sa mort l'un des hommes les plus proches de Pierre. Presque aussi grand que le tsar, avec de plus larges épaules, un long nez pointu et des yeux pétillants, Franz Lefort était beau. Il avait à l'époque trente-quatre ans et Pierre dix-neuf.

Eudoxie ne recevait guère la visite de son mari. On ne le voyait pas au palais pendant des jours et parfois des semaines car il vivait et dormait chez ses amis du faubourg allemand où il comptait six maîtresses. Cependant, il eut un vrai coup de foudre pour Anna Mons, sa maîtresse en titre. Cette Allemande aux cheveux de lin avait déjà été conquise par Lefort. Quand le tsar laissa voir qu'il s'intéressait à la chevelure blonde, au rire hardi et aux yeux étincelants de cette fille « excessivement belle », Lefort lui céda simplement sa place. Anna plaisait à Pierre car elle pouvait lui tenir tête, qu'il s'agisse de boire autant que de plaisanter. Sans souci du protocole, il paraissait avec Anna en compagnie de boyards et de diplomates étrangers. Sans doute la tendresse de la jeune femme à l'égard du tsar fut-elle également stimulée par l'ambition. Ainsi fut-elle. Pierre la couvrit de bijoux ; lui offrit également un palais et un domaine à la campagne où s'organisaient souvent des fêtes gargantuesques. Les banquets commençaient habituellement à midi pour s'achever à l'aube. On s'interrompait entre les services pour fumer, jouer aux boules ou aux quilles, tirer à l'arc ou au mousquet. Les discours s'accompagnaient de sonneries de trompette et même de salves d'artillerie. Lorsqu'il y avait un orchestre, Pierre jouait du tambour. Danses et feux d'artifice animaient la soirée. Si l'un des convives était vaincu par le sommeil, il restait où il se trouvait et poursuivait son somme. Il n'était pas rare que la moitié de l'assistance ronflât. Parfois, ces réunions duraient deux ou trois jours durant lesquels les invités, couchés sur le sol, se relevaient pour avaler boissons et mets puis retombaient dans leur torpeur béate.

Détestant les vieilles traditions, les mœurs et les usages russes, le tsar fréquentait de plus en plus les étrangers.

À leur contact il apprit l'argot de nombreuses langues. En 1717, le ministre des Affaires étrangères français Dubois raconta : « Lorsque je parle avec le tsar, en français, je me demande qui a bien pu lui enseigner notre langue. Il ne connaît aucun mot courant, mais il emploie des expressions qui feraient rougir les dragons de nos régiments. Je l'ai entendu, une fois, à Versailles, jurer d'une telle façon que les valets d'écurie en sont restés bouche bée. »

Si le général écossais Patrick Gordon donnait des avis judicieux et de sages conseils, Franz Lefort, lui, apportait à Pierre la gaieté, l'amitié et la compréhension. Le jeune homme se détendait en sa compagnie. Lorsqu'il entrait dans une de ses colères légendaires et brisait tout autour de lui, Lefort était le seul à pouvoir l'agripper par le bras et le tenir jusqu'à ce qu'il se calmât. Sans doute le tsar était-il sensible au fait que son ami fût totalement désintéressé. Il appréciait sa franchise, sa droiture et sa générosité. La promotion de ce compagnon hors pair fut fulgurante. Pierre lui offrit un palais avec les fonds nécessaires à son entretien, le fit général, amiral, puis ambassadeur.

Le prince Kourakine raconta l'ambiance de l'époque : « ... La plupart de ces étrangers vivant chez nous étaient, dans leurs pays, des franches canailles. Ils ont su se mêler à ceux de nos boyards et de nos nobles qui possédaient les mêmes qualités. Le jeune tsar, totalement sous leur influence, participe à toutes les distractions les plus ignobles de cette bande diabolique. Rien n'arrête ces gens sans foi ni loi... » Dans ses *Mémoires*, il décrivit les fêtes de la « bande de Pierre et de sa maîtresse allemande ». Ces orgies s'appelaient « les batailles avec Ivachka Khmelnitski ». Il faut voir là un jeu de mots : *Khmel* voulant dire alcool, il s'agissait donc de batailles avec l'alcool. Chacune de ces batailles se terminait souvent par la mort de plusieurs des participants. Il fallait une santé de fer pour passer par « l'épreuve de l'Hercule moscovite », comme la nommait Franz Lefort, et qui consistait à « déboucher dix-huit bouteilles de vin et débaucher dix-huit vierges... ».

Lors d'une de ses folles escapades dans le faubourg des Allemands, pendant la nuit de la mi-carême, Pierre et Anna Mons déguisèrent Zotov, le précepteur du tsar, en Bacchus et lui firent conduire un traîneau attelé de quatre porcs enrubannés !

Pierre était devenu majeur par son mariage, or la

régente songeait à la couronne pour elle-même. La confrontation entre les deux camps allait être inévitable.

Au début de l'été 1689, Sophie reçut un nouveau rapport sur les agissements de Pierre et de ses « compagnons de jeu ». Le doute n'était plus possible ; le jeune tsar voulait la chasser du Kremlin. La régente envisagea alors le massacre de son demi-frère, de sa famille et de tous ses serviteurs avec l'aide des *streltsi*. Prévenu dans la nuit du 7 au 8 août qu'une troupe armée se dirigeait vers Préobrajenskoïe, Pierre s'enfuit au monastère de la Trinité, situé à une soixantaine de kilomètres de Moscou. Ce fut la dernière fois qu'il fit preuve de couardise, sans doute était-ce dû à ses souvenirs enfantins de la révolte des *streltsi*, car à l'heure du danger il sera toujours d'une vaillance inébranlable.

Pendant ces événements, ses amis du faubourg allemand jouèrent un rôle décisif sur le destin du tsar.

Sûr de sa force, le jeune monarque ordonna à tous les généraux et officiers étrangers de se rendre au camp de la Trinité, à cheval et en armes. Le premier à répondre fut le courageux général écossais Patrick Gordon. Quand il sauta sur son cheval, tous les régiments étrangers le suivirent. Âgé de cinquante ans, Gordon jouissait d'un respect unanime.

La victoire étant assurée, Pierre se fit livrer le chef des *streltsi* ainsi que ses compagnons d'armes et les fit exécuter après d'effroyables tortures. Le 6 septembre, il écrivit à son frère Ivan, lui expliquant la nécessité d'écarter Sophie du pouvoir. Se disant prêt à respecter son frère, il lui demandait l'autorisation de le libérer du fardeau du pouvoir. Ivan ne s'y opposa pas et ne remplit plus que nominalement ses obligations de tsar jusqu'à sa mort en 1696.

Pierre exigea ensuite que Sophie renonçât à la régence ; ses alliés lui refusèrent bientôt leur soutien.

Peu à peu, le patriarche, les boyards, les troupes régulières et la plupart des régiments de *streltsi* se rallièrent à Pierre.

Le 12 septembre 1689, de nouveaux responsables des administrations centrales de la Moscovie étaient désignés en son nom.

Les femmes de Pierre le Grand

Pour inaugurer son règne, le tsar donna une fête au Kremlin à laquelle il convia le peuple.

Pendant ce temps, la régente Sophie était entrée dans un monastère. Comme Pierre demandait de ses nouvelles, il s'entendit répondre que sa demi-sœur souhaitait recevoir son nom de religieuse de Sa Majesté même.

Le jeune homme regarda froidement son interlocuteur et répondit sèchement :

– Dis-lui d'apprendre à danser et de prendre le nom de Salomé, je lui offrirai la tête du chef des *streltsi*.

Débarrassée de la régente Sophie, la tsarine Natalia gouverna avec l'aide du clan Narychkine. Le jeune tsar tenait sa mère en adoration. En sa présence, il était méconnaissable, ne buvant et ne jurant jamais ; pourtant, selon l'historien Walizevski, il lui arriva de s'interroger sur la vie sentimentale agitée de celle qui lui avait donné le jour :

« Au cours d'une orgie, Pierre interpella le boyard Tikhone Strechnev, connu pour avoir été "intime" avec la seconde femme du tsar Alexis :

– Celui-là, dit Pierre en désignant un personnage de sa suite, sait au moins qu'il est le fils naturel du tsar Alexis, mon père présumé. Mais moi, de qui suis-je le fils ? Du patriarche Nikone ? Ou d'un autre ? Parle ! Allons, parle sans crainte… Parle ou je t'étrangle !

Pierre le saisit à la gorge. Celui-ci, blême, tremblant de tous ses membres, parvint à articuler :

– Majesté… Sire… Je vous en supplie… Laissez-moi. Je ne puis répondre comme je le dois à mon tsar.

– Et pourquoi donc ?

– Sire… comment dire… Je n'étais pas seul dans le lit de la tsarine Natalia…

À cette époque, Pierre était accompagné de deux hommes qui allaient jouer un rôle essentiel dans sa vie, le futur « prince de la terre d'Ijora », Alexandre Menchikov, et le baron Piotr Chafirov.

Le jeune souverain avait fait leur connaissance quelques années auparavant. Alerté par des cris provenant de la boutique d'un petit marchand, Pierre se fraya un passage jusqu'à l'échoppe. Un petit homme tenait un adolescent par le collet. Le secouant, il vociférait que le voyou lui avait dérobé cinq roubles de tissu. Le voleur, un grand garçon aux cheveux bouclés et aux larges épaules, se débattait en proclamant son innocence d'« honorable marchand de *pirojki* ». Déjà un cercle menaçant se pressait autour de lui quand Pierre intervint :

– Que ce passe-t-il ici ?

– Mijnherr, intercéda Lefort, c'est Alexandre Menchikov, fils de Daniel, écuyer du boyard Samsonov, un brave garçon, je le connais bien, il est à mon service.

– Lâche-le, ordonna le tsar au marchand. De quoi est-il coupable et pourquoi tout ce bruit un jour de fête ?

Le petit marchand ne semblait guère impressionné par l'intervention de ces messieurs haut placés, à en juger par leurs habits :

– Il m'a volé un coupon de soie d'une valeur de cinq roubles et s'il ne me paye pas, je le livrerai aux policiers.

Pierre dévisagea le marchand et dit :

– Tu es entêté. Laisse partir cet homme et viens

demain chez moi, à Préobrajenskoïe. Je te donnerai tes cinq roubles.

Et se tournant vers le garçon, il ajouta :

— Quant à toi, Alexandre Menchikov, à partir d'aujourd'hui, tu serviras ton tsar, au lieu de te faire prendre par les policiers !

Le lendemain, le boutiquier se rendit à Préobrajenskoïe :

— Où es-tu né ? demanda Pierre.

— En Hollande.

— Quel est ton nom ?

— Pinkous Issaïevitch Chapiro, marchand ambulant.

— As-tu beaucoup voyagé ? Connais-tu plusieurs langues ?

— Oui, Majesté, je connais les pays situés au-delà de la Vistule, du Prut et de la mer Noire. Je parle allemand, hollandais, latin, polonais, anglais et… et yiddish, Majesté.

— Es-tu juif ?

— Oui, Majesté.

Pierre se gratta la tête.

— Bon, tu t'appelleras Piotr Pétrovitch Chafirov.

— Entendu, Majesté.

Pierre regarda le jeune marchand s'éloigner en boitant légèrement.

— On ne trouve pas partout des hommes capables de se débrouiller dans tous ces dialectes étrangers. Je te ferai, un jour, ministre des Affaires étrangères, conclut le tsar.

Le futur vice-chancelier de l'Empire russe, appelé le « Juif de Pierre le Grand », s'agenouilla devant son tsar…

Lorsque Chafirov revit Menchikov, il cracha dans sa direction et dit au tsar :

— Votre Majesté aura toujours des ennuis avec celui-ci. Un voleur reste un voleur, dit un proverbe latin.

Menchikov regarda le petit homme :

– Nous avons aussi un proverbe russe : « Méfie-toi d'un voleur pardonné… »

À la suite de cette altercation avec le marchand Chapiro, Alexandre Menchikov devint l'ordonnance personnelle du tsar. Couchant dans la chambre voisine de la sienne ou au pied de son lit quand il se rendait à l'étranger, Alexandre demeurait à son service jour et nuit. Ainsi travailla-t-il au côté de son maître sur les chantiers navals d'Amsterdam et de Depford. Adaptable, apprenant vite, Menchikov apprit l'allemand et le hollandais ; cependant, il n'en restait pas moins fondamentalement russe. Acceptant de rompre avec des coutumes anciennes, tentant de comprendre les idées nouvelles, le jeune garçon incarnait le type d'homme que Pierre désirait créer dans son pays.

Après la mort de Lefort, survenue en 1699, Menchikov devint le confident de Pierre. Une véritable affection devait lier les deux hommes.

À l'instar de son maître, Alexandre était une force de la nature. Excellant aux exercices corporels comme lui, il savait exécuter n'importe quelle tâche. Il savait être le compagnon de ses orgies, le confident de ses amours, le commandant de sa cavalerie et un ministre de son gouvernement avec autant de dévouement que d'habileté. Alexachka, ainsi surnommé par le tsar, devint une figure de premier plan de l'ère pétrovienne. Son tact, son optimisme, sa grande intuition pour comprendre et anticiper les ordres ou les colères de Pierre le rendaient irremplaçable.

Sa rapide ascension lui attira néanmoins de nombreux ennemis.

Devenu l'*alter ego* de Pierre, Alexachka savait si bien comment celui-ci réagirait dans n'importe quelle situation, que ses ordres étaient acceptés comme ceux du tsar. « Il peut faire ce qu'il veut sans me demander mon avis, disait le souverain, mais moi je ne décide rien sans lui demander le sien. » Cette sentence concernait également les affaires sentimentales du souverain.

En janvier 1694, mourut la tsarine Natalia. Elle avait quarante-quatre ans ; Pierre n'avait pas encore vingt-deux ans. Il fit alors ses seconds débuts de tsar.

En 1697, l'empereur de toutes les Russies partit pour un long voyage à l'étranger, en compagnie de ses amis les plus proches, afin d'« apprendre des choses utiles » et de voir « comment vivent les autres ». Il refusa cependant, autant qu'il le put, de s'y rendre en visite officielle car, disait-il, « il ne pouvait que perdre son temps en réceptions ». Détestant l'étiquette, Pierre se cacha sous le pseudonyme de Piotr Mikhaïlovitch, volontaire de l'ambassade du tsar.

Avant son départ de Hollande, le souverain fut invité à Utrecht par Guillaume d'Orange, roi d'Angleterre sous le nom de Guillaume III. Cette rencontre le décida à se rendre en Angleterre où la construction des bateaux était encore mieux organisée qu'en Hollande. Il partit immédiatement pour le chantier naval de Depford où Menchikov se montra presque son égal. Il était en effet le seul Russe en dehors de Pierre à posséder de réelles aptitudes pour le métier de charpentier. L'emploi du temps du tsar fut noté dans un journal de voyage, comme par exemple lors de leur visite à Londres : « Avons visité le théâtre, les églises. Avons reçu la visite d'évêques anglais qui nous ont emmerdés plus de deux heures. Avons convoqué la femme géante, taille de quatre *archines* (2,40 m) : le tsar est passé sans s'incliner sous le bras tendu de cette femme. Avons visité l'Observatoire. Sommes allés au Tower, avons vu le Palais de la Monnaie, la prison et le Parlement… »

La rencontre avec la géante ne se déroula pas sans

incident. Les Russes lui avaient proposé une somme rondelette pour observer scientifiquement, et de près, les détails de son anatomie. Mais ces « inspecteurs », un peu trop pressants, voulurent – toujours au nom de la science – savoir comment elle faisait l'amour ! Refusant cette marque d'attention supplémentaire, la femme empocha la somme promise pour sa prestation et rentra chez elle outrée !

Le tsar quitta l'Angleterre après trois mois. En route pour Vienne, il s'arrêta à Dresde où il fut reçu par la veuve du *Kurfürst* de Brandebourg et par une princesse de Hanovre, la belle Aurore de Koenigsmark. Une foule de jolies femmes de l'aristocratie allemande entoura bientôt « l'enfant terrible du Kremlin ». Lors d'une soirée, Pierre, tenant à montrer sa virtuosité de musicien, fit venir un gros tambour et offrit pendant des heures à ces dames un spectacle quelque peu bruyant ! Le jeune homme déclara son mépris de la musique classique et de la chasse, surtout de la chasse au faucon, « une stupide tradition russe ». Son occupation préférée, raconta-t-il, était de voyager, de construire des bateaux et de lancer des feux d'artifice.

À ces confessions, succédèrent les danses. Le tsar ne sentant pas sa force soulevait à bout de bras ses cavalières, les jetait en l'air et les rattrapait au vol. On lui présenta une petite fille de dix ans, la future mère de Frédéric le Grand ; Pierre voulut l'embrasser et la souleva par les oreilles !

Pendant les repas, il dédaignait fourchettes et couteaux ainsi que serviettes de table.

Dans l'ensemble, le colosse russe fut apprécié. Sa conversation ravit les princesses qui le trouvèrent amusant, intelligent, bizarre et galant. Cependant, elles soulignèrent qu'il jurait souvent « comme un cocher ivre »…

À Vienne, Pierre reçut de mauvaises nouvelles : les *streltsi* exilés de Moscou étaient en marche vers la capitale. Leur but était de massacrer les Allemands et de tuer le tsar afin de faire monter Sophie sur le trône. La bataille décisive eut lieu le 18 juin 1698. Elle fut remportée par le général Gordon et ses sept régiments venus à la rencontre des révoltés sur la route de Riazan. Une cinquantaine d'hommes furent décapités. Les interrogatoires des *streltsi* établirent la complicité du couvent de Novo-Diévitchi où Sophie vivait toujours recluse.

Pierre reçut à Vienne le rapport des grands juges annonçant la fin de la révolte. Le souvenir des terribles journées du 15 au 19 mai 1682, du massacre de sa famille par les *streltsi*, ne l'avait jamais quitté. Le tsar partit sur-le-champ pour Moscou. Tout au long du voyage il évoqua les mesures qu'il allait prendre contre Sophie et les insurgés : « J'extirperai une fois pour toutes ce grain maudit de la terre russe. Je leur ferai passer le goût de se révolter contre leur tsar, même s'il faut pour cela massacrer plusieurs milliers de ces brigands. »

L'exécution commença le 10 octobre 1698. Le tsar invita à Préobrajenskoïe tous les envoyés des princes et des potentats étrangers à assister à cette manifestation de sa justice impitoyable. Pierre épargna Sophie, mais ordonna qu'on pende les chefs de la révolte sous les fenêtres de sa chambre. L'ancienne régente se vit contrainte de prendre le voile sous le nom de sœur Suzanne et demeura au monastère de Novo-Diévitchi, sous une garde renforcée, jusqu'à sa mort, le 3 juillet 1704.

Le règne de Pierre commença pour la troisième fois : cette fois-ci, la bonne. Le châtiment des *streltsi* fut le premier acte de la lutte acharnée menée par le tsar contre les traditions russes. Un volet important de ses réformes concernait l'émancipation des femmes. De nombreux oukases stipulèrent la suppression des *térèmes* ; les bonnets, les bandeaux de tête, obligatoires dans l'ancienne Russie pour cacher leurs cheveux, furent abolis. Au début, les femmes firent un accueil des plus hostiles à ces réformes, mais elles ne tardèrent pas à se rendre compte de tous les avantages que leur procuraient les innovations du tsar et s'en firent les zélées partisanes. Pierre décréta l'instruction obligatoire des fils des boyards et des nobles et ordonna également à ses sujets de se couper la barbe et de porter des habits polonais.

Dans cette conjoncture, le tsar décida de se débarrasser de sa femme Eudoxie. Si la tsarine au début de leur mariage n'était guère intéressée par son mari, elle avait par la suite fait de son mieux pour lui plaire. Pendant ses voyages elle lui écrivait des lettres très tendres marquées par une réelle affection. Elle avait coutume de signer ses missives : « Votre Douchka » – Petite âme, en appelant Pierre : « Lapouchka » – Petite patte. Mais ses lettres restaient toujours sans réponse.

De Londres Pierre écrivit au confesseur d'Eudoxie, lui demandant de la persuader de prendre le voile. Après son retour, il resta trois semaines sans rendre visite à la tsarine. Finalement, il eut une entrevue avec sa femme chez le maître des Postes Vinnius. L'explication fut houleuse. Au bout de quatre heures, la tsarine persistait à refuser de se retirer dans un monastère. Furieux, son mari la frappa malgré la présence de Vinnius. Quelques jours plus tard, un modeste équipage conduisait Eudoxie au monastère de Souzdal…

Pierre était de plus en plus amoureux d'Anna Mons et désirait l'épouser. Mais il ne savait pas encore à cette époque qu'Anna était également la maîtresse de l'ambassadeur de Prusse en Russie, Keyserling (il l'apprendra trois ans plus tard).

En 1703, le tsar posait les premières pierres de la ville de Saint-Pétersbourg sur la Neva.

En 1706 il rencontrait celle qui allait devenir son épouse aimée, la tsarine Catherine Ire.

Marthe Skavronski, née en Livonie en 1684 de parents polonais calvinistes, était une fille de ferme. Pendant la guerre russo-suédoise, elle fut violée, comme beaucoup de ses compatriotes. Elle évita de justesse d'entrer dans un bordel militaire en épousant le dragon suédois Iohann Rabe qu'elle suivit comme cantinière aux armées. Mais Rabe, voulant profiter de sa beauté, la vendit bientôt à un soldat livonien qui la força à se prostituer. Délivrée de son « protecteur » par les Russes, Marthe se réfugia à Marienbourg où elle entra comme économe au service d'un pasteur. La paix ne dura guère longtemps et la belle grande jeune fille fut capturée par les Kalmouks. À la prise de Marienbourg par les Russes, le dragon Demine la prit sous sa protection avant qu'elle n'entrât au service du vieux maréchal Cheremetiev. Certains disent que, tombé sous le charme de la belle jeune fille, Menchikov l'acheta à Chereme-tiev et l'emmena à Moscou. Marthe prit alors le nom de Catherine.

Menchikov avait trente-deux ans et Catherine dix-sept. Tous deux allaient devenir les compagnons les plus intimes de Pierre le Grand, tout en gardant entre eux une complicité incontestable.

Lorsque le tsar vit pour la première fois Catherine chez Menchikov, il fut d'emblée séduit. Vêtue d'un *sarafan* mauve et d'une blouse à manches volantées, elle portait autour du coup un collier de corail, des boules d'argent pendaient à ses oreilles ; une raie droite séparait ses cheveux blonds.

– Sa Majesté est trempée, murmura la jeune fille intimidée.

Elle le débarrassa de sa toque de fourrure toute couverte de neige, puis retira sa veste de renard et la secoua énergiquement.

– Qui est cette beauté ? demanda le souverain.

Menchikov essaya d'éluder la question. En vain.

Ne pouvant rien refuser au tsar, il céda sa place sans état d'âme.

Amoureux fou, Pierre envisagea bientôt d'épouser Catherine. Cependant, ce ne fut pas une décision facile. Eudoxie vivait encore ; de plus, pour les Russes traditionalistes, le mariage du tsar avec une paysanne étrangère illettrée risquait de provoquer de sérieux troubles. Mais l'amour fut le plus fort.

Pierre épousa Catherine en novembre 1707. La cérémonie fut célébrée dans l'intimité à Saint-Pétersbourg. Le tsar garda longtemps le secret vis-à-vis du peuple, de ses ministres et de certains membres de sa famille, bien que Catherine lui eût donné cinq enfants. Ce ne fut qu'en mars 1711, avant de partir pour la campagne contre les Turcs, qu'il convoqua sa sœur Nathalie, sa belle-sœur Prascovia, et leur présenta sa femme. Pierre leur dit qu'elle était son épouse et devait être considérée comme la tsarine. Il décréta qu'il désirait célébrer publiquement leur union, mais s'il mourait auparavant, elles devraient l'accepter comme sa veuve.

Pierre tint parole et célébra officiellement son mariage en grande pompe en février 1712. Avant la cérémonie, la jeune femme fut baptisée et reçue dans l'Église orthodoxe. L'héritier du trône, Alexis, fils d'Eudoxie, lui servit de parrain. Ainsi la belle fille de ferme devint-elle officiellement la tsarine Catherine Alexeïevna, bien qu'elle ne fût pas encore couronnée.

Pierre eut quelques passades par la suite, mais elles

ne comptèrent en rien dans sa vie. Il éprouva des sentiments profonds pour quatre femmes : sa mère, sa sœur, Anna Mons et Catherine. Sa mère et Catherine eurent une influence prépondérante. D'ailleurs, Catherine était devenue en quelque sorte une seconde mère pour Pierre. L'amour total et inconditionnel qu'elle lui portait prenait souvent un caractère maternel. Comme la tsarine Natalia, Catherine pouvait apaiser ses colères. Elle avait des qualités que Pierre n'avait jamais trouvées chez aucune autre femme. Chaleureuse, gaie, compatissante, généreuse et robuste, elle possédait une étonnante vitalité.

Catherine et Menchikov étaient seuls capables de suivre les cadences infernales imposées par l'énergie phénoménale du tsar. Jamais on ne la voyait maussade ou boudeuse. Elle n'oublia jamais son ancienne condition, s'effaçant toujours devant les étrangers de sang royal :

« Pendant sa visite à Berlin, la tsarine témoigna de la plus grande déférence envers la reine... Son extraordinaire fortune ne lui laissait pas oublier la différence entre cette princesse et elle-même. Elle avait un grand désir de bien faire et, si elle ne possédait pas tous les charmes de son sexe, elle en avait toute la gentillesse... » Ainsi la décrivait une dépêche de l'ambassadeur de Prusse.

Catherine avait un bon sens paysan et perçait à jour, avec perspicacité, mensonges ou flatteries. En public, elle avait le tact de rester à l'arrière-plan.

La nouvelle tsarine était la compagne rêvée pour Pierre. Elle voyageait presque toujours à ses côtés. Chevaucher pendant deux ou trois jours, coucher par terre, affronter la violence d'une bataille ne lui faisait pas peur. Même pendant les festins interminables elle était présente, essayant toutefois de modérer quelque peu les consommations d'alcool de son mari. Lors d'une de ces agapes, elle frappa à la porte de la pièce où se trouvaient Pierre et ses acolytes : « Il est temps de rentrer », dit-elle. La porte s'ouvrit et le tsar suivit docilement son épouse.

Leur amour, comme l'endurance de Catherine, se manifesta également par la naissance de douze enfants, six filles et six garçons. Deux seulement arrivèrent à l'âge adulte : Anne, future duchesse de Holstein et mère du tsar Pierre III, et Élisabeth, qui fut impératrice de 1740 à 1762.

Le couple donna plusieurs fois le même nom à ses enfants, espérant à chaque fois que les nouveaux Pierre, Paul, Nathalie, auraient plus de chance que ceux qui les avaient précédés : Pierre 1704-1707 ; Paul 1705-1707, Catherine 1707-1708 ; Anne 1708-1728 ; Élisabeth 1709-1762 ; Nathalie 1713-1715 ; Marguerite 1714-1715 ; Pierre 1715-1719 ; Paul 1717 ; Nathalie 1718-1725 ; Pierre 1723 ; Paul 1724.

L'expression la plus frappante de l'attachement entre Pierre le Grand et Catherine se trouve dans leurs lettres gardées dans les archives russes. Pendant leurs rares séparations, Pierre lui écrivait tous les trois ou quatre jours. Il s'inquiétait de sa santé, la rassurant sur la sienne, lui faisait partager ses soucis et ses joies : « Grâce à Dieu, tout est joyeux ici, mais quand j'arrive dans une maison où tu n'es pas, je suis si triste. » Ou encore : « Mais quand tu m'assures que c'est pitoyable de faire des promenades seule, bien que le parc soit agréable, je te crois, parce que c'est la même chose pour moi. Prie Dieu que ce soit le dernier été que nous passerons séparés et que nous puissions toujours être ensemble à l'avenir. » Les missives de la tsarine ne sont pas rédigées avec autant de liberté car elles étaient dictées à un secrétaire, mais elles étaient aussi tendres.

Catherine ne se plaignait jamais et ne donnait pas souvent de conseils politiques ou personnels à son époux. Elle faisait quelques plaisanteries coquines ou amoureuses et parlait longuement des enfants. Leurs lettres étaient presque toujours accompagnées de petits colis de friandises ou de vêtements neufs.

En 1711, la tsarine joua un rôle diplomatique de premier plan.

En 1710, l'ambassadeur de Russie à Constantinople, Andreï Tolstoï, fut emprisonné au donjon des Sept Tours. La guerre russo-turque reprit donc de plus belle. Dans cette conjoncture, Chafirov, le ministre des Affaires étrangères russe, fit montre d'une grande clairvoyance. Il expliqua au tsar que le seul moyen d'éviter le conflit contre l'Empire ottoman était de demander la médiation française dont l'influence pèserait lourdement sur le sultan. « Je défends la chrétienté entière et ne reculerai pas », répondit Pierre, rejetant les conseils de son entourage recommandant une retraite provisoire.

Le tsar se trompa dans sa stratégie. Bientôt acculés en Moldavie et coupés de leurs vivres, les soldats russes se sentirent perdus. Au comble du désespoir, Pierre tomba dans une profonde dépression. Chafirov écrivit dans ses *Souvenirs* qu'il dut arracher un pistolet des mains du tsar voulant se suicider pour ne pas tomber vivant entre les mains des Turcs. À ce moment crucial, Catherine fut appelée à rejoindre d'urgence son mari sur le front. Chafirov envoya une grosse somme d'argent au Grand Vizir pour le faire patienter, lui promettant le double après la signature de l'armistice. Il emmena Catherine dans le camp turc où ils discutèrent les clauses du traité de paix. Le Grand Vizir leur rendait souvent visite pour bavarder ou jouer aux échecs.

Le 12 juillet 1711, Catherine et Chafirov rentrèrent au camp russe après avoir obtenu l'armistice. À la lecture du traité, Pierre s'exclama : « Tu es un sorcier, Chapirka. Comment as-tu pu arracher cela au Grand Vizir ? »

Chafirov sourit modestement et, prenant le bras de Catherine, déclara : « Ce n'est pas moi qui ai sauvé la Russie. C'est elle. »

En effet, la tsarine avait donné tous ses bijoux ainsi qu'une somme de deux cent mille roubles or au Grand Vizir et au chef des janissaires. À la veille de l'armistice, Pierre était prêt à abandonner toutes ses conquêtes sur la Turquie et la Suède, sauf Saint-Pétersbourg, et même à céder pour cela la ville de Pskov (une des plus anciennes de la Russie), à la Suède. L'habileté de sa femme lui permit d'éviter un échec diplomatique majeur. À la suite de cet épisode, il institua l'ordre de Sainte-Catherine, dont la devise était : « Pour l'amour et la patrie. » Le seul homme à bénéficier de cette décoration fut le fils de Menchikov qui la reçut, par plaisanterie, à cause de sa timidité féminine aux bals de la cour. Au XIXe siècle, cette distinction récompensait les dames pour leurs œuvres de charité.

Le tsar fut contraint de ne rendre qu'Azov et Taganrog et signa la paix avec Charles XII.

Mais en signant ce traité, le Grand Vizir avait demandé que Chafirov lui soit livré en otage jusqu'à l'exécution complète de toutes les clauses du traité.

– Tu as sauvé mon œuvre, Chapirka, dit le tsar en quittant la Turquie. Tu pourras me le rappeler. Je donne cette bague à ma femme pour qu'elle te la remette à ton retour.

Chafirov ne fut libéré qu'en 1714. Pierre le combla de ses faveurs, malgré les sarcasmes de Menchikov, son ennemi de toujours. Catherine le protégea et l'invita presque quotidiennement à jouer aux cartes ou à raconter son séjour forcé en Turquie.

En 1716, Chafirov recommanda à Pierre de se rapprocher de la France, car les relations entre les deux pays étaient devenues, comme disait le tsar, « aigres-douces ».

En 1717, le souverain arriva à Paris où il donna libre cours à sa curiosité. Il entrait dans les boutiques, arrêtait les carrosses dans la rue, questionnant les cochers et bavardant avec eux. À Versailles, il poursuivait les femmes dans les jardins « uniquement pour les contempler de près ». Il leur accorda une si forte somme d'argent pour les dédommager, qu'on vit bientôt les allées de Versailles se remplir de promeneuses espérant une nouvelle visite des « barbares russes » !

Pierre le Grand visita musées et arsenaux, fonderies de statues, collections anatomiques de cire, la manufacture des Gobelins. Des Invalides à l'Observatoire, de Marly à Saint-Cyr il interrogea, prit des notes et des croquis. Il passa en revue les troupes de la Maison du Roi sur l'allée des Champs-Élysées, assista à une séance de l'Académie des Sciences ainsi qu'à une audience du Parlement… Nous sommes bien loin du Pierre qui, en 1697, avait stupéfié l'assemblée par sa grossièreté. Parlant de lui, le ministre français Rambaud dit : « Il reste le plus grand des hôtes étrangers que n'ait jamais eus Paris. »

Les rumeurs de la rue étaient moins éloquentes. Les premiers jours de sa visite, on observait, étonné, ce souverain qui faisait fi de l'étiquette. On murmurait les singularités du tsar et de sa suite ; on évoquait l'invraisemblable voiture qu'il s'était lui-même construite.

Saint-Simon, lui, admettait chez le tsar « un reste de mœurs barbares, mais à côté, que de grandeur ! ».

On parla bientôt à la Cour d'un mariage entre Louis XV et la tsarevna Élisabeth, deuxième fille de Pierre. Les courtisans, ayant vu le tsar embrasser chaleureusement le roi de France et chuchoter quelques mots au Régent, en conclurent que l'affaire était faite. Le maréchal de Tessé relate dans ses *Mémoires* sa conversation avec Chafirov à Versailles :

« La formidable puissance de la maison d'Autriche ne vous alarme-t-elle pas ? Remplacez la Suède par nous et nous vous tiendrons lieu de tout ce que vous pourriez espérer d'elle contre l'Autriche. »

Le 4 août 1717, la France, la Prusse et la Russie signaient à Amsterdam l'accord suivant :

« ... Les parties contractantes s'engagent à contribuer par leurs bons offices à maintenir le calme public rétabli par les traités d'Utrecht et de Bade, ainsi que ceux qui interviendront pour la pacification du Nord... »

Le tsar et le roi de Prusse acceptèrent que la France serve d'intermédiaire dans le conflit opposant ces deux pays et la Suède. De nouvelles perspectives semblaient s'ouvrir entre Saint-Pétersbourg et Versailles. Mais le soir même de leur signature, lors d'une conversation privée avec l'ambassadeur Kourakine, le cardinal Dubois déclinait les fiançailles d'Élisabeth de Russie avec Louis XV, proposant d'autres candidats, tels que le duc de Chartres et le duc de Bourbon. Ce mariage devant amener une étroite alliance franco-russe n'eut donc pas lieu. Voyant cela d'un mauvais œil, les diplomates prussiens cherchèrent également d'autres fiancés pour Élisabeth. D'ailleurs on envisageait déjà à Paris le mariage de Louis XV avec la fille de Stanislas Leszczynski, le roi détrôné de Pologne...

Pendant ce temps, Catherine préparait une surprise à son époux. En effet, elle avait fait édifier en secret un palais en pleine campagne, à une vingtaine de kilomètres de Saint-Pétersbourg. Haut de deux étages, le bâtiment en pierre s'élevait sur une colline dominant la plaine qui se déroulait jusqu'à la Neva et la ville.

Lorsque le tsar rentra de France, sa femme lui déclara avoir trouvé un endroit idéal pour construire une maison… Le lendemain matin, une nombreuse compagnie s'ébranla de la nouvelle capitale. Sur ordre du tsar, suivait un chariot transportant une tente destinée à abriter les invités durant le déjeuner. Au pied de la colline une avenue de tilleuls montait, au fond se profilait la demeure. Catherine déclara alors : « Voici la maison de campagne que j'ai bâtie pour mon seigneur et maître. » Pierre, au comble de la joie, serra sa femme contre lui en disant : « Je vois que tu veux me montrer qu'il y a de beaux endroits autour de Saint-Pétersbourg, même s'ils ne sont pas sur l'eau ! » Pierre allait de surprise en surprise. Après lui avoir fait visiter les lieux, la tsarine l'emmena dans la salle à manger où avait été dressée une somptueuse table. Le tsar porta un toast aux talents architecturaux de Catherine. Lorsque à son tour elle leva son verre en l'honneur du maître de maison, onze canons cachés dans le parc tirèrent une salve. La propriété en vint à s'appeler Tsarskoïe Selo (le village du tsar). Plus tard, leur fille Élisabeth y fera construire, par l'architecte Rastrelli, un magnifique palais aux murs bleu céruléen qui portera le nom de Catherine Ire.

Au milieu de cette allégresse, un drame familial allait endeuiller la Russie.

Alors que la guerre du Nord traînait, le mécontentement du pays grandissait. Une réelle opposition s'était cristallisée autour du fils de Pierre et de l'ex-tsarine Eudoxie, et la Russie séculaire semblait vouloir se rallier au tsarévitch Alexis. Ce jeune homme phtisique n'avait jamais pardonné à son père sa conduite avec Eudoxie et son mariage avec Catherine, « la putain ».

Marié à la princesse Charlotte de Brunswick, Alexis lui préférait sa maîtresse Aphrossinia, une joyeuse fille de ferme finlandaise. En octobre 1715, Charlotte mourut en mettant au monde le futur Pierre II. Le jour de ses obsèques, Catherine donna naissance à un garçon qui fut également nommé Pierre.

Quelques jours après, Alexis reçut une lettre de son père l'accusant de menées subversives. Pris de peur, le tsarévitch suivit les conseils de ses amis et partit d'abord pour l'Autriche avec sa maîtresse déguisée en garçon, avant de s'enfuir en Italie. Vienne était à l'époque le quartier général des réfugiés politiques russes. Pendant son périple, le jeune homme persista à blâmer son père. Pierre envoya alors des émissaires à travers toute l'Europe afin de retrouver son fils. Lorsque Alexis, à court d'argent, rejoignit Vienne, Tolstoï, un des plus fins limiers du tsar, l'attendait. Ce dernier le persuada de rentrer en Russie contre la promesse d'un sauf-conduit, mais dès qu'ils arrivèrent à la frontière, Alexis fut arrêté.

Tolstoï, Menchikov et le sénateur Pouchkine furent nommés chefs de la commission d'enquête qui décréta l'arrestation de milliers d'opposants. Les frères et les cousins d'Eudoxie, son amant, des centaines de boyards dont le prince Dolgorouki furent livrés au bourreau. L'ex-tsarine fut exilée dans un couvent du lac Lagoda. Menchikov fit arrêter la maîtresse du tsarévitch et la fit jeter dans la prison de la forteresse Pierre-et-Paul où Pierre allait procéder personnellement à son interrogatoire. La jeune fille ne fut pas torturée mais raconta au tsar les desseins de son fils : après son accession au trône, Alexis avait l'intention de rester tranquillement à Moscou, de dissoudre en grande partie l'armée et d'anéantir la flotte. Les rêves du tsarévitch étaient donc essentiellement dirigés contre tout ce que Pierre considérait comme la grande réalisation de sa vie et une nécessité vitale pour la Russie. Alexis fut reconnu coupable d'être le chef d'un réseau de conspirateurs dirigé contre « la vie du tsar » et « la sécurité de l'État » et condamné à être fouetté à mort, ce dont se chargèrent les hommes de Menchikov et Pierre lui-même, dans les sous-sols de la sinistre forteresse Schlüssenbourg le 26 juin 1718. L'historiographie russe n'a pas trouvé la moindre preuve d'un complot contre le tsar. En ressort qu'un nombre croissant de mécontents montraient de la sympathie pour le tsarévitch et que la raison d'État et les intérêts de la Russie avaient dicté l'élimination du tsarévitch.

Après la mort d'Alexis, Pierre prépara l'avènement de son second fils Pierre. Hélas une autre tragédie allait toucher le tsar en plein cœur. Un jour, dans le parc du palais de Peterhof, éclata un orage d'une rare violence obligeant les gouvernantes et l'enfant à se réfugier dans une grotte près de la cascade des Monstres, où la foudre les frappa.

Le tsar inconsolable pleura des jours entiers devant le petit lit vide.

Il devint de plus en plus sombre. Autour de lui, ses collaborateurs se querellaient sans cesse. Menchikov, alors promu prince sérénissime d'Ijora, avait engrangé des millions de roubles. La corruption était omniprésente.

En 1721, la guerre du Nord qui avait duré vingt et un ans se termina, grâce aux efforts du médiateur français Campredon. La situation de la Russie était donc loin d'être prospère. La guerre, les révoltes, les travaux pharaoniques de la construction de Saint-Pétersbourg sur les marécages avaient ruiné le pays et emporté des centaines de milliers de Russes. Pierre semblait ne pas se rendre compte de la gravité de ces problèmes.

De retour d'Astrakan, le couple impérial arriva à la fin du mois de novembre 1722 pour le carnaval de Moscou. L'ambassadeur de Saxe en décrivit les festivités. « Le défilé était composé de soixante traîneaux représentant des bateaux. Sur le premier, un Bacchus plus vrai que nature car on avait fait en sorte qu'il ne dessoûle pas pendant trois jours et trois nuits. Puis venait un traîneau tiré par quatre cochons et un autre par dix chiens. Venait ensuite le collège des cardinaux en grande tenue, montés sur des bœufs. Il était suivi d'un pape entouré de ses archevêques bénissant la foule, puis du Prince César entre deux ours. Le clou du défilé était une frégate miniature à deux ponts et trois mâts, longue de dix mètres, toutes voiles dehors, armée de trente-deux canons. Le tsar en uniforme de marin se tenait sur le pont et manœuvrait la voilure. Ce spectacle stupéfiant était suivi par un serpent de mer de trente mètres à la queue soutenue par vingt-quatre petits traîneaux reliés les uns aux autres de manière qu'elle ondulât dans la neige. Après le serpent venait une grande barge dorée portant Catherine vêtue en paysanne frisonne et accompagnée des membres de sa Cour déguisés en Noirs. Puis, successivement, Menchikov en abbé, d'autres notables en Allemands, Polonais, Chinois, Persans, Circassiens et Sibériens. Les envoyés étrangers qui défilaient ensemble portaient des dominos bleu et blanc, cependant que le prince de Moldavie était habillé en Turc. »

L'année 1723 marqua la disgrâce de Menchikov et la condamnation à mort de Chafirov accusé de corruption.

Le 15 février, le petit homme, vêtu d'une simple robe de chambre de couleur grenat, fut amené sur l'échafaud. Alors que le bourreau allait lever sa hache, un émissaire du tsar arriva, porteur d'un décret commuant la peine en exil perpétuel en Sibérie. Mais Catherine n'avait pas oublié la bague donnée jadis à Chafirov lors de son départ de Turquie, symbolisant une dette de la part du tsar. Le condamné fut donc autorisé à se retirer à Novgorod. À la mort de Pierre, Catherine le fit rentrer à Saint-Pétersbourg et lui rendit ses titres.

En cette année 1723, avant de quitter Moscou pour la capitale, Pierre invita la tsarine à un étonnant spectacle : l'incendie de la maison en bois de Préobrajenskoïe, dans laquelle il avait, en secret, commencé à préparer la guerre contre la Suède. Lui-même bourra les armoires de matières inflammables colorées et de pièces d'artifice, puis mit le feu à la bâtisse. De nombreuses petites explosions et des flammes de toutes les couleurs jaillirent du brasier. Pendant quelques instants, la silhouette noire de la lourde charpente se détacha sur un arc-en-ciel incandescent et s'écroula enfin. Quand il ne resta plus que des décombres fumants, le tsar déclara :

« Voilà l'image de la guerre : de brillantes victoires suivies par la destruction. Puisse, avec cette maison dans laquelle ont été mis au point mes premiers plans contre la Suède, disparaître toute pensée qui pourrait armer mon bras contre ce royaume et puisse-t-il être toujours le plus fidèle allié de mon empire. »

De nombreuses festivités eurent lieu durant l'été. Pour purger son organisme après ces bacchanales, Pierre faisait depuis quelque temps des cures d'eaux chargées en fer, nouvellement découvertes à une quarantaine de kilomètres de Saint-Pétersbourg. Il aimait à s'y rendre l'hiver, ce qui lui permettait de traverser le lac en traîneau. Catherine l'accompagnait souvent. Le tsar avait une curieuse manière d'exécuter les prescriptions médicales. Il pouvait boire jusqu'à vingt et un verres de cette eau dans une matinée. On lui interdisait les fruits frais, les concombres, les citrons salés ou certains fromages durant les cures ; eh bien un jour, après avoir bu les eaux, il ingurgita une douzaine de figues et plusieurs livres de cerises ! Pour rompre avec la monotonie de la vie de la cure, il façonnait des objets de bois ou d'ivoire, et lorsqu'il sentait ses forces revenir, il se rendait dans les forges des alentours où il martelait le fer en barres ou en feuillards.

En novembre 1723, un oukase annonçait le couronnement de Catherine : « Comme notre chère épouse, l'impératrice Catherine, nous a été d'un grand secours, nous accompagnant partout, assistant à toutes nos opérations guerrières de son bon gré et de sa propre volonté, sans montrer les faiblesses ordinaires de son sexe, nous avons donc résolu, en vertu du pouvoir souverain que nous exerçons, de couronner notre épouse en reconnaissance de tout cela, ce qui se fera infailliblement avec la volonté de Dieu, cet hiver à Moscou. »

En faisant impératrice une fille de ferme lituanienne, entrée en Russie en captive, le tsar prenait quelques risques. Pourtant, personne ne trouva à redire lorsqu'il déclara devant plusieurs sénateurs et dignitaires ecclésiastiques que son épouse serait couronnée pour avoir le droit de gouverner le pays.

Habituellement si économe, Pierre voulut une cérémonie comprenant le maximum de fastes. Sénat, Saint-Synode, officiels et nobles de tous les rangs y furent conviés. Un manteau de couronnement fut commandé à Paris, et le meilleur joaillier de Saint-Pétersbourg, chargé de faire une couronne plus splendide qu'aucune de celles jamais portées par un souverain russe. La liturgie aurait lieu, non pas dans la ville de Pierre, mais au Kremlin, selon la tradition des anciens tsars.

À l'aube du 7 mai 1724, un coup de canon tiré du Kremlin donna le signal. Le cortège comptait dix mille hommes de la garde impériale, ainsi qu'un escadron de cavaliers dont les magnifiques montures avaient été réquisitionnées chez des marchands moscovites. À dix heures, les cloches de la ville se mirent à sonner à toute volée. Escortés de tous les hauts dignitaires de l'État

Pierre et Catherine apparurent sur le « perron Rouge »
du Kremlin. La tsarine arborait une robe violette, bordée
d'or et il lui fallait cinq dames d'honneur pour porter
sa traîne. Pierre avait une tunique bleu ciel brodée
d'argent et des bas de soie rouge. Ils descendirent les
marches, traversèrent la place et entrèrent dans la cathédrale de l'Assomption. Au centre, sur une plate-forme
surmontée d'un dais de velours et d'or, deux fauteuils
incrustés de pierres précieuses les attendaient.

Le couple fut reçu à la porte de l'église par les dignitaires de l'Église orthodoxe. Le patriarche leur présenta
la croix à baiser, puis les conduit à leurs trônes. Au
moment solennel, le tsar se leva, le patriarche lui remit
la couronne impériale qu'il prit puis, se tournant vers
l'assistance, il déclara : « Nous entendons couronner
notre épouse bien-aimée. » Il posa lui-même la couronne sur la tête de Catherine et lui tendit le globe,
cependant qu'il garda dans son autre main le sceptre,
insigne du pouvoir suprême. La couronne était incrustée
de deux mille cinq cent soixante-quatre diamants, perles
et autres pierres précieuses ; au sommet, une croix en
diamants surmontait un rubis gros comme un œuf de
pigeon.

À cet instant, Catherine, les joues ruisselantes de
larmes, s'agenouilla devant lui et voulut baiser sa main,
mais il la retira, et quand elle voulut lui embrasser les
genoux, il la releva. Mêlés aux sons des cloches et aux
rugissements des canons, les chants accompagnèrent la
sortie du couple impérial.

Après la cérémonie, Pierre rentra se reposer au palais
car il était encore faible après sa cure. Catherine prit
seule la tête du cortège qui se rendit à la cathédrale de
l'Archange Saint-Michel pour se recueillir sur la tombe
des tsars, selon la coutume. Le manteau impérial brodé
de centaines d'aigles bicéphales en or était si lourd

qu'elle dut faire quelques haltes. Menchikov marchait derrière la tsarine, lançant des pièces d'or et d'argent à la foule. Sur la place Rouge, deux énormes bœufs farcis de gibier et de volaille rôtissaient, tandis que deux fontaines faisaient couler du vin blanc et du vin rouge.

Selon le vœu de son mari, Catherine était désormais reconnue régente et souveraine, si Pierre venait à disparaître avant elle.

Un triomphe cache parfois une tragédie. Depuis quelques semaines déjà, un jeune Allemand né en Russie, élégant, gai, intelligent et ambitieux, était devenu le confident de la tsarine. D'abord secrétaire, il s'était élevé au rang de chambellan. Il s'appelait William Mons et était en quelque sorte « parent de la main gauche » du tsar puisqu'il était le frère cadet d'Anna (qui fut la maîtresse de Pierre vingt-cinq ans auparavant). La filière Mons ayant pris une valeur inestimable, l'entourage du souverain en prit ombrage. Catherine, elle, sembla à cette époque sous-estimer la jalousie de son mari.

Le soir du 8 novembre 1724, le tsar dîna en compagnie de sa femme et de ses filles et échangea des banalités avec Mons. Se disant fatigué, il demanda l'heure à Catherine. Il était neuf heures. « Il est temps que tout le monde aille se coucher », dit Pierre. D'humeur joyeuse, Mons rentra chez lui. Dans le ciel se dessinaient les branches noires des arbres saupoudrées d'étoiles étincelantes. À peine fut-il déshabillé que le général Ouchakov fit irruption dans sa chambre et l'arrêta pour corruption. Le lendemain, en présence de Pierre, il avoua ce dont on l'accusait : « Pots-de-vin, détournement de fonds au détriment de la tsarine. » Durant deux jours, un crieur public arpenta les rues de Moscou, demandant que tous ceux qui avaient donné des pots-de-vin à Mons se fassent connaître, sous peine de châtiment.

Catherine n'obtint aucune mesure de clémence pour son protégé. La veille de l'exécution, Pierre se rendit dans la cellule de l'accusé pour lui dire qu'il regrettait de perdre un homme aussi talentueux, mais que son crime exigeait d'être châtié.

Le 16 novembre, William Mons fut emmené en traîneau sur le lieu de l'exécution et eut la tête tranchée. Après l'exécution, le tsar obligea sa femme à faire une promenade en traîneau autour de l'échafaud. Catherine, qui avait toujours nié avoir été la maîtresse de ce garçon, garda la plus parfaite impassibilité, sachant qu'à la moindre marque d'émotion, Pierre était capable de l'étrangler sur-le-champ.

Cette affaire empoisonna cependant la vie du couple impérial. Pierre et Catherine se parlaient à peine, ne prenaient plus leurs repas ensemble et faisaient chambre à part. L'état dépressif du tsar s'aggrava. Il marchait des heures entières dans les rues de sa ville, isolé, perdu. Parfois il se réfugiait sur les bords de la Baltique pour écouter les mouettes haineuses et plaintives pressentant la tempête du lendemain.

Le règne de Pierre approchait de sa fin. Déjà, ses intimes échafaudaient les projets les plus mirifiques, comme Menchikov : « Puisque Catherine succédera à Pierre, je n'aurai qu'à divorcer pour l'épouser et devenir le tsar de toutes les Russies… »

Vers la mi-janvier, les chroniques rapportèrent : « La tsarine a fait une longue génuflexion devant le tsar. La conversation a duré plus de trois heures et ils ont même soupé ensemble. »

La dégradation observée dans l'état général du pays correspondait à celle de la santé du tsar. L'ambassadeur de Prusse écrivait à ce sujet à son souverain Frédéric-Guillaume : « Aucune expression n'est assez forte pour donner à Votre Majesté une juste idée de la négligence

et de la confusion intolérable avec lesquelles sont trai-
tées ici les affaires les plus importantes, au point que ni
les envoyés étrangers, ni les ministres russes ne savent
où se tourner. Toutes les réponses que nous obtenons
de ces derniers sont des soupirs et ils s'avouent au désespoir face aux difficultés qu'ils rencontrent devant
toute chose. Ici, rien n'est jugé important avant d'être
au bord du précipice. »

Les récoltes ayant été mauvaises deux années de
suite, les accusations de corruption des plus hauts dignitaires du pays et enfin l'affaire Mons : rien ne semblait
plus aller en Russie. Les fins de règne sont toujours
tristes. Dans les palais, les domestiques n'apportaient
même plus le bois pour l'hiver si le tsar ne leur en
donnait pas l'ordre.

Seule, Catherine parvenait à apaiser son mari en lui
mettant la tête sur ses genoux. En 1724, il n'avait que
cinquante-deux ans, mais sa magnifique constitution
était fort endommagée par les excès. Outre tous ses
maux, il souffrait de calculs dans les reins.

Le 25 janvier 1725, le tsar se sentit mal. Il prit pourtant la plume pour rédiger son testament, mais sa main
tremblante traça juste ces trois mots : « Je lègue
tout... » Dieu seul sut à qui, car, tombé dans le coma,
il mourut le lendemain.

Le décret promulgué par Pierre en 1722 pour privilé-
gier son épouse donnait la possibilité aux monarques
russes de nommer l'héritier de leur choix, quel que soit
son sexe. Ce document essentiel allait permettre aux
femmes de régner en Russie pratiquement tout au long
du XVIIIᵉ siècle. En effet, soixante-dix années verront
sur le trône successivement, Catherine Iʳᵉ, deux Anna,
Élisabeth et Catherine II.

Le siècle des impératrices

Un roulement de tambours dans la cour du palais fit courir l'assistance aux fenêtres. Massés sous une nuit constellée d'étoiles, les gardes étaient alignés en rangs serrés autour des bâtiments. Le prince Repnine s'indigna :

– Qui s'est permis de les faire venir ?

– Excellence, répondit froidement le commandant de la garde, c'est un ordre exprès de notre souveraine l'impératrice Catherine, à qui vous-même, moi et tous les sujets fidèles sommes tenus d'obéir immédiatement et sans condition.

Les soldats, dont bon nombre étaient en larmes, s'écrièrent :

– Notre Petit Père est mort, mais notre Petite Mère vit !

Ainsi Catherine fut-elle proclamée « autocrate avec toutes les prérogatives de feu son époux ».

L'aurore s'était levée et au petit matin les brumes étaient montées de l'horizon enneigé. Pâle, les yeux battus, la tsarine déclara en sanglotant qu'elle était « veuve et orpheline ». Les gardes en toque d'astrakan, aiguillettes d'argent, culottes bleues et bottes noires acclamèrent la nouvelle autocrate.

La petite paysanne, servante de pasteur livonien, maîtresse de Menchikov et veuve de Pierre le Grand, remercia l'assemblée avec un sourire.

Le camp de la souveraine regroupa, par la force des choses, de nouvelles têtes, ceux que Pouchkine allait appeler « les oisillons du nid de Pierre ». Le sort de ces aventuriers du cœur était lié à celui de la nouvelle capitale. Ils avaient tout à perdre d'un changement de pouvoir. Reposant davantage sur les vieilles familles de boyards, le camp adverse entreprit de jouer Moscou contre Saint-Pétersbourg. Pour s'opposer à la mainmise de Catherine et de ses alliés, il prétendit faire ensevelir le tsar Pierre le Grand dans la cathédrale de l'Archange à Moscou, aux côtés de ses ancêtres. Leur échec allait être marqué par les obsèques solennelles de Pierre à la cathédrale de la forteresse Pierre-et-Paul de Saint-Pétersbourg.

Pendant plus d'un mois, le corps embaumé du tsar fut exposé dans une pièce tendue de tapisseries françaises offertes à Pierre lors de son dernier séjour à Paris. Le public fut admis à y défiler pour rendre un dernier hommage à son souverain.

Un autre chagrin vint accabler Catherine. Quelques jours après la disparition de son mari, sa fille Nathalie âgée de sept ans mourut à son tour. Le 8 mars 1725, les deux cercueils furent transportés sous une tempête de neige dans la cathédrale. Catherine marchait au premier rang du cortège, suivie par cent cinquante dames de la Cour et une file immense de courtisans, dignitaires de l'État, envoyés étrangers et officiers, tête nue sous la bourrasque. Le métropolite Théophane Prokopovitch, prononçant l'oraison funèbre, compara Pierre à Moïse, Salomon, Samson, David et Constantin, puis exprima la tristesse qui s'était emparée de tous : « Que nous est-il arrivé ? Où sommes-nous, Russes ? Que voyons-nous ? Que faisons-nous ? C'est Pierre le Grand que nous enterrons ! »

Le règne de Catherine Ire allait durer à peine deux ans, le temps de patronner l'expédition scientifique de ce Béring qui devait découvrir le détroit séparant l'Asie de l'Amérique, d'inaugurer l'Académie des Sciences de Saint-Pétersbourg et de restreindre sérieusement les pouvoirs du Sénat. Elle poursuivit assez fidèlement la politique et les réformes de Pierre. Pragmatique et lucide, elle fit payer les soldes sans retard, distribuer de nouveaux uniformes et organiser de nombreux défilés militaires.

Cependant, Menchikov était le véritable maître du pays. Ainsi le 8 février 1726, un an après l'accession de Catherine au trône, un nouvel organe destiné à « alléger le lourd fardeau du gouvernement de Sa Majesté » vit le jour.

En 1727, Catherine s'éprit d'un jeune officier. Décidée à se débarrasser de l'embonpoint qui l'empêchait de danser, elle fit une cure d'amaigrissement. S'ensuivirent alors des troubles cardiaques.

Le 21 janvier l'impératrice participa à la bénédiction des eaux glacées du fleuve, puis passa vingt mille hommes en revue. Ces heures passées dans le froid provoquèrent des fièvres et des saignements de nez qui la forcèrent à garder le lit durant deux mois. Après s'être remise, elle rechuta et s'éteignit pendant son sommeil le 6 mai 1727.

Se sentant près de la fin, la tsarine avait désigné le grand-duc Pierre, petit-fils de Pierre le Grand et fils du tsarévitch Alexis, comme successeur et le Haut Conseil secret au complet comme régent. Ses filles Élisabeth et Anne, duchesse de Holstein, âgées respectivement de seize ans et dix-sept ans, devaient également en faire partie.

Le lendemain, le « testament » de la tsarine fut lu solennellement :

Premier successeur : tsarévitch Pierre.

Second successeur : Anne, duchesse de Holstein, fille de Pierre le Grand.

Troisième successeur : tsarevna Élisabeth.

Quatrième successeur : tsarevna Nathalie, sœur de Pierre le Grand.

Dans ce contexte, Menchikov devenait l'homme fort du régime. Certains de ses adversaires comme la duchesse de Holstein et son époux préférèrent quitter le pays. Enchanté de les voir partir, Menchikov leur accorda une généreuse pension prise sur le Trésor russe. Un an plus tard, le 28 mai 1728, Anne mourait à Kiel peu après avoir mis au monde un fils, le futur Pierre III. Élisabeth était désormais la seule survivante des douze enfants de Catherine Ire et de Pierre le Grand.

Le 8 mai 1727, Pierre II montait sur le trône de Russie.

Le jeune empereur était beau, physiquement robuste et grand. Depuis quelque temps déjà, il nourrissait une grande tendresse pour sa tante Élisabeth qui aimait monter à cheval, chasser et danser en sa compagnie. Ivan Dolgorouki, mignon de Pierre, solide gaillard de vingt ans, était toujours avec eux.

Si le tsar ne semblait guère s'occuper des affaires de l'État, il allait bientôt s'y intéresser. S'étant entouré de jeunes gens de son âge, il entendit gouverner avec ses amis. Pierre les réunissait régulièrement et notait leurs décisions dans ses cahiers d'écolier qu'il communiquait ensuite à Menchikov et au véritable Haut Conseil secret. Commençant à sentir sa force, il refusa ensuite de poursuivre ses leçons avec son précepteur Ostermann.

La légende veut que Menchikov, mécontent de la nouvelle attitude du tsar, le fît amener dans son propre palais. Il le déculotta et lui infligea une correction. Livide, l'adolescent aurait seulement dit froidement : « Nous verrons qui est l'empereur, si c'est toi ou moi. »

Pour renforcer sa position, Menchikov essaya d'arranger les fiançailles du tsar avec sa propre fille Marie, alors âgée de seize ans. En vain. Ayant réussi à s'enfuir pour Peterhof, Pierre convoqua sur-le-champ quelques hauts dignitaires de l'empire. Durant cette réunion, la décision fut prise d'envoyer Menchikov terminer ses jours en Sibérie. Exilé en septembre 1727 dans la petite ville de Berezov, dépouillé de ses biens et déchu de ses titres, il s'éteindra après sa femme Daria, laissant seule sa fille Marie, éphémère fiancée du tsar Pierre II.

Le prince Alexis Dolgorouki, père d'Ivan, devint alors l'homme de confiance du jeune empereur. Afin de renforcer sa position, il introduisit sa fille Catherine, âgée de seize ans, dans le cercle des amis de Pierre. Son désir secret était de marier Catherine au tsar et son fils Ivan à la tsarevna Élisabeth. À la suite d'un somptueux dîner bien arrosé, Dolgorouki laissa sa fille seule avec le tsar une nuit entière. Le lendemain, Ivan déclara : « L'honneur exige que l'empereur épouse Catherine… »

Quelques jours plus tard, la décision du tsar était annoncée au peuple : il allait épouser la princesse Dolgorouki et Moscou redeviendrait la capitale de Russie. « Il est temps de réconcilier tous les sujets de l'empire que mon grand-père nous a laissé. Catherine et moi nous le ferons. »

Ainsi les restes du tsarévitch Alexis furent enterrés dans la forteresse de Schlüsselbourg. Tout le pays était en liesse et approuvait ce jeune tsar dont le caractère ferme n'était pas cruel. Comme son père, il respectait les traditions de la vieille Russie, tout en étant ouvert au monde extérieur comme l'était son grand-père. Pierre II refusa dès lors de retourner à Saint-Pétersbourg. « Que ferais-je donc dans un endroit où il n'y a que de l'eau

salée ? » disait-il. Petit à petit, les services gouverne-
mentaux regagnèrent l'ancienne capitale.

La vie laissera en suspens l'issue de ce vaudeville
car au début de l'année 1730 Pierre tomba malade ; on
diagnostiqua la petite vérole. Le mal empira et
l'emporta le 11 janvier, la veille de ses noces. Il venait
d'avoir quinze ans.

La succession allait être agitée. Un faux testament,
rédigé par les parents de la fiancée, prévoyait de laisser
le trône à Catherine. Finalement le Haut Conseil secret
opta en faveur d'Anna, fille cadette d'Ivan V, demi-
frère de Pierre le Grand.

Anna passait pour une femme calme, réfléchie et économe, soumise au régime de son petit duché de Courlande. Les conditions de son accession au trône de
Russie furent très sévères : elle devait faire la promesse
de gouverner en accord avec le Haut Conseil secret, ne
jamais rien décider de son chef et faire contresigner
tous ses actes par cette institution. On lui demanda également de ne pas emmener en Russie son amant, Biron,
ancien palefrenier à la Cour. Anna se conformait entièrement à l'influence exercée par son favori. Pourtant,
elle accepta ces conditions.

Tout de neuf vêtue, la nouvelle tsarine quitta en
larmes Mittau, la capitale de la Courlande, laissant
Biron et ses chiens préférés, les pékinois, dans son
« taudis courlandais » (Mittau était une bourgade très
pauvre). La garde l'escorta jusqu'à Moscou. Durant le
voyage, des officiers déclarèrent : « Nous, Russes,
sommes habitués depuis longtemps à servir *un* tyran.
Pourquoi devrions-nous être esclaves de *plusieurs*
tyrans ? Ne souscrivez pas aux conditions du Conseil
secret... »

Dans la grande salle aux voûtes enluminées du Kremlin, Anna reçut le Haut Conseil secret et la noblesse

moscovite. Tout en observant attentivement les allées et venues des dignitaires, elle caressait un talisman : un bouton provenant du costume de Biron !

Bientôt la salle fut envahie par les officiers de la garde. L'un d'eux s'agenouilla devant Anna et supplia une nouvelle fois :

– Nous voulons une tsarine autocrate, nous ne voulons pas du Haut Conseil secret.

Anna demanda :

– Mais ? Vous ne connaissez pas les conditions exigées par le Haut Conseil secret, ne vous a-t-il donc pas consultés ?

– Non, Majesté, répondit un major. Ce sont des traîtres et si tu l'ordonnes, Petite Mère, les têtes de ces misérables rouleront à tes pieds !

Anna se tourna vers le prince Dolgorouki, membre le plus influent du Conseil :

– Alors tu m'as trompée ?

Les officiers de la garde ne laissèrent pas répondre le prince et le boutèrent au fond de la salle. La duchesse de Courlande ramassa le rouleau contenant les « conditions » auxquelles elle avait souscrit et l'offrant au regard de tous, le déchira sous l'acclamation de la garde en déclarant : « Et si je viens à manquer à ma promesse, à ne pas tenir quelqu'une de mes paroles, alors, que me soit retirée la couronne de Russie. » Le soir apparut dans le ciel de Moscou une aurore boréale, phénomène rarissime à cette latitude. On y vit un mauvais présage…

Le règne d'Anna commença le 25 février 1730, elle avait trente-sept ans. Ayant vécu près de dix-huit ans en Courlande, la nouvelle impératrice avait des goûts occidentaux, aussi encouragea-t-elle la Cour à retourner à Saint-Pétersbourg.

Pour fêter son intronisation, Anna donna un somptueux dîner suivi d'un bal. À ses côtés se trouvait son cher Biron. Elle avait aussi fait venir ses pékinois qu'elle avait installés dans une pièce contiguë à ses appartements.

Une soupe de poissons de la Volga, des centaines d'ossètres de la mer Caspienne, des sterlets, du caviar, d'innombrables jambons de Sibérie et d'Oural, des vins français et italiens ainsi que de la vodka furent offerts aux convives. La grande et imposante Anna ouvrit le bal au bras d'un colonel de la garde, manifestant ainsi ouvertement son désir de s'appuyer sur l'armée. On parla longtemps dans toute l'Europe de ce gala glorifiant la nouvelle tsarine qui avait su déjouer les intrigues des quelques grandes familles tentées d'installer en Russie un régime constitutionnel…

Anna n'aimait guère le Kremlin dont chaque pièce lui rappelait une enfance malheureuse aux côtés de son père Ivan V, simple d'esprit. Elle ne se plaisait que dans son palais de bois d'Ismaïlskoïe, près de Moscou, et ne se consacrait aux affaires d'État qu'après s'être occupée de son amant et de ses chiens. Biron et ses pékinois la suivaient partout.

L'impératrice avait pour conteuse une naine d'origine kalmouke. La vieille fille lui narrait durant des heures les légendes évoquant les superstitions des habitants des steppes parfumées d'Astrakan. La fin tragique de la conteuse allait rester dans les annales de l'histoire. Un beau jour, la tsarine décida de marier la vieille femme, connue pour sa difformité, au prince Golitsyne, converti au catholicisme et pour cela, réduit au rôle de bouffon. Elle fit bâtir un petit palais sur les bords de la Neva où tous les murs, les meubles étaient taillés dans la glace. Le corps diplomatique fut convié à voir l'impératrice conduire le couple dans sa demeure. Le marié était déguisé en père Noël et sa femme en fille de père Noël. Le lendemain des noces, on les retrouva morts.

Anna ordonna de laisser les corps dans le palais de glace qui fondit au printemps, les emportant dans la Neva.

Lassée des festivités, la tsarine s'enfermait avec Biron, ses pékinois, ses nains et ses cartomanciennes et oubliait les affaires d'État. Chasser était une de ses distractions favorites. Dès le lendemain de son avènement, elle avait fait disposer des fusils chargés dans toutes les pièces du palais. Quand l'envie l'en prenait, elle ouvrait une fenêtre et abattait un oiseau en plein vol. Souvent, ses demoiselles d'honneur devaient se livrer à ce jeu sous peine d'être renvoyées.

Tandis que la tsarine s'adonnait à ces divertissements, le pays traversait une grave crise économique. Parmi les observateurs, le duc de Liria écrivait : « La Russie arrive au bord de ses possibilités fiscales et n'obtient plus rien avec son système d'imposition. Le pouvoir ne reconnaît plus le droit de propriété de ses sujets et confisque leurs bénéfices sous n'importe quel prétexte. »

Quand un ambassadeur français
faillit régner sur la Russie

Dans la première moitié du XVIIIe siècle, la France n'était pas en très bons termes avec la Russie. L'Empire ottoman, la Suède et la Pologne avaient toujours trouvé de solides appuis à Versailles contre Moscou. En Europe, la situation était tendue et chacun était à la recherche d'un allié. La France passant pour la grande puissance du continent, l'Angleterre faisait tout pour la priver de son hégémonie. Anna ne cherchait guère à modifier la politique extérieure de ses conseillers, favorables à la Prusse, au grand dam du marquis de La Chétardie, ambassadeur de France en Russie.

Surveillée et suspectée, la fille de Pierre le Grand, Élisabeth, connue pour sa francophilie, avait quitté la Cour sous le règne d'Anna et s'était installée à Moscou, dans le petit palais d'Ismaïlovo.

N'ayant pas d'enfant, la tsarine Anna Ivanovna voulait maintenir au pouvoir la lignée de son père. Elle fit venir auprès d'elle sa nièce Anna Leopoldovna et son époux Antoine-Ulrich, prince de Brunswick-Lüneburg, et proclama leur fils Ivan héritier du trône.

Le 28 octobre 1740, la tsarine Anna Ivanovna s'éteignait en laissant la Régence à son amant Biron, « jusqu'à la majorité d'Ivan VI ». Au XIXe siècle, l'historien Klioutchevski résuma ainsi son règne : « Une page des plus sombres de notre histoire, mais la tache la plus noire sur cette page sombre fut la tsarine elle-même… »

Avec un tsar âgé de neuf mois et un régent d'origine allemande, la Russie était bien mal lotie. Mais Biron ne resta pas longtemps en place. Le matin du 9 novembre 1740, il était emmené à la forteresse de Schlüsselbourg puis condamné à l'exil perpétuel en Sibérie ; Anna Léopoldovna, la nièce de la tsarine défunte, devenait régente à son tour.

Une fois encore, les roulements des tambours allaient présider à l'avènement d'une femme.

Le petit peuple, la majorité des officiers de la garde et la quasi-totalité de leurs hommes demeuraient nostalgiques du règne de Pierre le Grand. Ils n'avaient pas oublié sa fille cadette… Élisabeth était restée célibataire depuis la mort de son fiancé Charles-Auguste de Holstein. Quelques beaux garçons avaient peuplé sa solitude et pour l'heure, une grande confiance la liait à l'ambassadeur de France La Chétardie. Celui-ci avait compris que les conseillers de la tsarine Anna, inféodés à l'Autriche, finiraient par entraîner la Russie dans une guerre contre la France. Pour cette raison, le diplomate fomenta un véritable complot destiné à mettre la fille de Pierre le Grand sur le trône.

Entrée dans l'histoire de la diplomatie, cette tendre amitié semblait sortir des pages d'un roman de cape et d'épée.

Le marquis de La Chétardie avait trente-quatre ans lorsqu'il arriva en Russie en décembre 1739, accompagné par douze secrétaires, six cuisiniers, cinquante pages et laquais. C'était un homme du XVIIIe siècle, léger et frivole, tantôt officier, tantôt diplomate, mais surtout un mondain, grand séducteur devant l'Éternel.

La Chétardie entama sa carrière russe par une astuce gastronomique. Pour impressionner les Pétersbourgeois, il demanda à la Cour de Versailles de lui envoyer cent mille bouteilles des meilleurs vins français. Ces denrées précieuses eurent tôt fait de détrôner le *tokay* hongrois des réceptions officielles du Kremlin et devinrent aussi prisées que la vodka.

Tandis qu'Anna Léopoldovna entamait sa régence, menant une politique pro-allemande, le diplomate allait animer une opposition pro-française.

Entre 1739 et 1741, La Chétardie entretint des liens privilégiés avec Élisabeth. Comme le précise Michel Heller dans sa monumentale *Histoire de la Russie et de son empire*, « l'ambassadeur n'hésita pas à se glisser dans le lit de la princesse ».

Le marquis pria Élisabeth de sortir de sa retraite moscovite pour rejoindre Saint-Pétersbourg. Son principal allié dans cette affaire fut un certain Lestocq. Arrivé en Russie sous Pierre le Grand, ce Havrais huguenot, guérisseur, chirurgien, magnétiseur et spirite gagna rapidement la confiance de la tsarevna.

À cette époque, Élisabeth était une somptueuse femme de vingt-huit ans. Elle possédait une vitalité digne de celle de ses parents ; de magnifiques cheveux châtains, de belles dents, une bouche charmante et des yeux bleus expressifs. La tsarevna aimait les fêtes et les bals costumés où les hommes se travestissaient en femmes et vice versa. Rien ne l'amusait davantage que d'observer les vieux dignitaires aux bras et aux mollets poilus, déguisés en bergères ou en fées. Par la suite, l'ambassadeur fera venir un maître de danse français au palais.

Tout en faisant sa cour à la grande-duchesse, La Chétardie ne perdait pas de vue son but : faire monter sa protégée sur le trône de Russie, assurant ainsi une alliance durable entre les deux pays.

Le 22 novembre 1741, la régente sommait Élisabeth de renvoyer Lestocq et de cesser toute relation avec l'ambassadeur français. Après une explication houleuse, la grande-duchesse décida d'agir. Dès le décès de Pierre II, Lestocq avait tenté de convaincre Élisabeth de faire valoir ses droits au trône. En vain.

Mais en cette année 1741, la situation avait changé. La tsarevna bénéficiait non seulement du soutien de la France, mais aussi de la Suède. Et cette fois-ci, Lestocq parvint à l'entraîner vers les casernes des régiments créés par Pierre le Grand.

Élisabeth rappela aux grenadiers de qui elle était la fille et obtint leur complète adhésion à sa cause.

Perspicace, La Chétardie avait préalablement distribué de grandes quantités de vin français aux grenadiers. La future impératrice promit de gracier tous les condamnés à mort, prit la tête du cortège et se dirigea, en pleine nuit, vers le palais de la régente.

Lorsque Élisabeth entra dans la chambre d'Anna Léopoldovna, elle la trouva en compagnie de sa tendre amie Ioula Mengden :

– Il est temps de vous lever, ma petite sœur.

Anna se leva et se rendit calmement. Elle demanda seulement à ne pas être séparée de son amie. Son époux fut arrêté au ministère de la Guerre où il avait coutume de dormir depuis son infortune.

Élisabeth alla ensuite chercher le petit Ivan VI. Le pauvre enfant, porté sur le trône à l'âge de deux mois et détrôné à quinze, demeurera au secret les vingt-deux ans qui lui resteront à vivre.

La langue et les manières françaises allaient désormais briller en Russie, succédant à la période pro-allemande des règnes précédents.

Après la réussite du coup d'État, ses instigateurs furent royalement récompensés. Lestocq reçut le titre de comte, La Chétardie, le cordon de l'ordre de Saint-André ainsi que la coquette somme d'un million et demi de livres.

Le 28 novembre, Élisabeth écrivait au roi Louis XV, exprimant son espoir de renforcer l'amitié entre les deux Cours, tout en soulignant le rôle de La Chétardie dans ces événements. Mais la vanité allait bientôt perdre l'ambassadeur au sommet de la gloire. Dans ses dépêches adressées au roi de France, le volubile marquis n'hésitait pas à raconter les détails piquants de ses performances. Il reconnaissait volontiers qu'Élisabeth était à son goût, « bien qu'elle ait les hanches d'une cuisinière polonaise et qu'elle n'aime pas se laver souvent ». En outre, il précisait que le véritable but de la France n'était pas une alliance avec Saint-Pétersbourg, mais « le désir de voir la Russie rester dans sa nullité ». Animé par ces sentiments, le beau marquis entra en conflit avec le puissant vice-chancelier Bestoujev-Rioumine. Ce dernier finit par obtenir le départ de l'ambassadeur au cours de l'année 1742.

La Chétardie revint en Russie deux ans plus tard, mais il ne retrouva jamais l'influence qu'il avait eue jadis auprès de l'impératrice. Et pour cause, Christian Goldbach, haut fonctionnaire au service du vice-chancelier et mathématicien de talent, venait de trouver la clef du code utilisé par l'ambassadeur français dans ses dépêches. Les documents déchiffrés furent portés à la connaissance d'Élisabeth qui ne lui pardonna pas ses écarts de langage concernant leurs relations. Déclaré *persona non grata*, La Chétardie fut donc reconduit à la frontière, sa prestigieuse décoration de l'ordre de Saint-André retirée. Il dut également rendre à l'impératrice son portrait, une miniature ornée de diamants, offerte au début de leur amitié.

Celui qui aurait pu devenir favori ou peut-être même

empereur de toutes les Russies partit pour le front en Italie avant de tenter une nouvelle carrière diplomatique, comme ambassadeur à Turin. Fidèle à lui-même, il voulut obtenir les faveurs de la maîtresse du roi de Sardaigne et fut une fois encore déclaré *persona non grata*. L'enfant terrible de Versailles mourut dans l'oubli en 1758.

Quant à l'impératrice, elle garda à jamais une certaine tendresse pour la France, se plaisant à raconter comment son grand-père Pierre le Grand avait désiré la marier au futur Louis XV.

La disgrâce de La Chétardie envenima cependant les relations entre la France et la Russie. N'ayant plus de représentants diplomatiques à Saint-Pétersbourg, Versailles fut contraint d'utiliser des agents secrets, dont le célèbre chevalier d'Éon. La légende veut qu'il s'immisça dans l'entourage direct de l'impératrice et sut gagner sa confiance, travesti en femme. Cet épisode romancé n'est pas conforme à la réalité historique. Néanmoins, Éon fut bel et bien le représentant secret de la Cour de Versailles à Saint-Pétersbourg, sous la couverture du secrétaire de l'Écossais Douglas. À partir du mois d'août 1756, le chevalier d'Éon réussit à entretenir des contacts directs avec l'impératrice et contribua au rétablissement des rapports entre la France et la Russie.

Sous le règne d'Élisabeth, la Russie s'installa dans une direction bicéphale. Moscou, forte de la proximité du monastère de la Trinité-Saint-Serge, haut lieu de l'orthodoxie, devenait une « ville sainte », laissant l'administration impériale à Saint-Pétersbourg. Ainsi la nouvelle capitale représentait-elle la ville impériale mais aussi le symbole des splendeurs de la Russie.

Désormais comparable à Moscou par le nombre d'habitants, la ville créée par Pierre le Grand, surnommée « la Venise du Nord », suscitait l'admiration de toutes les Cours d'Europe. De luxueux palais s'étaient élevés de long de la Neva. La beauté de ses monuments, de ses ponts, la largeur de ses avenues dépassaient de loin l'ancienne capitale. Le « baroque élisabéthain » fut principalement lié au nom de l'architecte Bartolomeo Rastrelli, fils d'un sculpteur italien venu à Saint-Pétersbourg au temps de Pierre le Grand. Rastrelli bâtit de nombreux palais, hôtels particuliers et des églises ainsi que l'ensemble du monastère Smolny. À la demande d'Élisabeth, il entreprit la construction du Palais d'Hiver, mais l'Impératrice ne put jamais s'y installer car l'achèvement des travaux ne se fit qu'un an après sa mort.

Enfin, sous le règne d'Élisabeth furent fondés le premier théâtre russe en 1756, l'Académie des Beaux-Arts en 1757 et s'acheva la construction de l'Académie des Sciences commencée sous Catherine Ire.

Ne pouvant pas avoir d'enfant, Élisabeth adopta le fils de sa sœur défunte et de Charles de Holstein, se donnant ainsi un héritier. L'orphelin, âgé de quatorze ans, déçut d'emblée sa tante à son arrivée à Saint-Pétersbourg en 1742. Maigre, mal proportionné, ignare et violent, l'adolescent ne jurait que par Frédéric II de Prusse, méprisait les Russes et n'accepta d'apprendre leur langue que sous la contrainte. Élisabeth se consola en se disant que l'âge ingrat passé, l'éducation aidant, les choses prendraient peu à peu une autre tournure. Deux années s'écoulèrent mais ni son caractère ni son physique ne paraissaient pouvoir s'améliorer. L'impératrice pensa alors que le mariage pourrait lui être bénéfique. Sans doute le choix de la fiancée fut-il dicté par le souvenir de Charles-Auguste de Holstein, mort avant d'épouser Élisabeth. Ainsi cet amour laissé en suspens décida-t-il de la prodigieuse fortune de Sophie d'Anhalt-Zerbst, la nièce du cher défunt.

Quand la future impératrice Catherine II, Catherine la Grande, foula pour la première fois la terre péters-bourgeoise, le brouillard enveloppait les palais et effaçait les quais.

Dieu sait si cette jeune princesse allemande ne s'attendait pas à monter un jour sur le trône du plus grand empire d'Europe lorsqu'elle jouait naguère sur la grande place de Stettin avec les enfants de la ville.

Politiquement, le parti offert était enviable, humainement c'était un désastre. Le visage marqué par la petite vérole et toujours aussi disgracieux, Pierre III était sournois et vil. La princesse Dachkova, célèbre mémorialiste, décrivait ainsi l'héritier d'Élisabeth : « Se présenter le matin à la revue en caporal-chef, bien déjeuner, boire un bon vin de Bourgogne, passer la soirée avec ses bouffons et quelques femmes, exécuter les ordres du roi de Prusse, voilà ce qui faisait le bonheur de Pierre III. »

L'Église orthodoxe fit de Sophie, Catherine Alexeïevna. La future Catherine II se retrouva avec un mari s'adonnant à des beuveries avec ses valets et une chambre conjugale encombrée par une meute de chiens. De plus, on dut très vite constater que Pierre III était pratiquement impuissant. On remédia à cette infirmité – pour citer les rapports diplomatiques de l'époque – par une « rapide opération chirurgicale à l'issue aléatoire ». L'attitude de ce repoussant époux incitera *in fine* Catherine à se détourner définitivement de lui. « Si j'avais eu un mari qui se fût fait aimer de moi, écrivait-elle, je lui aurais été fidèle toute ma vie car je n'ai aucun penchant pour la débauche. Que Dieu en soit juge. Mon grand malheur est que je ne sais pas si cette disposition est un vice ou une vertu. »

Elle attendit huit longues années avant de tromper cette engeance et ne le fit pas de sa propre initiative.

En effet, Élisabeth, inquiète de ne pas voir la grande-duchesse devenir grosse, allait pousser un amant dans son lit. Catherine relata elle-même les propositions de l'impératrice : « – Je vous propose de choisir entre Serge Soltikov et Léon Narychkine. Si je ne me trompe, vous avez déjà élu le second. Sur quoi je m'exclamai : – Non, non je vous assure. Elle me dit alors : – Eh bien, si ce n'est pas le bon, l'autre le sera certainement. »

Maître en matière de sensualité, le comte Soltikov, que les dépêches décrivirent comme « un homme vain, un libertin, trop gâté par les femmes dont il ne se souciait guère des sentiments », révéla à la grande-duchesse les plaisirs de la chair. La majorité des historiens lui attribuèrent d'ailleurs la paternité du futur Paul Ier, premier enfant de Catherine. Dès la naissance du bébé, Élisabeth envoya Soltikov à l'étranger. On raconte qu'une fois sur le trône, Paul Ier convoqua l'amant de sa mère pour lui demander s'il était son père. Soltikov, gêné, aurait répondu : « Nous avons été nombreux auprès de ta mère. » Il est vrai qu'après son départ un autre homme ne tarda pas à lui succéder.

Catherine allait changer les habitudes de l'histoire en portant ses favoris en égéries politiques au masculin. La deuxième étape de son éducation sentimentale fut plus romantique. Stanislas-Auguste Poniatowski était un jeune homme de vingt-trois ans, bien éduqué et raffiné. Il était polonais. Arrivé à Saint-Pétersbourg en 1755, le jeune secrétaire du nouveau ministre plénipotentiaire britannique tomba éperdument amoureux de la grande-duchesse dès qu'il la rencontra. Elle était la première femme de sa vie. Selon les propres aveux de Catherine, Poniatowski lui fera partager désirs et fantasmes dans la complicité et la tendresse ; une réelle amitié les réunit à jamais (elle le fera roi de Pologne). Évoquant ces jours heureux, il sera le seul des amoureux de la grande tsarine à laisser d'elle un portrait témoignant de cet amour et de ce respect : « Elle avait vingt-cinq ans et relevait à peine de ses premières couches ; elle était à ce moment de beauté qui est ordinairement à son comble. Avec ses cheveux noirs, elle avait une blancheur éblouissante, des cils noirs très longs, le nez grec, une bouche qui semblait appeler le baiser, les mains et les bras parfaits, une taille svelte, la démarche extrêmement leste et cependant de la plus grande noblesse, le son de voix agréable et le rire aussi gai que l'humeur qui la faisait passer avec une facilité égale des jeux les plus folâtres, les plus enfantins, à une table de chiffres dont le travail ne l'effrayait pas plus que le texte. »

L'amour est aveugle, aurait pu dire Catherine à la lecture de cet éloge, elle qui avouait ne jamais avoir été belle ! Certes, elle n'avait pas des traits d'une extraordinaire finesse, mais il émanait d'elle un charme et une grâce indiscutables.

Poniatowski arrivait à point nommé. Devenue mère, la grande-duchesse vivait pourtant isolée de la Cour. L'impératrice ne lui permettait même pas de voir son enfant et le grand-duc, son époux, ne cessait pas de souligner son aversion à son égard. L'élégant Polonais parvint cependant à charmer Pierre III qui eut le toupet de lui demander de le prendre pour confident de ses amours avec sa femme. « J'allais souvent à Orianenbaum, écrivit-il, j'arrivais le soir ; je montais par un escalier dérobé dans les appartements de la grande-duchesse où je trouvais le grand-duc et Élisabeth Vorontsov. Nous soupions ensemble, puis le grand-duc emmenant sa maîtresse disait : "Mes enfants, vous n'avez plus besoin de moi !" Et je restais tant que je voulais. »

À travers cette rencontre avec Stanislas se profilait la

lutte pour le pouvoir. Grâce au soutien des Britanniques – pour qui travaillait son amant – Catherine élabora une véritable prise de pouvoir avec l'aide du grand chancelier Bestoujev. Malheureusement, elle agit avant l'heure. Ayant eu vent de ses manœuvres, Élisabeth fit arrêter Bestoujev (qui ne trahit jamais la future tsarine), et chassa le beau Poniatowski hors des frontières.

Un malheur ne venant jamais seul, le grand-duc décida de répudier Catherine afin de légitimer sa liaison avec Élisabeth Vorontsov. Catherine eut alors une explication orageuse à ce sujet avec l'impératrice. Le futur empereur, caché derrière les épaisses tentures du salon d'Élisabeth, dut admettre que son épouse avait du cran. Calcul, force de caractère, chance ? La grande-duchesse rétablit ses positions.

Désormais, l'amour et le pouvoir devaient aller de pair. Catherine tenta alors de noyer le chagrin que lui causa le départ de son amant en 1758 par un bref intermède avec le Russe Elaghine. Cette liaison ne laissera que quelques lettres, les premières écrites en russe par la future tsarine.

En 1760, Élisabeth disparaissait et Pierre III montait sur le trône. Une bataille sans merci allait alors s'engager entre les époux. Pour Catherine, il n'était pas encore question de prendre le pouvoir, il s'agissait d'une véritable lutte pour la survie, car Pierre, devenu tsar, voulait l'envoyer finir ses jours dans un monastère, séance tenante. Où pouvait-elle trouver un soutien efficace ? À la Cour ? Chez Elaghine ? Tout ce monde-là était bien trop mou et trop absorbé par les plaisirs pour une entreprise aussi audacieuse que la sienne. D'origine étrangère, Catherine mesurait les dangers de s'adresser hors des frontières, d'autant que la guerre de Sept Ans avait complètement changé l'équilibre des forces entre les puissances européennes, au détriment de la Russie. Une fois encore, la seule issue allait être l'armée, mécontente des agissements du tsar.

Cette fois-ci Catherine misa sur des conspirateurs impitoyables, réunissant le vice, l'audace et le goût du risque sous un même toit : les frères Orlov. Ceux-ci comprirent vite que le seul moyen d'accéder au pouvoir était de mettre Catherine sur le trône et pour ce faire, il leur fallait tuer le tsar.

Ainsi, en 1762, les roulements des tambours de la garde accompagnèrent-ils une fois encore l'arrivée d'une nouvelle tsarine.

Tous les favoris de Catherine allaient dès lors porter l'uniforme et les épaulettes dorées de la garde impériale. Tous auront pratiquement le même profil : physique impressionnant, virilité performante, hardiesse sans limite, et seront sans fortune.

Au lendemain du coup d'État, la jeune impératrice qui, hier encore, rêvait d'absolu dans les bras délicats du beau Poniatowski écrivait à son amant : « Adieu, il y a dans le monde des situations étranges. » Celui qu'elle allait faire roi de Pologne ne désirait qu'une chose, la retrouver. Le 27 novembre 1762, c'est-à-dire quatre ans après le départ de Stanislas, elle écrivait encore : « Eh bien, puisque vous avez résolu de ne pas comprendre ce que je vous dis depuis six mois, il me faut vous parler tout net : si vous venez ici, vous risquez de nous faire massacrer tous les deux… »

Dix ans d'intrigues et d'humiliations suivirent l'intronisation de Catherine. Le nouveau favori, Grigori Orlov, était tout le contraire de son prédécesseur, rude, brutal, grossier, infidèle et jaloux. L'impératrice n'avait-elle pas donné à cet homme le bâton pour la battre en lui laissant l'initiative de s'« occuper » de son époux ? Orlov la tenait à sa merci.

Les nombreuses escapades nocturnes de Grigori

Orlov provoquaient de véritables crises de dépression chez Catherine. Malgré ses souffrances de femme, l'impératrice dirigeait d'une main de fer son pays d'adoption. Le prince Wiazemski résuma ainsi l'extraordinaire faculté d'adaptation de Catherine : « Beaucoup de choses de notre histoire peuvent s'expliquer par le fait qu'un Russe, autrement dit Pierre le Grand, s'est efforcé de faire de nous des Allemands, alors qu'une Allemande, autrement dit la Grande Catherine, a voulu faire de nous des Russes. »

Quel était donc le secret de la réussite de cette femme exceptionnelle ? Son aveugle confiance en soi-même, son courage impossible à démonter ? Son caractère ? Dotée d'une gaieté légendaire, elle bénéficiait de surcroît d'une puissante vigueur et possédait un immense goût de vivre. Sa nature était complexe ; d'un côté, l'autocrate nouait et dénouait des alliances, remontait le moral de ses généraux, morigénait les rois, épiant d'un œil d'aigle l'ouest du continent, accumulait les œuvres d'art, préoccupée qu'on ne dilapide pas son héritage. De l'autre, l'amoureuse perpétuelle qu'on n'a eu que trop tendance à rendre vile ; bonne et égoïste, légère et péremptoire, aimant ses enfants et racontant à l'âge mûr les mots de ses petits-enfants. Il fallait bien être tout cela à la fois pour supporter un tel destin…

Pour l'heure, que devait-elle faire ? Accepter l'inacceptable ? Amadouer son amant Orlov, qui, dans l'intimité, avait de violents accès de colère, la maltraitait, la battait ? Elle qui avait espéré trouver en lui la sensualité et la tendresse eut beau user de tous ses charmes pour amener cette brute à de plus doux sentiments, ce fut en vain. Trop sûr de sa puissance et de celle de sa famille, Orlov le débauché régnait en maître incontestable sur la Russie.

Femme d'habitude, Catherine attendit patiemment

l'occasion de se débarrasser de cette encombrante engeance. Une absence d'Orlov la lui fournit. Rusée, l'impératrice ne le congédia pas franchement mais profita de l'aubaine pour installer dans l'appartement son favori, le beau Vassiltchikov, que lui avaient présenté les ennemis du précédent titulaire du poste.

À l'homme qu'elle s'était mise à haïr, tout en lui conservant son estime, succédait un homme qu'elle ne parvint pas à aimer, le jugeant bête et ennuyeux. Celui-là confessera d'ailleurs avec bassesse après sa disgrâce : « Je n'étais qu'une *fille entretenue*. On me traita de même. »

Ce fut alors qu'apparut un nom qui allait entrer dans les annales de la gloire militaire de la Russie, mais aussi dans le cœur de Catherine, Grigori Potemkine. Ce général deviendra son époux morganatique et restera son conseiller le plus proche, en dépit des favoris qu'elle prendra plus tard avec son accord tacite.

L'art d'être grand-mère

Catherine II a toujours laissé planer le doute à propos de la naissance de son fils Paul. À ce fils, la grande impératrice préféra son petit-fils Alexandre. L'enfant fut élevé dans une atmosphère de culture française, entouré d'émigrés qui avaient fui la révolution. Son précepteur, le philosophe La Harpe, l'éduqua dans l'esprit des Lumières et exerça sur lui une forte influence. Devenu empereur, Alexandre rappellera aussitôt près de lui ce Suisse Romand renvoyé par son père Paul Ier, qui demeura quelque temps à la tête de la Confédération helvétique. Bien que républicain convaincu, La Harpe fut choisi par Catherine II pour faire de ses petits-enfants des souverains éclairés. Vassili Klioutchevski, le meilleur portraitiste des monarques russes, déclarait que, sur le plan des qualités personnelles, Alexandre Ier ne pouvait être comparé qu'au tsar Alexis fils de Michel Romanov : il fut « une belle fleur de serre qui n'eut ni le temps ni la capacité de s'acclimater à la terre russe ; il grandit et s'épanouit magnifiquement tant que le temps fut beau, mais dès que soufflèrent les tempêtes du Nord, il s'étiola et déclina ».

Catherine II eut également un rôle décisif dans le choix des futures tsarines en faisant venir à la Cour ses compatriotes. Dès lors, à une exception près (l'épouse d'Alexandre III qui sera danoise), elles seront toutes d'origine allemande.

Les princesses étaient sélectionnées très jeunes, entre quatorze et seize ans, encore timides et malléables. Toutes les cérémonies étaient réglées selon une étiquette très stricte en commençant par l'arrivée solennelle de la future grande-duchesse jusqu'à son mariage. Les carrosses de la Cour attendaient la jeune fille à la gare. Tout au long du chemin la menant au Palais d'Hiver où devaient lui être présentés les grands dignitaires, elle pouvait admirer la haie vive de la garde impériale jalonnant son passage. L'empereur, à cheval, escortait le carrosse doré surmonté de la couronne impériale, tiré par huit chevaux gris. Les grands-ducs suivaient à cheval et les grandes-duchesses dans d'autres somptueux carrosses. L'étape suivante était une sorte de visite guidée des palais impériaux de Saint-Pétersbourg et de ses alentours, ce qui était une occasion pour une jeune étrangère d'apprendre l'histoire du pays. Une autre étape importante de cette formation était d'inculquer à la nouvelle recrue la culture de son pays d'adoption afin de lui assurer une intégration complète. (Ce qu'avait parfaitement réussi Catherine II.) Les futures grandes-duchesses devaient apprendre le russe et se convertir à l'orthodoxie. Très vite, elles n'avaient plus aucun contact avec leur pays d'origine. Ainsi dépouillées de leur germanité, elles pouvaient devenir d'authentiques Slaves.

Le cérémonial du mariage demeura inchangé jusqu'au règne de Nicolas II.

Ces festivités terminées, la jeune épousée se retrouvait enfermée dans le carcan rigide de la monarchie russe. Elle devait renoncer à ses goûts et gommer sa personnalité. Devenant à son tour la gardienne des traditions séculaires, elle devait se muer en idole de la nation.

Pour l'heure, Catherine la Grande était préoccupée par l'apparition, dès quatorze ans, chez son petit-fils Alexandre, « tant dans ses propos que dans ses promenades nocturnes, de forts désirs physiques croissant au fil de ses fréquentes conversations avec de jolies femmes ». L'impératrice enjoignit alors à une dame de la Cour d'initier son petit-fils aux « mystères de tous les transports qu'engendre la volupté ». Prudente, Catherine, songeant à le marier, fit bientôt venir à la Cour deux sœurs, les princesses Louise et Frédérique de Bade. Ainsi Maria Féodorovna, l'épouse de Paul Ier, le confiait-elle à Catherine, le cœur d'Alexandre s'était mis à battre pour Louise : « Alexandre nous écrit que la délicieuse Louise lui plaît chaque jour davantage ; qu'il y a en elle une beauté particulière et une humilité charmante… »

Louise, de son côté, écrivit à sa mère : « Le grand-duc Alexandre est très grand et assez bien fait, il a surtout la jambe et le pied très bien formés, quoique son pied est un peu grand, mais il est proportionné à sa grandeur. Il a les cheveux brun clair, les yeux bleus pas très grands, mais non plus petits, de très jolies dents, un teint charmant, le nez droit, assez joli. Pour la bouche, il ressemble beaucoup à l'impératrice. »

Le futur vainqueur de Napoléon aimait à se vêtir de blanc de la tête aux pieds. Il avait pour habitude d'humidifier ses culottes de peau pour rehausser l'effet sculptural de son anatomie. D'ailleurs, aux dires des dames de la Cour : « Toutes les parties de son corps auraient pu servir de modèle à un sculpteur. »

Les amours du sphinx russe

Le 23 septembre 1793, Louise de Bade, que l'Église orthodoxe avait baptisée Élisabeth, épousait Alexandre. Selon le rite instauré par sa grand-mère, le grand-duc portait un cafetan de brocart d'argent boutonné de diamants et le cordon de Saint-André en travers de la poitrine. Après l'office religieux, Élisabeth revêtit la lourde et rigide robe tissée de fils d'argent, parsemée de brillants et de perles. Autour de sa taille fut drapée une traîne brodée de lys et de roses d'argent, sur sa tête un voile de dentelle et une petite couronne de fleurs d'oranger. Une cape de velours bordée d'hermine fut alors déposée sur ses épaules. Autant dire que le moindre mouvement sous ce poids fut un calvaire pour la jeune fille.

À l'occasion de son mariage, la grande-duchesse reçut le diadème de Catherine, surmonté d'un magnifique diamant rose, une petite couronne de diamants, des boucles d'oreilles, des bagues et des bracelets.

Le soir des noces, un banquet suivi d'un bal célébra l'entrée de la grande-duchesse au sein de la famille impériale. On dansa la polonaise, mise à la mode par Catherine II. Alexandre fit trois fois le tour de la salle de bal, et changea de partenaire à chaque tour. En se séparant de leurs cavaliers, les dames faisaient une révérence alors qu'ils s'inclinaient devant elles. Enfin Alexandre retrouva Élisabeth. Âgés de seize et quinze ans, les jeunes mariés formaient un couple parfait.

La grande impératrice écrivit au prince de Ligne : « C'est Psyché unie à l'Amour. »

Témoin privilégié de leur idylle, la comtesse de Choiseul-Gouffier décrivait ainsi la grande-duchesse : « Un profil de camée grec, de grands yeux bleus, un ovale extrêmement pur, des cheveux d'un blond adorable. »

Les diplomates ne tarissaient pas d'éloges à son sujet : « Très jolie, d'une figure douce, intéressante, plus grande et plus formée qu'on ne l'est généralement à son âge. » « Sa personne respire l'élégance et la majesté de sa démarche est aérienne. »

On bâtit un château pour le jeune couple à Tsarskoïe Selo. Au Palais d'Hiver, de somptueux appartements furent aménagés à son intention. Le rose, le blanc et l'or régnaient sur les tentures et les lambris de la chambre à coucher. Le salon, bleu et argent, ouvrait par de larges fenêtres sur la Neva.

Les jeunes mariés se lancèrent à corps perdu dans la vie mondaine. Le grand-duc, adulé par les femmes, appréciait particulièrement ce tourbillon. Son épouse, d'un naturel délicat et d'une constitution fragile, avait plus besoin d'être protégée qu'exposée ; elle rêvait d'une vie familiale et plus calme.

« On est sans cesse occupé à ne rien faire, écrivait-elle à sa mère. Nous passons cette semaine en danses ; depuis lundi, il ne s'est pas passé un jour où nous n'ayons dansé. Mardi, il y avait bal chez nous, on y a dansé même des *walsers*. Hier, bal masqué chez une des premières femmes de l'impératrice ; ce soir, spectacle de société à l'Ermitage. Durant les mois d'octobre et de novembre, la conduite d'Alexandre Pavlovitch ne répondit pas à mes espoirs. Il s'attache à des bagatelles enfantines et surtout militaires, et, suivant l'exemple de son frère, se livre dans son cabinet à des jeux inconvenants avec les serviteurs. Ces jeux, qui sont de son âge mais ne conviennent pas à sa situation, ont sa femme pour témoin. »

La conduite du grand-duc était aussi enfantine à l'égard de son épouse. Certes il lui manifestait un grand attachement, mais une certaine brusquerie traduisait un défaut d'éducation amoureuse. Peu à peu, le ménage si souvent cité en exemple se mit à vaciller.

L'entourage se fit fort de procurer à chacun des deux époux de nombreuses occasions d'infidélité. Platon Zoubov, le dernier favori de l'impératrice, tendit un piège redoutable à la grande-duchesse. Persuadé que ses fonctions lui garantissaient l'impunité, il s'enorgueillit de lui faire une cour assidue aux yeux de tous. Le soupirant était bien encombrant et mettait Élisabeth dans une situation délicate. Aussi fit-elle de son mieux pour éconduire aimablement le favori. Malgré son inquiétude, Alexandre demeurait également courtois avec son rival potentiel : « Le comte Zoubov est amoureux de ma femme depuis le premier été de mon mariage, c'est-à-dire depuis un an et quelques mois. Jugez dans quelle position embarrassante cela doit mettre ma femme, qui, réellement, se conduit comme un ange. Mais pourtant vous avouerez que la conduite qu'on doit tenir avec Zoubov est furieusement embarrassante… Si on le traite bien, c'est comme si on approuvait son amour, et, si on le traite froidement pour l'en corriger, l'impératrice, qui ignore le fait, peut trouver mauvais qu'on ne distingue pas un homme pour lequel elle a des bontés. Le milieu qu'il faut tenir est extrêmement difficile à garder, surtout devant un public aussi méchant et aussi prêt à faire des méchancetés que le nôtre[*]. »

Catherine n'ignorait pas les manigances de son amant et s'en amusait même, mais dès qu'il dépassait la mesure, elle le rappelait à l'ordre. Il se calmait alors, de peur d'être congédié.

La principale préoccupation de l'impératrice était d'écarter du trône son fils au profit de son petit-fils Alexandre, car si la couronne devait échoir à Paul, ce serait la fin du rêve de l'absolutisme éclairé pour la Russie. Pourtant le grand-duc ne semblait guère enclin à régner. Il ne se gênait pas pour critiquer la politique de sa grand-mère, même s'il ne le faisait jamais devant elle. Il déclarait haïr le despotisme et prétendait que, malgré ses excès, la Révolution française avait accompli une œuvre salutaire. En outre, Alexandre s'était rapproché de son père.

Paul et son épouse, Maria Féodorovna, vivaient non loin de Saint-Pétersbourg, au palais de Gatchina. Le futur empereur, qui avait choisi Frédéric II de Prusse comme modèle, avait fait de cette propriété un véritable fief germanique où, pour un oui pour un non, tonnaient les canons. Les soldats portaient l'uniforme allemand, bottes hautes, gants jusqu'aux coudes, tricornes démesurés. Alexandre était paradoxalement attiré par cette atmosphère et se rendait trois ou quatre fois par semaine à Gatchina. Dès qu'il y arrivait, il quittait son habit à la française et revêtait un uniforme prussien.

De Tsarskoïe Selo, Catherine entendait les échos assourdis des exercices d'artillerie qui faisaient la joie de ses petits-fils. Le rapprochement d'Alexandre et de Paul l'irritait. Décidée à agir, elle rédigea un texte solen-

---

[*] Lettre écrite en français à son ami le compte Viktor Kotchoubey, ambassadeur de Russie à Constantinople.

nel stipulant la destitution de Paul au profit de son fils
Alexandre. Le document devait être rendu public le 24
novembre 1796, jour de la Sainte-Catherine, en Russie.
Mais le destin en décida autrement.

Vingt jours avant la date fatidique, la famille assistait
aux derniers moments de l'impératrice. Si Alexandre
n'entendait pas se prévaloir de ses droits à la couronne,
son père, par précaution, brûla néanmoins le testament.
Rien ne s'opposa donc plus à ce qu'il soit proclamé
empereur.

Le 6 novembre 1796, la Russie pleurait Catherine la
Grande et acclamait son nouvel souverain, Paul Ier.

« Oh ! j'ai été scandalisée du peu d'affliction que
montrait l'empereur [Paul], écrivit Élisabeth. Il semblait
que c'était son père qui venait de mourir, et non sa
mère, car il ne parlait que du premier, garnissant toutes
les chambres de ses portraits, et pas un mot de sa mère,
excepté pour la blâmer et désapprouver hautement tout
ce qui s'était fait de son temps. »

Dès l'avènement de son mari, l'impératrice Maria
Féodorovna sortit de l'ombre dans laquelle elle s'était
recluse durant le règne de Catherine. La grande-
duchesse Élisabeth allait être la première à subir ses sarcasmes.

En 1797, lors du couronnement de Paul Ier, l'épouse
d'Alexandre avait alors dix-huit ans. Sa beauté s'était
épanouie. Elle avait la taille fine et souple comme celle
d'une sylphide ; ses cheveux blond cendré flottaient sur
son cou et sur son front. Ce jour-là elle avait entremêlé
des roses fraîches au bouquet de diamants qu'elle portait au côté. Après l'avoir regardée d'un œil sévère,
Maria Féodorovna arracha brusquement ses fleurs, les
jeta par terre et gronda : « Cela ne convient pas en
grande parure ! »

La grande-duchesse ne tarda pas être indignée par la

façon de gouverner de son beau-père. « Oh ! Maman, écrivait-elle, cela fait mal, un mal affreux de voir journellement des injustices, des brutalités, de voir faire des malheureux (combien n'en a-t-il pas sur sa conscience) et de faire semblant de respecter, d'estimer pareil homme… Aussi suis-je la belle-fille la plus respectueuse, mais en vérité, pas tendre. Du reste, cela lui est égal d'être aimé pourvu qu'il soit craint, il l'a dit lui-même. Et sa volonté est remplie généralement, il est craint et haï… »

Seule, face à un entourage hostile, Élisabeth souffrait du peu d'empressement de son mari. Lorsqu'il rentrait chez lui, exténué par les besognes subalternes que lui imposait son père, Alexandre n'accordait pas à sa femme l'attention qu'elle souhaitait. Aussi trouva-t-elle auprès du meilleur ami d'Alexandre, le séduisant prince polonais Adam Czartoryski, l'amour dont elle avait en vain rêvé au début de son mariage. Alexandre ne s'en offusqua guère et favorisa même le rapprochement. Il avait déjà prouvé, lors des entreprises sentimentales de Platon Zoubov, qu'il n'était pas jaloux. Éprouva-t-il un plaisir amusé à partager Élisabeth avec son confident ? Toujours est-il qu'il protégea attentivement cette liaison dont la Cour s'entretenait à voix basse. Son éducation, comme il se plaisait à le dire, n'avait-elle pas été fondée « sur les principes du naturel, du raisonnable, de la liberté de l'individu, d'un mode de vie sain et normal » ?

Le 18 mai 1799, Élisabeth accoucha d'une fille aux cheveux et aux yeux noirs. Lorsqu'on présenta la petite Marie à l'empereur, il déclara sèchement : « Croyez-vous qu'un mari blond et une femme blonde puissent avoir un enfant brun ? »

Cette fois, la carrière d'Adam Czartoryski en Russie allait être compromise. Paul ordonna à son Premier ministre Rostopchine – qui le nota dans le journal – de « l'expédier le plus vite possible en mission diplomatique en Sardaigne ».

Peu après le départ de son amant, Élisabeth perdit sa fille. « Depuis ce matin, je n'ai plus d'enfant, elle est morte ! écrivit-elle en français, le 27 juillet 1800, à sa mère. Maman, c'est affreux au-delà de toute expression de perdre son enfant, je ne puis vous faire aucun détail aujourd'hui sur ce malheur. »

Alexandre, lui aussi, était désemparé. Depuis le départ de l'irremplaçable Adam Czartoryski, tout le petit groupe de ses proches conseillers s'était disloqué. En proie au vague à l'âme et à la solitude, il se rapprocha de sa femme.

« Je n'aime pas devoir quelque chose à l'empereur… écrivait-elle à sa mère. Instrument de vengeance de certaines gens contre le grand-duc et ses amis, ils travaillent à me faire une abominable réputation. Ce qu'ils gagnent, je n'en sais rien et cela m'est aussi indifférent que cela doit être quand on n'a rien à se reprocher. Si l'on veut me brouiller avec le grand-duc, on n'y parviendra pas. Lui qui n'ignore aucune de mes pensées et aucune de mes actions ne peut jamais se brouiller avec moi. » Ou encore : « Il y a quelque temps, il me plaisait à la folie, mais, à présent que je commence à le connaître, on remarque de petits riens, vraiment des riens… et il y a quelque peu de ces riens qui ne sont pas de mon goût et qui ont détruit la manière *excessive* dont je l'aimais. Je l'aime encore beaucoup, mais d'une autre manière. »

Toute attirance physique avait disparu depuis longtemps entre les jeunes époux. L'amitié et la confiance réciproque – pour ne pas dire la complicité intellectuelle – avaient peu à peu remplacé la passion. Ils aimaient se retrouver seul à seul, loin des oreilles indiscrètes, et évoquaient leur avenir.

La politique extérieure de Paul semblait plus incohérente encore que sa politique intérieure qui privait les Russes de toute liberté. Après avoir mis fin à la campagne que Catherine II avait entreprise contre la Perse, le tsar s'indigna de l'occupation de l'île de Malte par Bonaparte. Aussi se fit-il élire grand maître de l'Ordre et déclara la guerre à la France. Puis Bonaparte devint pour lui un second Frédéric II, un exemple à suivre, un ami à cultiver. Paul se rapprocha alors de la France et se fâcha avec l'Angleterre, laquelle, contrairement à sa promesse, n'avait pas restitué l'île de Malte aux chevaliers. L'empereur envoya donc ses troupes à la conquête des Indes.

Inquiet de l'incohérence de Paul, son entourage commença à envisager sérieusement de le renverser. Une conjuration au sein de la famille impériale et de la garde décida de son sort.

Dans la nuit du 22 au 23 mars 1801, un groupe d'officiers, conduit par le comte Pahlen, fit irruption dans les appartements de Paul Ier au palais Mikhaïlovski. Valerian Zoubov, frère de Platon, frappa l'empereur avec une lourde tabatière et un autre officier se chargea de l'étrangler avec son écharpe.

Lorsque Pahlen se rendit dans les appartements d'Alexandre, il le trouva en grand uniforme, pleurant dans les bras de sa femme.

— C'est assez de faire l'enfant, aurait-il dit, venez régner !

Certains conjurés affirmèrent qu'Alexandre, dissimulé derrière une tenture, avait assisté au meurtre de son père. Le grand-duc Nicolas, historien avisé de la famille Romanov, écrivit : « L'héritier du trône connaissait pertinemment tous les détails du complot, mais n'a rien fait pour qu'il échoue. » Cependant, la majorité des historiens russes suppose qu'il s'attendait à une abdication forcée non à un assassinat et que les conjurés, une fois le crime perpétré, le mirent devant le fait accompli.

La peur n'allait désormais plus quitter le couple impérial : Élisabeth n'avait pas oublié que le grand-père et le père d'Alexandre étaient morts assassinés par leur entourage proche, mécontent de leur politique. Aussi le manifeste annonçant l'avènement du jeune empereur affirmait-il qu'il gouvernerait « selon les lois et le cœur de Catherine la Grande ».

Alexandre Ier commença par prendre des mesures populaires. Il rappela les cosaques que son père avait chargés de conquérir les Indes, libéra les internés, rappela les exilés et remplaça les uniformes à la prussienne par des tenues nationales. Les premiers à revenir furent son ancien précepteur La Harpe et son ami Czartorisky. Il autorisa les Russes à voyager de nouveau à l'étranger et les étrangers à venir librement en Russie.

Mais les heures d'exaltation peuvent cacher les détours inattendus du destin. Tandis qu'Élisabeth s'exclamait : « Je respire avec la Russie entière ! », son époux allait succomber aux charmes de Marie Narychkine. Cette jeune femme d'origine polonaise « à la beauté surnaturelle » et aux sens surexcités, parente éloignée de Marie Walewska, portait un grand nom russe. Les Narychkine possédaient une fortune considérable ; depuis des siècles leur nom figurait dans les annales de la Cour de Russie. Une Narychkine n'avait-elle pas été la mère de Pierre le Grand ?

Marie ne quémanda jamais aucune faveur matérielle auprès de son impérial amant.

Alexandre, qui disait volontiers à ses compagnons : « Vous ne comprenez pas le charme de la conversation avec les femmes, vous voulez toujours pousser les choses trop loin », poussa-t-il cette fois-ci les « choses » assez loin ? Marie Narychkine éveilla en lui des élans qui le surprenaient lui-même. Dans ses bras, l'empereur oubliait les fastes de la Cour et ses rigueurs.

Quand la favorite donna le jour à une petite Sophie, son amant exulta de joie. Élisabeth, souffrant de ne toujours pas avoir d'enfant, écrivit son aigreur à sa mère (toujours en français) : « Elle a eu l'impudence de m'apprendre la première sa grossesse… »

Alexandre ne délaissait pas tout à fait sa femme, il menait de front deux vies qui se complétaient. Il prenait tous ses repas avec elle et l'entourait de prévenances en public. Il lui rendait même visite dans sa chambre. S'il était heureux que sa maîtresse lui donnât des enfants, il espérait toujours un héritier légitime.

De l'île Kamenny, l'empereur n'avait qu'à traverser un pont de bois pour gagner l'île Krestovski où se trouvait la demeure des Narychkine. Les réceptions de ces derniers, dans cette vaste bâtisse à coupole verte et à portique romain orné de colonnes blanches, furent mémorables. Les dîners ne comportaient jamais moins de trois menus : à la russe, à la française et à l'italienne. Sa Majesté ouvrait les bals au bras de Marie par une polonaise, puis se retirait avec elle dans un boudoir, installé sous le toit conjugal de la jeune femme pour leurs rencontres.

Aux réceptions de la Cour, Marie paraissait vêtue invariablement d'une robe blanche aux plis souples, sans aucune parure, comme Madame Récamier. Le poète Derjavine, qui jadis avait célébré la beauté d'Élisabeth, vantait maintenant la rondeur du sein voluptueux de la favorite. Marie Narychkine éclipsait toutes les femmes de la Cour. Sa beauté était si parfaite, disait-on, qu'elle « paraissait impossible ». Le général Koutouzov, futur vainqueur de Napoléon, déclarait : « Les femmes valent d'être aimées, puisqu'il se trouve parmi elles une créature aussi attachante que Mme Narychkine. » Quant à Joseph de Maistre, qui avait trouvé refuge dans les neiges de la Russie, il la définit ainsi : « Ce n'est point une Pompadour, ce n'est point une Montespan ; c'est plutôt une La Vallière, hormis qu'elle n'est pas boiteuse et que jamais elle ne se fera carmélite. »

Outre son amour charnel pour sa maîtresse, son respect pour sa mère et sa tendre amitié pour sa femme, Alexandre vouait à sa sœur Catherine une passion quelque peu équivoque. Karamzine, historien russe, décrivait ainsi la jeune fille : « Des yeux de feu et une taille de demi-déesse. » Au jugement général, Catherine possédait beaucoup d'attrait, un esprit incisif et parfois un aplomb insupportable. « Que fait ce cher nez que je trouve tant de plaisir à aplatir et à baiser ?… » écrivait le tsar à sa sœur. « Si vous êtes folle, du moins, c'est la plus délicieuse qui ait jamais existé. Je suis fou de vous… » « Me savoir aimé de vous est indispensable à mon bonheur, car vous êtes une des plus jolies créatures au monde… » « Après avoir couru comme un possédé, j'espère me délasser délicieusement dans vos bras… »

Alexandre avait besoin d'allumer les cœurs. Ceux des célèbres artistes françaises Mlle Georges, Mlle Phillis et Mme Chevalier ont battu la chamade pour le bel empereur de Russie. Il s'éprit également des étoiles de l'aristocratie locale, Mmes Bacharcah, Kremmer, Severin, Schwartz.

À la naissance du premier enfant de Marie Narychkine, Alexandre écrivait à sa sœur : « C'est de chez moi que je vous écris, et ma compagne et mon enfant sont à vos pieds et vous remercient de votre souvenir… Le bonheur que je goûte dans mon petit ménage et l'affection que vous me témoignez, voilà les seuls charmes de mon existence. »

Mais plus que les jeux d'alcôve, l'empereur prisait la politique. Et chacune de ses égéries l'influencèrent dans ce domaine. Peu à peu, sous l'impulsion de sa femme et de sa maîtresse, il évinça les vieux serviteurs du pouvoir pour les remplacer par ses jeunes amis, puis remania les ministères, malgré l'avis farouchement opposé de sa mère, l'impératrice douairière. Aussi reprit-il à son service son ami intime et ex-amant de sa femme, le prince Czartorisky, et en fit-il son ministre des Affaires étrangères.

Tandis qu'Alexandre traversait le pont de bois pour rejoindre Marie dans le palais voisin de sa résidence d'été, Élisabeth s'était éprise d'un officier de la garde au physique avantageux, Alexis Okhotnikov. Cette idylle ne dura guère, car le bel officier succomba mystérieusement, poignardé à la sortie d'un théâtre. Élisabeth lui fit édifier un mausolée représentant une femme en pleurs au pied d'un chêne foudroyé. De nouveau elle se retrouvait seule.

L'impératrice douairière se souciait beaucoup de l'influence « des Polonais et des Polonaises » sur son fils…

Prudent et honnête, Czartorisky avait un défaut majeur pour les Russes : son amour immodéré pour son propre pays. Il espérait que le tsar rendrait à la Pologne ses frontières historiques. Mais Alexandre savait pertinemment qu'il était hors de question pour la Russie, l'Autriche et la Prusse d'abandonner leurs provinces polonaises. Fils d'une princesse de Wurtemberg et époux d'une princesse de Bade, il ne pouvait pas se désintéresser de ces deux petits pays menacés par la France. Tandis que Czartoryski faisait son possible pour empêcher un rapprochement entre la Russie et les puissances allemandes, Alexandre, appuyé par Élisabeth, voulait, au contraire, s'entendre avec elles. Maria Féodorovna, sensible à tout ce qui était allemand, exerçait sur son fils une pression morale à l'encontre de Czartoryski. Elle prit même la plume pour demander qu'il soit démis de ses fonctions et mit en garde son fils contre la Prusse.

Le problème central de la politique étrangère de l'époque était surtout Napoléon. Marie Narychkine le détestait, tant par conviction que par une étrange hostilité envers sa cousine Marie Walewska, l'ardente maîtresse polonaise de l'empereur français.

Élisabeth était également farouchement antinapoléonienne. « Ah ! cette brave nation, écrivait-elle, montre bien ce qu'elle est et ce que ceux qui la comprennent savent depuis longtemps, malgré qu'on s'obstinât à la traiter de barbare. Plus Napoléon s'avancera, moins il doit croire une paix possible. C'est le sentiment unanime de toute la nation et de toutes les classes : il existe la plus parfaite harmonie à cet égard. C'est sur quoi Napoléon ne comptait pas ; il s'est trompé en ceci comme en bien des choses. » Ainsi exprima-t-elle les sentiments patriotiques de ces tsarines, d'origine allemande, devenues de véritables Russes de cœur. Elle gardait aussi grande rigueur au « tyran corse » parce qu'il avait fait enlever le duc d'Enghien sur le territoire de Bade, possession de sa propre famille.

Après les défaites d'Austerlitz et de Friedland, Alexandre se sentait indécis et entêté, énergique et flottant. Son humeur nerveuse le faisait passer de l'enthousiasme au découragement, du courage à la peur, des plaisirs sophistiqués aux réflexions profondes. L'empereur doutait maintenant de sa réelle capacité à régner. Il n'avait plus d'autre issue que la négociation.

En juin 1807, ayant approuvé les clauses de l'armistice, le souverain russe rencontra Napoléon sur un radeau fixé au beau milieu du fleuve Niémen, non loin de Tilsit. Une fois le traité de paix et d'alliance signé par la France, la Russie et la Prusse, Napoléon sollicita auprès de son « grand ami » la main de sa sœur Catherine. Alexandre feignit de ne pas entendre... L'année suivante, les deux nouveaux alliés allaient se revoir à Erfurt. Cette fois-ci Alexandre reçut une proposition de mariage officielle. Il se prétendit favorable à cette union, mais se retrancha derrière l'indispensable consentement de sa mère et de la principale intéressée. La tsarine douairière se prononça effectivement contre cette mésalliance. Catherine, au contraire, fidèle à son caractère trempé, déclara qu'elle se sentait parfaitement capable de « dompter » son terrible prétendant. Elle finit malgré tout par renoncer à la couronne de France, sur les conseils de son amant, le général prince Bagration. Ayant plusieurs fois affronté « l'invincible » sur les champs de bataille, ce quadragénaire d'origine géorgienne réussit à la convaincre que Napoléon était « une brute que nul ne peut dompter ». Catherine décida alors d'épouser le prince d'un tout petit pays, Georges d'Oldenbourg.

Caulaincourt, l'envoyé de Napoléon, revint à la charge, demandant la main d'une autre sœur du tsar, Anna, âgée de quinze ans à peine. Alexandre invoqua de nouveau l'opposition de sa mère. Cette fois-ci, l'idée d'une alliance matrimoniale entre la France et la Russie fut définitivement enterrée. Et quinze jours plus tard, la rumeur désignait déjà Marie-Louise, la fille de l'empereur d'Autriche, comme la future impératrice des Français. Si Alexandre et Napoléon n'étaient pas officiellement devenus parents, ils l'étaient néanmoins « de la main gauche », par Marie Narychkine et Marie Walewska... Une question plus grave que ces mariages ratés opposait les deux hommes – le problème polonais –, car chacun des deux pays voulait y exercer une influence dominante.

Napoléon jugeait Alexandre « intelligent, plaisant, cultivé », mais il ajoutait : « On ne peut lui faire confiance ; il n'est pas sincère : c'est un vrai Byzantin…, fin, simulateur et rusé. » L'ambassadeur de Suède Lagerbilke déclarait : « En politique mais aussi en amour, Alexandre est fin comme une pointe d'épingle, tranchant comme un rasoir, trompeur comme l'écume marine. »

Le 24 juin 1812, Napoléon et ses armées franchissaient le Niémen et foulaient la terre russe. Dans *Guerre et paix*, Tolstoï décrit Napoléon attendant que les boyards lui apportent, comme cela se passait dans les autres villes qu'il prenait, les clefs de la capitale. Mais les boyards ne vinrent pas et Moscou resta déserte. Le lendemain, l'empereur des Français installa son quartier général au Kremlin. « Enfin, je suis à Moscou, enfin au Kremlin ! » s'exclama-t-il. Son bonheur allait être de courte durée. À peine eut-il atteint la citadelle qu'une gigantesque lueur rouge embrasa le ciel de la nuit. Napoléon regarda longtemps les flammes. Toute la ville ou presque brûlait. Ne pouvant retenir son admiration pour le peuple russe, il s'exclama : « Quel effroyable spectacle ! Quelle révolution extraordinaire ! Quels hommes… Ce sont des Scythes ! »

À cette époque, Élisabeth et Marie Narychkine perdirent chacune leur deuxième enfant. Désemparées, elles participèrent moins à la vie publique, même si, comme la mère et la sœur du tsar, elles firent bloc autour de lui. En l'absence de son fils, l'impératrice douairière reprit le devant de la scène et obtint enfin la destitution de Czartoryski. Mais durant cette guerre, le rôle prépondérant fut joué par Catherine, sœur de l'empereur. Au mois de septembre 1812, Alexandre ne savait pas quel parti prendre. Au milieu des avis contradictoires de ses officiers d'état-major, la détermination de sa sœur devait emporter sa décision. « Moscou est prise… Il y a des choses inexplicables, lui écrivit-elle avant de le rejoindre. N'oubliez pas ce que vous avez décidé. Pas de paix et vous aurez l'espoir de regagner votre honneur. Mon cher ami, pas de paix, même si vous vous trouviez à Kazan, pas de paix. » Deux ans plus tard, le 31 mars 1814, Alexandre entrait dans Paris.

Malgré la guerre contre Napoléon, le tsar, d'esprit toujours francophile, se sentit une mission de paix à l'égard du peuple français. Il fut d'ailleurs accueilli à Paris par des acclamations. Mais à l'heure où sonnait la gloire, les contradictions de son caractère allaient apparaître très nettement. Il semblait à l'époque qu'aucune satisfaction terrestre ne parvînt à satisfaire son âme tourmentée. C'est alors qu'une autre femme entra dans sa vie. L'empereur avait rencontré Julie de Krüdener, baronne d'origine balte, lors de son étape à Heilbronn. Jolie blonde à la peau très fine, grande et sculpturale, celle qui allait devenir son égérie spirituelle était une mystique.

Se croyant appelée à fonder une religion nouvelle, Julie de Krüdener était convaincue qu'Alexandre avait été choisi par la Providence pour en être l'apôtre. La baronne arrivait à point nommé dans la vie du tsar.

En 1815, durant le deuxième séjour de l'empereur à Paris, la baronne vint le rejoindre, à son invitation. Tous les soirs ou presque, après ses rendez-vous galants à l'Élysée, Alexandre rendait visite à Julie. Elle habitait l'hôtel de Charost, l'actuelle ambassade d'Angleterre, rue du Faubourg-Saint-Honoré. Les deux palais étant à l'époque mitoyens, il n'avait qu'à traverser leurs parcs respectifs.

S'étant confié à sa nouvelle amie, l'empereur l'interrogea sur ce qu'il devait faire pour satisfaire son besoin de spiritualité. La baronne répondit en ces termes :

« Vous devriez prendre la tête d'une nouvelle Église qui réunirait sous son égide toutes les créatures de Dieu et toutes les Églises. Alexandre le Bien-Aimé de Dieu, l'espoir des peuples, doit contribuer à cette œuvre immense. Je souhaite votre clémence chrétienne pour la France. »

Ce fut donc sous l'influence de madame de Krüdener que le tsar rédigea, en cet été 1815, le traité dit de la Sainte Alliance qui, revu par Metternich, fut signé le 26 septembre par Frédéric-Guillaume III de Prusse, Alexandre Ier et François II d'Autriche. Louis XVIII adhéra quelques mois plus tard à ce traité, dont l'article Ier stipulait : « Conformément aux paroles des Saintes Écritures, qui ordonnent à tous les hommes de se regarder comme des frères, les trois monarques demeureront unis par des liens d'une fraternité véritable et indissoluble… Ils se prêteront en toute occasion et en tout lieu assistance… Se regardant envers leurs sujets et armée comme père de famille, ils les dirigeront dans le même esprit de fraternité pour protéger la religion, la paix et la justice. »

Au même moment, à Saint-Pétersbourg, la veuve d'un colonel mort au champ d'honneur, Catherine Tatarinova, et quelques comparses prenaient un fort ascendant sur les cercles de la Cour. L'historien américain James Bellington compara l'influence de ce groupe de « femmes charmantes » sur les « réactionnaires » de l'entourage du tsar, à celle exercée par les femmes sur les boyards conservateurs, au temps du tsar Alexis.

Maria Féodorovna, inquiète des dérives mystiques de son fils, insista pour qu'il prît ses distances avec la baronne. Et le 27 septembre 1815, Alexandre faisait ses adieux à son égérie spirituelle.

Toujours convaincue de sa mission religieuse, Julie de Krüdener voudra revoir le tsar, mais n'y parviendra que six ans plus tard.

De retour dans sa ville natale, elle s'installa dans une grande maison à la périphérie de Saint-Pétersbourg, loin des fastes de la perspective Nevski où se succédaient, « côté soleil », les boutiques les plus luxueuses de la ville. Le soir, des éclairages savants faisaient briller de mille feux les devantures des bijoutiers et vacillaient derrière les flacons emplis de liquides multicolores des vitrines des apothicaires.

Contrairement à ses espoirs, la baronne ne parvint pas à établir l'atmosphère de sa vie parisienne. Le bel Alexandre était alors sous l'emprise d'un confident brutal, le général Araktcheïev, qui ne laissa jamais Julie approcher. Suprême humiliation, elle fut même exilée par le tsar en 1822, en raison de son activisme jugé exagéré en faveur de la révolte en Grèce. Une année plus tard, la princesse Golitsyne, une de ses amies intimes, mit à sa disposition la moitié de sa fortune (l'autre moitié étant utilisée de manière cocasse : l'extravagante princesse l'offrit à son époux contre l'assurance qu'il n'entrerait jamais dans son lit !). Julie utilisa cet argent pour créer en Crimée une étrange communauté mi-orthodoxe, mi-ésotérique. La princesse Golitsyne, habillée en homme, et la baronne de Krüdener, coiffée d'une perruque blonde, y formaient un curieux couple, avant qu'une troisième femme vînt plus tard les rejoindre. Cette Française, connue à Saint-Pétersbourg sous le nom de comtesse Hachette, n'était autre que Jeanne de La Motte, l'héroïne de l'affaire du collier de la reine.

Le tsar avait changé durant ces années. Il éprouvait désormais un sentiment de culpabilité à l'égard de sa femme. Peu à peu, il s'éloigna de sa maîtresse, ses relations conjugales se raffermirent. En hiver 1822, il persuada Élisabeth d'habiter son propre appartement, prétextant que cette partie du palais était mieux chauffée. Ils se promenèrent de nouveau ensemble, renouèrent le dialogue interrompu. Comme au temps de leur jeunesse, Élisabeth se faufilait de nouveau furtivement dans la chambre de son époux.

« On croirait que je veux me vanter, confia-t-elle à sa mère, de ce que prescrivent les lois divines et humaines, mais les rivalités [de la famille impériale] font que je suis réduite à me regarder quelquefois comme la maîtresse d'Alexandre ou bien comme si nous étions mariés secrètement. »

En 1824, le tsar et Marie Narychkine perdirent subitement leur fille, âgée de dix-huit ans, à la veille de son mariage avec un comte Chouvalov. Pendant ces heures tragiques, Élisabeth consola non seulement son mari, mais aussi sa rivale d'antan.

En 1825, l'empereur accompagna sa femme dans le midi de la Russie où elle devait suivre une cure. Une occasion pour Alexandre de mûrir dans le calme, loin de la capitale, le projet qui lui tenait à cœur : son abdication. Le 20 octobre, il fit en Crimée l'acquisition de la propriété où il souhaitait se retirer bientôt. Mais le 27, il prit froid. Rentré à Taganrog, petite ville située au bord de la mer d'Azov où l'attendait Élisabeth, il se coucha pour ne plus jamais se lever. Le 18 novembre, le tsar sombra dans un semi-coma et expira le lendemain. Sa mort donna naissance à un grand mythe de l'histoire russe. Nombreux furent ceux qui crurent qu'Alexandre, devenu *staretz*, vécut encore de nombreuses années en ermite en Sibérie sous le nom de Fédor Kouzmich.

La disparition d'Alexandre Ier précipita les événements. L'empereur n'ayant pas d'héritier direct, l'un de ses frères devait lui succéder. L'ordre dynastique précisait que cela devait être le grand-duc Constantin, vice-roi constitutionnel de Pologne. Pendant deux

coup de foudre. Le grand-duc était timide et
~~~tal jusqu'à la sensiblerie. Pendant son voyage
~~pe, il fut d'emblée subjugué lorsqu'il aperçut
~le Hesse au théâtre de Darmstadt. Elle avait
~ns, la taille fine, un teint de lys et l'air doux. Le
~in il dansa avec elle au bal. Valsant légèrement
~ en arrière, les yeux baissés, elle glissait habile-
~r la pointe de ses souliers de soie. Son bras
~ blanc jusqu'au coude faisait sur son épaule une
~si gracieuse qu'il semblait le cou d'un cygne.
~s n'avons pas besoin d'aller plus loin, dit le
~uc au comte Orlov. J'ai fait mon choix. J'épou-
~princesse Marie de Hesse si elle veut bien me
~onneur de m'accorder sa main. »

~Cours d'Europe, qui avaient tant attendu de ce
~au cours duquel l'héritier du trône russe était
~faire son choix parmi les filles des plus illustres
~princières, retenaient leur souffle. Il était en
~notoriété publique que la princesse Marie de
~tait en vérité la fille naturelle du baron de
~grand maréchal et amant de la grande-duchesse
~ine… On attendait donc du tsar Nicolas Ier une
~brutale, correspondant à son caractère hautain
~e. À la stupéfaction générale, non seulement il
~son fils à faire la cour à Marie, mais il déclara
~nache : « Que quelqu'un ose dire en Europe que
~r du trône de Russie est fiancé à une fille natu-

~ançailles eurent lieu au printemps de l'année
~e 8 septembre de la même année, Marie entrait
~llement à Saint-Pétersbourg dans un carrosse
~côté de l'impératrice. Six mois plus tard, Marie,
~ Maria Alexandrovna, épousait Alexandre. Elle
~x-sept ans, elle était belle, touchante, confiante
~tte.

semaines, le doute subsista. En vérité, celui-ci avait
depuis longtemps renoncé secrètement au trône, car il
se trouvait fort heureux à Varsovie en compagnie d'une
belle Polonaise dont le souhait n'était pas de porter le
fardeau de la couronne. Tandis que Constantin tardait
à donner sa réponse, se fomentait un coup d'État. Mais
le 14 décembre 1825, le complot s'acheva dans le sang.
Ce fut à coups de canon que les conjurés mal préparés
furent dispersés par les forces loyalistes dirigées par le
nouveau tsar Nicolas Ier. Le complot des « décem-
bristes » voulait imprimer à la Russie une marche nouvelle inspirée du pas occidental.

La nouvelle tsarine, Alexandra Féodorovna, était née
princesse Charlotte de Prusse, fille de la célèbre reine
Louise. Leur idylle avait commencé alors que Nicolas
avait dix-huit ans, et Charlotte dix-sept. Les amoureux
se promenèrent main dans la main dans la campagne
puis allèrent écouter des concerts à l'Opéra de Berlin
où l'on jouait Mozart et Beethoven. Le 13 juillet 1817,
la romantique et exaltée Charlotte, devenue Alexandra,
épousait le futur tsar Nicolas Ier. La jeune fille était à
cent lieues de penser qu'un jour la charge impériale
écraserait ses frêles épaules…

L'impératrice douairière aimait beaucoup cette bru
qu'elle comparait à « une matinée printanière ». En
revanche, Élisabeth ne semblait guère sensible à son
charme.

Méfiant et impitoyable, Nicolas Ier fut aussi un mari
exigeant pour ne pas dire despotique. Sa fragile épouse
ne tarda pas à perdre sa fraîcheur et sa santé. Le rythme
de vie imposé par l'empereur ainsi que sept grossesses
consécutives contribuèrent à l'affaiblissement d'Alexandra. La meilleure description de leurs relations nous a
été laissée par le marquis de Custine : « Il veille près
d'elle, prépare des boissons, les lui fait avaler comme

un garde-malade ; dès qu'elle est sur pied, il la tue de nouveau à force d'agitations, de fêtes, de voyages, d'amour (…). Femme, enfants, serviteurs, parents, favoris, en Russie, tout doit suivre le tourbillon impérial en souriant jusqu'à la mort. »

En effet, Nicolas ne remarqua jamais ni la maigreur excessive d'Alexandra ni la résignation dans ses yeux fatigués. « C'est bien gai, écrivait-elle à son frère, d'avoir toujours un petit enfant dans le ménage, mais je voudrais tant me reposer pendant plusieurs années… »

Après vingt ans de mariage, l'empereur écrivait encore à sa femme : « Dieu t'a donné un caractère si heureux qu'il n'y a pas de mérite à t'aimer. J'existe pour toi, tu es moi – je ne saurais le dire autrement… Si je suis parfois exigeant, c'est parce que je cherche tout en toi : bonheur, joie, repos… J'aurais voulu te faire cent fois plus heureuse… »

L'inspiratrice secrète d'A

Cette impératrice soumise donn
ses plus grands tsars, Alexandre I
Dans son *Voyage en Russie*, Théop
laissé de ce monarque un p
« L'empereur Alexandre II portait
costume militaire qui faisait valoir s
dégagée. C'était une sorte de ve
blanche descendant jusqu'à mi-cui
d'or, bordée en renard bleu de Sib
gnets et sur le pourtour, étoilée au
des grands ordres. Un pantalon ble
lait les jambes et se terminait à de
cheveux de l'empereur sont coupé
front uni, plein et bien formé. S
régularité parfaite ; le bleu de ses y
particulière des tons bruns de la f
que le front à cause des voyage
plein air. Les contours de la bo
de coupe et d'arête tout à fait gr
l'expression de la physionomie e
tueuse et douce qu'éclaire, par
plein de grâce. »

Échappant aux arrangements
contre d'Alexandre avec la futu

La grande-duchesse devint tsarine à la mort de Nicolas Ier, en 1855. Pour son couronnement, Maria Alexandrovna avait revêtu une robe de brocart blanc, barrée du grand cordon rouge de l'ordre de Sainte-Catherine. Elle était coiffée à la russe, ses cheveux tressés en deux nattes encadraient son visage. Un collier de trois rangs de perles et de diamants ornait sa gorge. Émue, la jeune femme fit un geste maladroit au moment le plus recueilli de la cérémonie et sa couronne tomba. Au comble de la confusion, elle la ramassa, la reposa sur sa tête, puis, désespérée, murmura tout bas à l'intention du comte Tolstoï, grand maréchal de la Cour : « C'est le signe que je ne la porterai pas longtemps… »

Maria mit au monde sept enfants. À la naissance du dernier, devant la pâleur et la faiblesse de l'accouchée, les médecins lui conseillèrent de cesser toute relation physique avec son mari. Alexandre s'inclina bon gré mal gré devant l'ordonnance des médecins.

Dès lors, la tsarine se retira de plus en plus souvent dans ses appartements entre ses meubles favoris, offerts jadis par Marie-Antoinette, et les tableaux de Murillo, Ruysdael ou Raphaël. Elle restait des heures les yeux fixés sur les icônes qu'elle accumulait sans se lasser. Seule l'exaltation religieuse agissait sur elle comme un excitant. Elle ne sortait de sa torpeur qu'au moment de Pâques. Là, elle suivait les coutumes du peuple russe, la joie du « Christ ressuscité », la tradition des œufs peints, les prières du rite orthodoxe.

L'impératrice passait le plus clair de son temps en compagnie de son confesseur et s'occupait de ses œuvres de bienfaisance, notamment de l'Institut Smolny. Dominant un bras de la Neva, cet établissement abritait le pensionnat de jeunes filles de la noblesse. Conçus par l'architecte italien Giacomo Quaranghi, les bâtiments contrastaient par la grande sobriété de leurs formes avec la collégiale de la Résurrection, œuvre de Rastrelli, dont la façade polychrome bleue, blanche et or constituait un exemple du baroque russe.

Parmi les élèves de ce pensionnat, les sœurs Dolgorouki ne pouvaient pas passer inaperçues. La blondeur délicate de la cadette était certes remarquable mais elle n'égalait pas le teint d'ivoire et les magnifiques cheveux de l'aînée Catherine.

Née le 14 novembre 1847 dans une famille de huit enfants, celle qu'on appelait intimement Catiche portait un grand nom. Son ancêtre, Youri Dolgorouki, était le fondateur de Moscou. Son père, Michel, ruiné par des spéculations financières, avait dû faire élever ses filles aux frais de l'empereur.

Un siècle plus tard, Danielle Darrieux puis Romy Schneider allaient incarner au cinéma Catherine Dolgorouki, la jeune étudiante qu'Alexandre allait appeler Katia. Personne n'a oublié comment la petite fille de l'Institut Smolny fit sourire le tsar avec sa franchise et sa gaieté.

Le temps avait passé. Catherine avait maintenant dix-sept ans. Elle avait quitté l'institut et habitait chez son frère. Un beau jour, au cours d'une promenade dans le jardin d'Été, elle croisa l'empereur. Alexandre n'avait pas oublié le joli minois de l'espiègle Catiche. Il la reconnut aussitôt et engagea la conversation. Se sentant soudain liée à cet homme dans la force de l'âge, comme par un sortilège, la jeune fille se demanda s'il lui était possible de fuir le destin qui s'offrait à elle.

Catherine ne semblait pas se formaliser qu'il fût marié, ni qu'il eût trente ans de plus qu'elle. Ce qui la gênait, c'était qu'Alexandre soit tsar. Aussi entreprit-elle de résister aux assauts du souverain. Mais un soir de juillet, dans le fond du parc de Peterhof, au belvédère de Babylone, la jeune fille succomba à l'amour de son

empereur. Ce jour-là, il écrivit : « Aujourd'hui, hélas !
je ne suis pas libre, mais à la première possibilité, je
t'épouserai, car je te considère, maintenant et pour toujours, comme ma femme devant Dieu… À demain, je
te bénis ! »

Dès lors et jusqu'à la mort d'Alexandre, le destin des
amants allait être scellé.

Tous les jours, le tsar écrivait à Catherine des pages
entières : « N'oublie pas que toute ma vie est en toi,
Ange de mon âme, et que le seul but de cette vie est de
te voir heureuse autant qu'on peut être heureux en ce
monde. Je crois t'avoir prouvé, dès le 13 juillet, que
quand j'aimais quelqu'un véritablement, je ne savais
pas aimer d'une manière égoïste… Tu comprendras que
je ne vivrai plus que dans l'espoir de te revoir jeudi
prochain dans notre nid. »

Ce nid se trouvait au Palais d'Hiver. Catherine s'y
introduisait par une porte dérobée dont elle possédait la
clef, puis se glissait dans une chambre reliée à l'appartement d'Alexandre par un escalier secret.

Bientôt toute la Cour eut connaissance des amours
clandestines de l'empereur. Lorsque la rumeur arriva
aux oreilles de la marquise de Cercemaggiore, belle-
sœur de Catherine, celle-ci décida aussitôt de soustraire
la jeune fille à son impérial amant et l'emmena chez
elle à Naples. Mais le tsar n'était pas de ceux qu'on
pouvait mettre devant le fait accompli. Et quand il se
décida, à l'exemple d'autres souverains, à visiter
l'Exposition universelle, Alexandre commanda aux
Dolgorouki de quitter Naples pour le rejoindre à Paris.
Là, il déjoua la surveillance autour de Catherine et la
fit venir tous les soirs dans son appartement de l'Élysée.
Elle entrait furtivement dans le palais et retrouvait ce
cher amant dont elle avait été séparée trop longtemps.
Alexandre écrivait alors : « Depuis que j'ai commencé

à t'aimer, aucune femme n'a plus existé pour moi… Pendant toute l'année où tu m'as si cruellement repoussé, comme pendant tout le temps que tu viens de passer à Naples, je n'ai désiré aucune autre femme, je n'en ai approché aucune. »

Le 6 juin 1867, à l'issue d'une revue, Napoléon III, Alexandre et ses deux fils aînés traversaient le bois de Boulogne dans une calèche, lorsqu'un homme surgit, brandit un pistolet et visa le tsar. La balle, tirée par un exilé polonais, ne fit que frôler l'empereur. Semblant imperturbable, sans montrer aucune inquiétude pour lui-même, il se précipita sur-le-champ à l'Élysée. Alors que les officiels se pressaient autour de lui avec sollicitude, il n'eut de cesse que de les écarter pour rassurer au plus vite Katia. Serrant dans ses bras la femme qu'il aimait, Alexandre, selon ses propres mots, goûtait le bonheur d'être en vie.

De retour à Saint-Pétersbourg, Catherine s'installa dans un hôtel particulier sur le quai des Anglais. Même s'il était uni par les sacrements à l'impératrice Maria, le tsar vivait maritalement avec Catherine. À Saint-Pétersbourg, la liaison du souverain faisait des gorges chaudes. Catherine évitait donc de paraître en public.

Partageant avec son amant toutes les préoccupations essentielles pour l'avenir de la Russie, elle lui donnait souvent son avis sur les sujets politiques. Alexandre était attentif et appréciait son bon sens. Souvent, au cours de la soirée, l'empereur prenait un carnet et dessinait Katia nue allongée sur le lit, le regardant en souriant. (Ces croquis impériaux sont conservés dans les archives russes.)

Le 30 avril 1872, la favorite mit au monde un petit garçon prénommé Georges. Pendant l'accouchement difficile, Alexandre s'était écrié : « S'il le faut, sacrifiez l'enfant, mais, elle, sauvez-la à tout prix ! »

Comme à l'époque de la liaison d'Alexandre Ier avec Marie Narychkine, la famille impériale et la Cour furent scandalisées par la naissance du petit bâtard. D'autant que l'année suivante Katia accouchait d'une petite Olga. L'impératrice Maria, elle, se retrancha dans un mutisme total ; seule la prière semblait la réconforter.

En offrant à ces deux enfants le patronyme de Yourevski, en souvenir de Youri Dolgorouki, le tsar allait leur donner un statut légal. Le 11 juillet 1874, à l'intention du Sénat, il rédigea cet oukase : « Aux mineurs Georges Alexandrovitch et Olga Alexandrovna Yourievski, Nous accordons les droits qui appartiennent à la noblesse et Nous les élevons à la dignité de prince avec le titre d'altesse. » N'était-ce pas là une reconnaissance officielle ?

En 1877, les amants furent séparés en raison de la guerre contre la Turquie. Le lendemain de son départ, Alexandre adressa ces mots à Katia : « Bonjour, cher ange de mon âme. J'ai assez bien dormi, mais ce fut un triste rêve pour moi, après tout ce temps de bonheur que nous avons passé ensemble. Mon pauvre cœur se sent brisé de t'avoir quittée et je sens que j'emporte ta vie et que la mienne est restée avec toi. » Dans l'après-midi, il ajouta ce post-scriptum : « J'ai passé toute la matinée à travailler et viens de me reposer en soupirant de ne pas t'apercevoir à mon réveil, ni les chers enfants non plus… À toi pour toujours ! »

À son retour, le tsar, balayant toutes sortes de préjugés, fit nommer Katia demoiselle d'honneur de l'impératrice et l'installa au Palais d'Hiver. La jeune femme n'avait jamais cherché tous ces signes de reconnaissance. Une seule chose lui importait, vivre par et pour Alexandre. Aussi se plia-t-elle au bon vouloir de son amant, malgré son manque d'intérêt pour les tourbillons de la Cour.

Tout à l'amour de sa belle, l'empereur ne perdait pas de vue les réformes qui allaient faire de lui un grand tsar. À cette époque, Catherine devint sa véritable égérie politique.

À l'avènement d'Alexandre II, en 1855, la population serve de la Russie comptait vingt millions de paysans. Quatre millions sept cent mille travaillaient sur des terres d'apanage, dans les mines, dans les usines, vingt et un millions appartenaient aux grands propriétaires fonciers et un million cinq cent mille étaient des gens de service.

À l'issue de son couronnement, l'empereur avait, à l'instigation de sa femme, accordé l'amnistie aux participants de la révolte de décembre 1825, exilés en lointaine Sibérie. Au premier plan de ses préoccupations avait été l'abolition du servage, venaient ensuite les réformes territoriales, judiciaires et militaires.

Le pays était en ébullition. Un mouvement féministe s'était développé dans le pays, s'efforçant d'améliorer la condition de la femme. La jeune génération, influencée par les critiques de la société russe, animés par les journaux *Le Contemporain* et *La Parole russe*, se mit à rejeter en bloc la morale conventionnelle. On appela les adeptes de cette nouvelle morale des « nihilistes », car ils niaient toutes les restrictions et toutes les conventions. Leur mot d'ordre était : à bas les vêtements « aristocratiques », la religion, les bonnes manières et toute autorité, à commencer par l'autorité parentale ; leur méthode : la terreur politique.

Qu'elle fût noble, commerçante ou paysanne, la famille russe fonctionnait depuis des siècles selon un même modèle, incarné par le patriarcat autocratique, royaume en miniature de chaque chef de famille, réplique fidèle de l'autocratie tsariste. Dans les années 1860, pratiquement dans toutes les familles nobles, les enfants entendirent disposer de leur propre vie selon leur idéal. Les jeunes filles commencèrent à affluer dans les villes universitaires.

Après l'abolition du servage, proclamée par Alexandre, les femmes estimèrent que leur tour était arrivé et revendiquèrent de plus en plus le droit de quitter le tyran domestique. Elles se heurtèrent à leur mari ou à leur père, détenteurs des passeports familiaux. En effet, en Russie, personne n'avait le droit de quitter, sans passeport, son lieu de naissance ou de résidence. Les jeunes filles, en tant que mineures, figuraient sur le passeport de leur père ; elles devaient se marier pour en avoir un, mais il restait alors entre les mains de leur mari. De plus en plus de jeunes filles avaient un but précis : quitter leurs parents pour les études, apprendre un métier qui les affranchirait de l'emprise familiale.

Une vague de terreur monta à la fin de 1878. Un général, le commandant des gendarmes de Saint-Pétersbourg, un prince, un gouverneur et le directeur de la police d'État furent tués, le tsar échappa à un attentat. Pourquoi tant de haine contre ce tsar qui avait osé libérer les serfs ? Les terroristes estimaient désormais qu'il était mieux de supprimer le tsar réformateur que de voir la révolution tuée dans l'œuf par l'œuvre des réformes.

Sur cette toile de fond agitée, la tsarine et la maîtresse d'Alexandre avaient des points de vue opposés. Maria Alexandrovna combattait ouvertement les idées progressistes, Katia œuvrait pour la proclamation d'une charte constitutionnelle. À ce propos, un contemporain écrivit : « Réception chez l'impératrice. Gortchakov [le Premier ministre] raconte que celle-ci lui a écrit quatre pages pour lui dire que, s'il se rapprochait de l'Autriche durant son absence, il sacrifierait sa réputation et sa personne. À moi, elle a dit qu'elle espérait que je ne lui ferais pas de surprise, ce qui signifie, dans sa bouche, des réformes constitutionnelles ou des faveurs aux minorités religieuses et aux vieux-croyants… Ce ne sera pas la première fois que je remarque l'influence néfaste, quoique peu visible, qu'elle peut exercer sur les affaires. »

Les immixtions de la tsarine allaient cesser avec sa disparition, en juin 1880. Cette fois-ci, rien ne pouvait plus empêcher Alexandre d'épouser enfin devant Dieu celle qui partageait sa vie depuis si longtemps. Après avoir observé le mois de deuil exigé par le protocole, il fixa son mariage au 18 juillet suivant. L'entourage du souverain fut choqué par cette décision, d'autant que le prince héritier ne devait pas en être informé. Lorsqu'on osa dire au tsar que son fils en serait cruellement offensé, l'autocrate répondit : « Je suis le maître chez moi et seul juge de ce que j'ai à faire. »

Le mariage eut lieu comme prévu. « Voilà trop long-temps que j'attendais ce jour, dit Alexandre. Quatorze années. Je n'en pouvais plus, j'avais constamment la sensation d'un poids qui m'écrasait le cœur. Je suis effrayé de mon bonheur. Ah ! que Dieu ne l'enlève pas trop tôt… »

Après avoir ordonné au Sénat d'accorder à Catherine le nom de princesse Yourievskaïa avec le titre d'altesse sérénissime, pour elle et leurs enfants, le tsar voulait réaliser son rêve – le couronnement de Katia. Son nou-veau Premier ministre, le réformateur Loris-Melikov, vit alors l'opportunité d'instaurer un régime constitu-tionnel en Russie. Car selon lui le peuple accepterait ainsi mieux le couronnement de la jeune femme. Il lui fallait maintenant convaincre son souverain. Ce fut sur les bords de la mer Noire où ils se trouvaient en villégia-ture que l'habile ministre et son alliée Katia amenèrent enfin Alexandre à leurs vues.

Le 1er mars 1881, le tsar signait la charte constitutionnelle prévoyant le principe de la représentation nationale et devant être approuvée par le Conseil des ministres trois jours plus tard. Puis il se rendit au manège Michel pour assister à la relève de la garde. La première bombe lancée par les terroristes éclata près de la voiture impériale. Alexandre III descendit de son carrosse pour adresser quelques mots de réconfort aux blessés. C'est alors qu'une seconde bombe le frappa mortellement.

Du tumulte sortit un corps déchiré, pied droit arraché, visage et tête couverts de blessures, un œil fermé, l'autre sans vie.

Katia resta longtemps prostrée devant le cadavre de l'empereur, baisant ses mains intactes en murmurant « Sacha »… Elle l'avait pourtant supplié de ne pas sortir, mais Alexandre lui avait assuré que rien ne pouvait lui arriver, une Tzigane lui ayant prédit la mort au septième attentat ; or, cinq seulement avaient eu lieu… Il ne restait plus à Katia qu'à quitter la Russie pour toujours.

Lors des funérailles, alors que la cérémonie était presque terminée, et lorsque toute la famille impériale eut déposé un ultime baiser sur la main du défunt, Catherine apparut enveloppée de longs voiles de crêpe, appuyée sur le comte Adlerberg. Un diplomate français relata la scène : « D'un pas tremblant, elle monta les degrés du catafalque. Puis, s'effondrant à genoux, elle s'abîma en prière, la tête plongée dans le cercueil. Après quelques minutes, elle se releva avec peine, reprit le bras du comte Adlerberg et s'éloigna lentement vers le fond de l'église… De tous les souvenirs que je conservai de ce voyage, l'apparition fugitive de la princesse Yourievski dans la cathédrale de la Forteresse fut l'un des plus vivaces. »

Quarante ans plus tard, le 15 février 1922, une vieille

princesse russe s'éteignait à Nice. Sa disparition ne fut saluée que par quelques fidèles dans une indifférence générale. Pourtant, Catherine Dolgorouki, princesse Yourievski, restera dans l'Histoire l'inspiratrice d'un grand réformateur. Celui qui, le 2 mars 1861, avait proclamé qu'il n'existait plus d'esclaves en Russie, que tous les citoyens étaient devenus égaux.

Derrière l'actuel musée Pouchkine, à Saint-Pétersbourg, le long du canal Catherine, se dresse une église ressemblant fort à Saint-Basile-le-Bienheureux. Son décor est fait de marbres et de pierres fines, ses façades comme ses murs intérieurs sont ornés de mosaïques et d'icônes. Ses nombreuses coupoles rivalisent avec le baroque de l'église de la place Rouge par leurs formes diverses et colorées. Alexandre III la fit édifier à l'endroit même où son père trouva la mort le 1er mars 1881.

Alexandre III entama son règne en prenant le contrepied des réformes libérales de son père. Sa femme ne joua guère de rôle politique et demeura dans l'ombre de son époux.

Durant treize années, l'empereur donna à son pays la paix extérieure et intérieure, le dota de centaines de kilomètres de chemin de fer, ordonna la construction du transsibérien, fit faire un bond spectaculaire à la productivité tant agricole qu'industrielle et remplit les caisses du Trésor. Il restaura dans toute l'Europe, et particulièrement en France, le prestige et l'influence de la Russie, bien ébranlés après la guerre russo-turque menée par son père.

Cependant, sa politique basée sur les principes slavophiles n'était pas compatible avec la réalité de l'empire aux multiples nationalités, déchiré par les contradictions internes.

Alexandra Féodorovna
ou l'énigme de la dernière tsarine

Le 17 juillet 1998, quatre-vingts ans jour pour jour après l'assassinat de la dernière tsarine Alexandra et de son époux Nicolas II, leurs corps furent solennellement inhumés dans la crypte de la cathédrale Saints-Pierre-et-Paul de Saint-Pétersbourg, mausolée de la dynastie des Romanov depuis Pierre le Grand. Leurs enfants et les autres personnes massacrés en même temps qu'eux dans le sous-sol de la maison Ipatiev d'Iekaterinbourg ont été ensevelis à leurs côtés : trois de leurs filles, les grandes-duchesses Tatiana, Olga et Anastasia, leur médecin le docteur Evgueni Botkine, leur cuisinier Ivan Kharitonov, leur chambrière Anna Denidova, et enfin leur valet Aloïs Trupp. Deux victimes manquent : le tsarévitch Alexis et la grande-duchesse Maria. Leurs restes n'ont pas été retrouvés lors de l'exhumation officielle en 1979.

Ce « retour des cendres » fut conçu comme une cérémonie d'expiation et de réconciliation collective : *Pokoyaniyé y soglassiyé*, comme on dit en russe, en des termes empruntés à la théologie orthodoxe.

Les monarchistes y virent une réhabilitation complète du dernier tsar et de son œuvre. Les libéraux voulurent plutôt honorer, à travers les « martyrs d'Iekaterin-

bourg », toutes les victimes des « liquidations » léni-
niennes et staliniennes. Les nationalistes, enfin, y
compris les nationaux communistes, mirent en avant
« le rétablissement de la continuité de l'histoire russe
millénaire ».

La nostalgie impériale est forte dans tous les milieux,
mais, comme on le remarque à Moscou, « une restauration, à la fin du XXᵉ siècle, cela suppose un Juan Carlos ». Et ce Juan Carlos n'existe pas. Ni Eltsine,
surnommé Boris Iᵉʳ par une presse de plus en plus
impertinente, ni sa fille Tatiana Diatchenko, dite « la
tsarine », ni Gueorguy, affligé par sa mère d'une ascen-
dance caucasienne, ne peuvent prétendre jouer ce rôle.
Nicolas et Alexandra, même réhabilités, semblent voués
à rester le dernier tsar et la dernière tsarine.

Alexandra demeure, pour les Russes, le symbole de
l'égérie politique. À son actif, une vie personnelle réussie. Elle aimait son mari et lui donnait d'excellents
conseils pour le choix de ses collaborateurs : d'abord le
comte Sergueï Witte, puis Piotr Stolypine. Sous leur
impulsion, la Russie connut un développement extrêmement rapide et une vie culturelle brillante. Ce fut « l'âge
d'argent » en littérature, celui des symbolistes et des
premiers cubistes en peinture, l'époque des Ballets
russes en musique et en danse. Les reproches qu'on lui
attribue sont les deux guerres, l'une perdue en 1904
contre le Japon, l'autre, trop coûteuse en vies russes, la
guerre de 1914 ainsi que deux révolutions en 1905 et
en 1917. Nombreux furent ceux qui ont pensé qu'elle
avait joué un rôle fatal dans le couple impérial et ne
possédait pas les qualités nécessaires pour occuper ces
hautes fonctions. Sa fragilité physique et son caractère
introverti l'ont rendue inapte à jouer un rôle politique
bénéfique à la Russie en temps de crise. Pourtant, dans
la Russie d'aujourd'hui, une image plus favorable de la

dernière tsarine commence à s'imposer dans les esprits, dans la mesure même où l'idéologie communiste se dessèche. Dans les années soixante-dix, elle fut véhiculée par le *Samizdat* – l'édition « parallèle » – et même par certains médias officiels. En 1972, le journal à grand tirage *Zviezda* publia un récit détaillé et objectif de l'assassinat du tsar et de sa famille, « Les vingt-trois marches ». En 1977, une élégie à la mémoire de la famille impériale parut dans une revue de Leningrad *Avrora*. Les portraits de la tsarine et de sa famille circulent aujourd'hui ouvertement. Les archives confirment également l'exceptionnel courage d'Alexandra durant sa captivité.

Tout commença comme dans un conte de fées. L'héritier des Romanov, le tsarévitch Niki, rencontra l'adorable Alix de Hesse-Darmstadt, la petite-fille préférée de la reine Victoria et la cousine de Guillaume II, au cours d'un mariage princier à Saint-Pétersbourg. Tous les fastes de la Russie impériale les entouraient. Les vêtements des dames de la Cour étincelaient de dentelles d'argent et de pierreries. Les costumes, les chapeaux et les épées des élégants courtisans étaient parsemés de diamants et autres joyaux. Le tsarévitch avait seize ans et sa princesse douze. Cette rencontre provoqua un véritable coup de foudre. Le jeune homme dut attendre cinq longues années avant de surmonter la réticence de sa famille face à la perspective de son mariage. Alexandre III et son épouse Maria Féodorovna auraient préféré pour bru une jeune fille portant un nom plus prestigieux que celui des Hesse. Ils songeaient à Hélène d'Orléans, fille du comte de Paris, c'est-à-dire d'un parent de Louis XVI, ou encore à Marguerite de Prusse. Mais un complot familial aida le jeune Niki, très épris d'Alix, à triompher. La reine Victoria, l'épouse du prince de Galles (la sœur de l'impératrice Maria

Féodorovna), Guillaume II, cousin du tsarévitch comme sa bien-aimée, enfin Ella, la sœur aînée d'Alix, épouse de l'un des oncles du tsar, se liguèrent pour obtenir le triple consentement d'Alix, d'Alexandre III et de sa femme. Cependant, un handicap inattendu apparut au dernier moment. La jeune princesse refusa de se convertir à l'orthodoxie. Il fallut trois jours de négociations intenses pour obtenir son consentement. Finalement, Alix s'abandonna à son destin. Le 23 avril 1894, elle s'engageait à lui pour la vie, « le visage illuminé par une joie tranquille », comme disait le tsar. Soudain, la timide Alix changea. Chaque jour elle se montrait plus amoureuse. La future tsarine était rayonnante. Elle fit visiter Cobourg à son fiancé et l'emmena faire de longues promenades dans ses endroits préférés.

La princesse était très belle. Auréolée de ses cheveux aux magnifiques reflets dorés, elle déroutait ses interlocuteurs en fixant ses grands yeux gris sur quelque chose qu'elle semblait être la seule à voir. Elle rougissait facilement et souriait rarement. Nicolas n'avait presque pas changé depuis leur première rencontre, son visage gardait la même expression rêveuse. Sa barbe et sa moustache « couleur tabac blond » semblaient toujours aussi soyeuses. Il n'était pas grand mais solidement bâti. Et ses yeux bleus, qui viraient au vert, faisaient encore rougir la jeune fille.

Les séjours d'Alix à la Cour de Russie, avant son mariage, ne furent guère engageants. Elle y fit pâle figure. Certains la trouvèrent gauche, « mal fagotée », d'autres la virent hautaine, orgueilleuse et méprisante. Ne parlant pas le russe et connaissant à peine le français, ses conversations se limitaient à l'usage de l'anglais. En réalité, Alix était paralysée par la timidité.

Le mariage fut fixé à l'été suivant. Mais la disparition du tsar Alexandre III bouleversa ces plans. Le

1er novembre 1894, le tsarévitch devenait l'empereur Nicolas II. Il nota dans son journal : « Seigneur ! Seigneur ! Quelle journée ! Dieu a rappelé à lui notre père adoré, notre cher papa, notre bien-aimé. La tête me tourne, je n'arrive pas à le croire… »

La première apparition en public de la future tsarine fut derrière le cercueil d'Alexandre III. « Mauvais présage », murmura la rumeur. Le protocole aurait voulu que le couple observe un deuil de deux ans avant de songer à se marier. Attendre aussi longtemps était impossible aux amoureux. Aussi la cérémonie fut-elle fixée au 9 décembre, jour de l'anniversaire de l'impératrice Maria Féodorovna.

Huit jours après son avènement, Nicolas épousait Alix de Hesse, que l'Église orthodoxe avait baptisée Alexandra Féodorovna. À l'aube, la veuve d'Alexandre III et les grandes-duchesses Xénia et Olga, sœurs de Nicolas, revêtirent Alexandra du costume nuptial traditionnel. Serrée dans cette lourde robe en brocart d'argent, à demi recouverte par le manteau à longue traîne de drap d'or bordé d'hermine, la tsarine sentait déjà le poids de sa nouvelle vie.

Les cloches des cathédrales du Kremlin annoncèrent l'union du couple comblé. « Jamais je n'ai vu deux êtres plus épris l'un de l'autre ni plus heureux », assurait le futur George V d'Angleterre, leur cousin. Alexandra fut réconfortée par les acclamations de la foule en liesse. Elle se sentait presque déjà aimée.

Le règne de Nicolas II et d'Alexandra commença sous de sinistres auspices. À l'occasion de son couronnement, l'empereur offrit une grande fête à son peuple près de Moscou. Trois cent mille personnes purent profiter des distractions gratuites et des présents du tsar. Par une négligence des pouvoirs publics, à la Khodynka, grand terrain vague servant de lieu d'entraînement à la garnison de Moscou, des trous, des tranchées, des fossés, avaient été laissés béants. Et quand la distribution des cadeaux commença, la bousculade fut telle que beaucoup tombèrent dans ces fossés. Selon les chiffres officiels, mille trois cent quatre-vingt-neuf personnes trouvèrent la mort, et mille trois furent blessées. Le jeune couple impérial en fut atterré. Nicolas nota dans son journal : « Tout allait jusqu'à présent comme dans du beurre, mais aujourd'hui un grand péché a été commis… quelque mille trois cents personnes ont été piétinées. Je l'ai appris à neuf heures et demie. Cette nouvelle m'a laissé une impression effroyable… »

La mère du tsar recommanda à son fils un châtiment exemplaire pour les responsables du drame et en premier lieu le gouvernement général de Moscou. Mais Alexandra intercéda en faveur de ce dernier dirigé par le grand-duc Serguéï, son propre beau-frère. Et Nicolas obéit à son épouse.

L'esquisse du sourire qui errait volontiers sur les lèvres du tsar disparut. Nicolas avait hérité par sa mère, Maria Féodorovna, princesse Dagmar de Danemark, du sang d'Hamlet, prince de Jutland. Soumis aux caprices d'une volonté irrégulière, le dernier tsar de toutes les Russies évoquait par son caractère l'ombre du héros shakespearien.

Mais Alexandra allait veiller sur son époux, exerçant sur lui une influence sans partage. Déjà, alors qu'elle veillait la dépouille d'Alexandre III, elle avait conseillé à Nicolas : « Désormais on doit tout te dire, on doit te consulter sur tout. Ne laisse pas oublier qui tu es. »

La jeune et rayonnante impératrice ne perdit pas pour autant sa timidité maladive. Elle parlait avec hésitation et son visage se couvrait souvent de plaques rouges. Son caractère exagérément réservé repoussait les mieux intentionnés, et en dehors du cercle familial intime,

Alexandra n'était guère appréciée. Sa belle-mère, en revanche, toujours aimable, souriante et joliment habillée, suscitait l'admiration de la Cour qui se regroupa autour d'elle. L'impératrice douairière n'avait jamais franchement montré bonne figure à cette bru qu'elle ne trouvait pas « assez bien » pour son fils, et la nouvelle tsarine avait toujours souffert de sa froideur à son égard. Une rivalité s'instaura de fait entre les deux femmes. Elle devait concerner également les affaires politiques. Alors que Maria Féodorovna souhaitait l'avènement d'un système parlementaire, Alexandra se faisait la gardienne de l'autocratie absolue.

Le mariage de Nicolas et d'Alexandra avait été si rapidement arrangé qu'aucune demeure n'avait été préparée pour les recevoir. Ils s'installèrent donc temporairement au palais Anitchkov où l'impératrice douairière avait jadis donné libre cours à sa passion pour la danse. Ce palais où l'on vit souvent Pouchkine et sa ravissante épouse Natalia.

Chaque jour, le couple impérial déjeunait avec Maria Féodorovna, puis Nicolas retournait dans son bureau. Alexandra passait ses journées à attendre ses apparitions. La jeune mariée confiait dans son journal : « Je me sens absolument seule. Je ne puis encore me persuader que je suis mariée. C'est comme si j'étais seulement en visite. » Elle redoutait aussi un attentat contre le tsar. N'oublions pas que depuis plus de vingt ans se livrait une guerre entre l'autocratie et les organisations terroristes, son époux n'était donc pas à l'abri d'une agression.

Nicolas et Alexandra s'installèrent finalement dans le palais Alexandre, situé en retrait du palais Catherine, à Tsarskoïe Selo.

En novembre 1895, la tsarine mit au monde, dans de terribles souffrances, une petite fille qui reçut le nom d'Olga. Certes, on choisit pour l'enfant une gouvernante, mais Alexandra avait décrété qu'elle nourrirait son bébé, le baignerait et l'habillerait elle-même. Révolution à la Cour…

En 1896 eut lieu son couronnement. Le peuple fut ébloui par la beauté de sa nouvelle souveraine qui, pour l'occasion, arborait une robe brodée de fils d'argent, ornée de dix mille perles. Pendant l'été, le tsar emmena son épouse et sa fille rendre visite aux membres régnants de leur famille à travers l'Europe. Ainsi, ils s'arrêtèrent à Vienne chez l'empereur François-Joseph et l'impératrice Sissi, séjournèrent à Copenhague chez les grands-parents de Nicolas, le roi Christian IX et la reine Louise. Alexandra retrouva avec bonheur sa grand-mère, la reine Victoria, au château de Balmoral, en compagnie du futur Édouard VII. Leur passage à Paris les 5 et 6 octobre coïncida avec les dates anniversaire des journées tragiques pour Louis XVI et Marie-Antoinette. Durant ce séjour, Alexandra crut qu'on avait empoisonné son mari, indisposé après un dîner. Elle crut aussi qu'on avait tiré sur ses fenêtres. Ces phobies ne relevaient pas d'une simple paranoïa. L'impératrice semblait posséder une prescience de son destin. Elle révéla ce sentiment à son mari lorsqu'ils apparurent le soir à ce même balcon de la galerie des Batailles à Versailles, où Marie-Antoinette s'était tenue autrefois seule face aux émeutiers (comme l'a rappelé Catherine Durand-Cheynet). Les images du passé avaient surgi en elle comme dans un songe. Ces inquiétudes ne furent guère prises au sérieux par la Cour russe qui voyait en la nouvelle tsarine un personnage tout simplement maniaco-dépressif frôlant la psychose.

De retour à Tsarskoïe Selo, la jeune femme s'aperçut qu'elle était enceinte. Au mois de mai 1897, elle accouchait d'une petite fille qui fut prénommée Tatiana.

Alexandra avait de nouveau un prétexte pour fuir la Cour et passait le plus clair de son temps dans la nursery à s'occuper de ses deux filles. Durant l'hiver suivant, elle présida quelques bals et réceptions au côté de son époux. L'impératrice semblait plus assurée dans son rôle et moins guindée, mais son intransigeance morale, sa conception de l'existence de « petite bourgeoise bien-pensante » étaient bien loin des idées révolutionnaires des féministes en vogue à l'époque dans la société russe. Les tsarines du XIXe siècle apparaissaient toujours en tant que symbole de l'autocratie, rigide et immuable. Elles étaient condamnées à un rôle passif. On attendait d'elles un ou plusieurs héritiers, une tenue digne et irré-prochable servant de modèle à une Cour pas toujours puritaine. Elles devaient être des épouses soumises, tendres et compréhensives, mères attentives, gardiennes sans faille de la foi orthodoxe. Alexandra déplorait la liberté des mœurs : « Les jeunes dames de Saint-Péters-bourg n'ont en tête que de beaux officiers ! »

Foncièrement sincère, elle avait du mal à dissimuler ce qu'elle pensait de cette Cour frivole, hypocrite et avide. Attachée avant tout à sa famille et à la religion, elle ne supportait ni l'esprit cancanier ni la licence. Désormais, l'impératrice allait d'ailleurs considérer toute opinion différente de la sienne comme un acte d'hostilité contre son mari et la dynastie des Romanov.

En 1898, enceinte pour la troisième fois, l'impéra-trice dut garder le lit. Le soir, Nicolas lui lisait *Guerre et paix*. Tolstoï avait beau être un redoutable pourfen-deur du régime impérial, elle partageait sa vision de la Russie éternelle et sa philosophie de la nature. La petite fille née au mois de juin 1899 fut prénommée Maria, comme l'exaltée et mystique héroïne de *Guerre et paix* dont Alexandra se sentait si proche.

Certes, elle était heureuse avec ses trois filles, mais

elle se désolait de ne pas avoir donné un héritier à Nicolas. Plus que jamais elle vivait recluse à Tsarskoïe Selo dans ses appartements privés tandis que sa belle-mère et la Cour lui reprochaient de compromettre l'avenir de la dynastie.

Face à cette hostilité, la tsarine chercha le réconfort dans le mysticisme. Voulant trouver un guide spirituel, elle commença à se rendre régulièrement dans les monastères. Dans son désarroi, elle recourut même aux procédés en vogue dans les salons : cartomancie, voyance, tables tournantes et guérisseur. Aussi, vit-on arriver à Tsarskoïe Selo un certain père Philippe spécialisé dans la guérison physique et spirituelle des malades par « la prière et l'imposition des mains ». La rencontre de ce Français avec le couple impérial eut lieu en septembre 1901 à Compiègne. La Cour de Russie avait déjà entendu vanter les extraordinaires pouvoirs du guérisseur par le fameux Papus, auteur de nombreux traités ésotériques très populaires à Saint-Pétersbourg. Lors de leur visite en France, Nicolas et Alexandra passèrent une soirée entière avec le mage. Ayant appris ses ennuis avec la justice, Nicolas pria le ministre français des Affaires étrangères, Delcassé, de délivrer un diplôme au « faiseur de miracles ». Mais avec ou sans diplôme, Alexandra souhaitait sa présence à Tsarskoïe Selo…

En Russie, le guérisseur reçut le titre de médecin militaire et le grade de colonel. Il convainquit l'impératrice de ne plus jamais recourir à l'occultisme et de s'en remettre uniquement à Dieu. Il lui assura qu'elle allait prochainement accoucher d'un fils.

Pendant l'hiver 1902-1903, Alexandra devint effectivement grosse, mais une fausse couche mit fin à ses espérances. Face à l'engouement du tsar et de la tsarine pour ce « charlatan », l'indignation se répandit dans le pays. Le clergé prit ombrage de l'influence que cet étranger, catholique romain, exerçait sur le couple impérial. Le couple impérial dut alors se séparer de Philippe. Jusqu'à sa mort, en 1905, ce dernier entretint une correspondance assidue avec l'impératrice qui ne douta jamais des pouvoirs magiques de ce « cher Ami ».

Durant cet hiver, une sanglante vague d'attentats coûta notamment la vie au ministre de l'Intérieur et au gouverneur de Finlande. La tsarine s'inquiéta alors de l'agitation ouvrière dans les usines, des désordres paysans et de la contestation dans les milieux libéraux.

À cette époque, des torpilleurs japonais attaquèrent par surprise la flotte russe ancrée dans la rade de Port-Arthur. Malgré les rumeurs alarmistes, Alexandra ne voulait pas croire à l'imminence d'un conflit avec le Japon à propos de la Corée, seule région à échapper encore en Asie du Nord-Est à l'expansionnisme russe vers le Pacifique. Elle soutenait les efforts de paix de son mari parce qu'elle considérait la guerre comme un mal absolu.

La jeune femme s'occupa aussitôt de l'organisation sanitaire et des trains qui évacueraient les blessés. Elle fit également transformer le Palais Catherine et le Palais d'Hiver en hôpitaux ; y fit ouvrir des pièces destinées à la confection de la charpie. Puis elle se consacra aux blessés rapatriés du front et travailla des heures entières avec les dames de la Cour à découper des bandes de tissus destinées à panser les plaies.

Au début de l'année 1904, en pleine tourmente, naquit Alexis, l'héritier tant désiré. Alexandra se sentit enfin légitimée devant la dynastie et tout l'empire. Mais la fatalité voulut qu'en épousant Alexandra, Nicolas II unisse l'hérédité lourdement chargée des Romanov à celle de la Maison de Hesse. Alexandra portait en effet dans son sang la funeste diathèse du mal de Hesse, l'hémophilie, maladie transmise par les femmes et ne frappant que les hommes.

Alors que l'enfant avait six semaines, elle vit du sang couler de son nombril… L'hémorragie du tsarévitch dura trois jours. L'impératrice ne quitta pas un instant le berceau, hantée par de funestes souvenirs. Elle se remémorait la fin tragique de son frère Frédéric qui s'était vidé de son sang après une chute, dans les bras de sa mère. Son neveu Henry, fils aîné de sa sœur, était mort à quatre ans dans des conditions identiques, son frère était atteint du même mal ; son oncle Léopold avait disparu lui aussi en pleine jeunesse.

Dès lors, Alexandra n'allait plus avoir un instant de répit.

Quand vint l'été, l'impératrice eut à souffrir d'œdèmes aux jambes et d'une faiblesse cardiaque. Nicolas promena alors sa chère Alexandra dans un fauteuil roulant pour qu'elle ne se fatigue pas. Elle était constamment à l'écoute des soucis de son mari et exigeait d'être au courant de tout ce qu'il avait l'intention de décider. Souvent, elle lui soufflait la réponse.

Le 6 janvier 1905, Saint-Pétersbourg fut paralysée par les grèves. Sur les instances de son oncle le grand-duc Vladimir, Nicolas renonça à recevoir une délégation de grévistes et regagna Tsarskoïe Selo avec Alexandra. Trois jours plus tard, la foule réclamait le tsar devant les grilles closes du Palais d'Hiver…

L'impératrice n'apprit que tard dans la soirée la tragédie de ce dimanche sanglant. « Quelles angoisses nous traversons ! écrivit-elle à sa sœur. C'est le temps des épreuves… Ne croyez pas toutes les horreurs que répètent les journaux étrangers. Ils vous font dresser les cheveux sur la tête, par leurs exagérations sordides. Oui, la troupe a dû ouvrir le feu. C'est vrai, hélas ! On avait répété plusieurs fois à la foule de se disperser, que Nicky n'était pas à Saint-Pétersbourg et que les soldats seraient obligés de tirer si on tentait d'avancer. Mais personne n'a voulu entendre et le sang a coulé. Il y a eu en tout quatre-vingt-douze tués et deux cents ou trois cents blessés. C'est effroyable mais sans cela, la foule serait devenue une nuée immense et ce sont mille personnes qui auraient été écrasées. »

Le 4 février, Alexandra apprit l'assassinat du grand-duc Serge, son beau-frère, à l'intérieur même du Kremlin. Elle s'indigna de la vulnérabilité du gouvernement impérial, à la merci des groupuscules terroristes insaisissables, et s'alarma de l'impuissance de la police à déjouer les attentats.

Durant l'été 1905, l'empereur signa un manifeste impérial annonçant la création d'une Douma consultative. Cette décision fut lourde de conséquences et une des rares à ne pas être influencée par sa femme. Impératrice depuis dix ans, Alexandra éprouvait en effet pour l'autocratie un attachement viscéral. Elle voyait dans le serment qu'elle avait prêté lors de son couronnement une mission divine, un dépôt sacré que Nicolas devait transmettre. « Tu n'as pas le droit d'abandonner à tes sujets la moindre parcelle de l'autorité que la Providence t'a donnée sur eux. Tu n'es pas plus libre de renoncer à l'autocratie que d'abjurer la foi orthodoxe », s'insurgea-t-elle avant que son mari ne cède aux pressions du grand-duc Nicolas et ne signe le manifeste. Elle se retrouvait dès lors tsarine d'un empire constitutionnel. Déchiré par la guerre civile et les troubles révolutionnaires, l'empire s'embrasait et Alexandra souffrait de son impuissance. Elle jugeait aussi effroyables les atrocités de la révolution que la répression.

Une autre décision capitale allait être prise, cette fois-ci sous son influence directe. En quelques semaines, l'armée brisa les insurrections et rétablit l'ordre. L'impératrice, atterrée par le zèle répressif du président du Conseil Witte, suggéra à son époux d'en changer.

Aussi proposa-t-elle de nommer Stolypine au poste de Premier ministre. Pour elle, il était urgent de trouver de nouvelles têtes, énergiques et fidèles.

À la fin de cette année terrible, les troubles cardiaques d'Alexandra empirèrent. Elle ne sortait pratiquement plus et passait le plus clair de son temps à surveiller les premiers pas d'Alexis. Loin du tumulte, le tsarévitch grandit sous la protection de sa nourrice et du matelot Derevenko. Malgré leur surveillance assidue, l'enfant tombait ou se blessait. Rien ne pouvait alors arrêter l'hémorragie. Le petit Alexis souffrait terriblement, s'affaiblissait et gémissait parfois des journées entières. Alexandra était torturée par son impuissance à apaiser ses douleurs. Épuisée nerveusement autant que physiquement, elle n'attachait pas d'importance à sa propre santé. Elle se bornait à éviter les efforts physiques et restait souvent allongée dans son boudoir mauve (couleur qu'elle affectionnait particulièrement), se contraignant malgré tout à assumer ses obligations d'impératrice.

Depuis quelques années déjà, Alexandra s'était attachée Ania, la fille du chambellan Taniéiev. L'attachement d'Ania à l'impératrice était lié à un étrange rêve. À seize ans, gravement malade, elle avait vu apparaître Alexandra lui tendant la main et avait été guérie à l'instant même. La tsarine, l'ayant appris, émit le désir de rencontrer la jeune fille. Elles se lièrent d'amitié et Ania gagna la confiance de la souveraine. Au milieu de l'océan d'intrigues et d'hypocrisie où elle était plongée, Alexandra discernait en elle des sentiments purs et désintéressés. L'impératrice aimait chanter et jouer du piano avec son amie, mais la maladie lui coupait le souffle et bleuissait ses mains, la privant peu à peu de cette joie. Le soir, elle lisait ou travaillait à quelque tapisserie ou broderie en compagnie d'Ania, tandis que

Nicolas jouait au billard avec le général Orlov. Cette intimité ne tarda pas à susciter les jalousies, puis les pires calomnies. On prétendit que le général était l'amant de l'impératrice et qu'Ania servait d'entremetteuse. Le déferlement de haine à l'égard d'Orlov et d'Ania soulignait l'extrême isolement du couple impérial. La Cour s'indignait de ne plus être reçue par l'empereur, qui vivait reclus à Tsarskoïe Selo, et se vengeait en fustigeant les deux uniques amis des souverains.

À l'heure du thé, l'impératrice et son époux se rendaient de temps à autre avec Ania chez la grande-duchesse du Monténégro, Militsa. En novembre 1905, peu après la disparition de Philippe, la grande-duchesse leur avait présenté un « homme de Dieu », sur la recommandation du père Théophane, recteur de l'institut de théologie de Saint-Pétersbourg : Grigori Efimovitch Raspoutine. Installé dans un modeste appartement de la capitale avec sa femme et ses trois enfants, ce Sibérien menait une existence discrète. L'impératrice, comme tous ses contemporains, fut aussitôt subjuguée par son regard. Un regard insaisissable qui vous transperçait comme une lame. L'ambassadeur de France Maurice Paléologue en témoigna : « Il avait un regard à la fois pénétrant et rassurant, naïf et malin, fixe et lointain. Mais lorsque son discours s'enhardissait, un magnétisme incontestable s'échappait de ses pupilles. »

Vêtu d'une large blouse de paysan, de pantalons bouffants serrés dans des bottes grossières, Raspoutine séduisait par sa rusticité. Il appela le tsar *Batiouchka*, « Petit Père » et la tsarine *Matouchka*, « Petite Mère ». D'humeur joviale et communicative, il les entretint d'emblée comme s'ils avaient été ses égaux. D'abord déconcerté par cette sincérité abrupte, le couple impérial en fut conquis. Alexandra, orthodoxe convaincue et soucieuse d'être proche des racines paysannes dans lesquelles elle voyait l'âme russe, le reconnut comme un authentique *staretz*. « Le *staretz*, écrivait Dostoïevski, est celui qui s'empare de votre âme et de votre volonté et les fait siennes. En faisant choix d'un *staretz*, vous renoncez à votre volonté, vous la lui donnez en complète obéissance, en plein renoncement… »

En décembre 1907, Alexis tomba en jouant dans le parc et fut ramené inanimé au palais. Une grosse boule violacée saillait de sa jambe. Une fois de plus, aucun médecin ne parvenait à soulager ses terribles douleurs. Désemparée, l'impératrice supplia Raspoutine de venir au chevet du tsarévitch. Seul Raspoutine avait le don d'apaiser l'enfant, tantôt par la prière, tantôt par la force magnétique prodigieuse qui émanait de lui, héritée des méthodes traditionnelles des chamans guérisseurs de Sibérie. Ses visites au palais, peu fréquentes au début, étaient tenues strictement secrètes car les souverains n'ignoraient pas qu'on ne leur pardonnerait jamais de recevoir chez eux un paysan, fût-il « homme de Dieu ». En outre, tout le monde ignorait la maladie du tsarévitch.

Alexandra avait trente-six ans. Elle était toujours très belle, cependant à bout de forces. Son médecin, le docteur Botkine, constata qu'elle s'était usé le cœur. Il lui prescrivit de garder le lit pendant trois mois. Botkine gardait espoir d'un rétablissement total malgré l'extrême faiblesse de sa patiente, dont le regard fixe exprimait une indicible détresse.

Au début du mois d'octobre 1908, un télégramme annonça la mort du général Orlov. Alexandra pleura amèrement ce seul véritable ami de son époux. Par la suite, elle alla souvent fleurir sa tombe. La Cour jasa aussitôt. Des rumeurs accusèrent même le tsar d'avoir empoisonné l'amant de sa femme ! La disparition, deux mois plus tard, de son confesseur Jean de Cronstadt ne fit qu'accroître la désolation et la solitude de l'impératrice.

Dès lors, Raspoutine allait être régulièrement reçu par le couple impérial. Durant quelque temps, les salons n'associèrent pas le nom de Raspoutine à celui de l'impératrice, même si sa conduite extravagante suscitait déjà la critique.

De jour en jour, Raspoutine se rendit indispensable. S'il ne parvint pas à guérir le tsarévitch, il le soulagea toujours. Un soir, l'enfant se plaignit d'une terrible douleur à l'oreille. L'impératrice téléphona au *staretz* qui lui promit l'apaisement de son fils. Quand elle revint dans la chambre du petit, Alexandra le trouva endormi et calme. Il s'était senti mieux dès que sa mère était entrée en contact téléphonique avec le Sibérien.

Personne n'étant au courant de la maladie du tsarévitch, l'entourage des souverains commença à se demander la raison de l'engouement de l'impératrice pour ce « débauché ». On prétendit évidemment qu'ils étaient amants et qu'Ania Vyroubova tenait la chandelle ! Une lettre, publiée dans un livre d'Illiodor, un ecclésiastique proche de Raspoutine devenu son adversaire farouche, fut utilisée pour fustiger la tsarine.

« Mon bien-aimé et maître inoubliable, sauveur et guide, combien je me languis de toi. Je suis toujours sereine quand tu es près de moi, ô mon maître. Je baise tes mains et je pose ma tête sur ton épaule robuste. Que de légèreté, que d'aisance à cet instant j'éprouve. Un seul désir alors me vient : m'endormir, m'endormir pour l'Éternité au creux de tes bras. Où t'es-tu envolé ? Une telle douleur, une telle angoisse enserrent mon cœur… Ta bien-aimée pour l'Éternité. » Ce témoignage demeure cependant douteux car l'original n'a jamais été retrouvé.

Raspoutine, de son côté, aimait laisser planer le doute à propos des relations qu'il entretenait avec la tsarine. Alors qu'il dînait dans un restaurant de la capitale, en compagnie de deux dames et deux directeurs de la presse à scandale, il déclara haut et fort, afin de se faire entendre : « Je fais ce que je veux d'elle. Elle est obéissante ! » Ensuite, il aurait, dit-on, exhibé son sexe et, dans cette tenue, continué à parler avec les danseuses tziganes. Cette attitude provocatrice rappelle quelque peu la conduite traditionnelle des *Ioroudivis*, ces fols en Christ qui erraient à travers le pays au mépris des conventions et étaient considérés comme la conscience personnifiée du peuple.

Conformément aux instructions du Premier ministre Stolypine, les agents de l'Okhrana, la police secrète, rapportaient tous les faits et gestes du Sibérien. L'un de ces rapports fut communiqué à l'impératrice. Il mentionnait un scandale provoqué par lui dans les bains en compagnie de prostituées. Ce soir-là Raspoutine se trouvait en réalité au palais Alexandre. La tsarine en déduisit alors que tous ces rapports étaient mensongers et crut même à un coup monté par la police secrète.

L'énigme des prédictions de Raspoutine continue encore à faire couler beaucoup d'encre. Dès le début de leurs relations, il avait déclaré solennellement à Nicolas : « Tant que je serai vivant, ton trône et tes proches n'auront rien à craindre… »

En septembre 1911, le *staretz* de l'impératrice supplia son souverain de ne pas se rendre à Kiev car un malheur l'y attendait. Ce fut au cours de cette visite que fut assassiné Stolypine. Le grand ministre, grâce à ses réformes, laissait une Russie forte et stable dont l'économie était en pleine expansion.

Cette année-là, Alexandra se rendit en Crimée, à Livadia, dans le Nouveau Palais. Construit en deux ans par un architecte russe, il était de style italien, entièrement blanc. La chambre du couple impérial donnait sur la mer, elle était embaumée par une multitude de fleurs. La cure suivie par la tsarine l'été précédent aux eaux de Nauheim en Allemagne, réputées efficaces contre les maladies de cœur, lui avait fait grand bien et elle avait recommencé à marcher.

Bien qu'éprouvée par les événements de Kiev, elle passa les premiers jours de son installation dans le Nouveau Palais à décorer les appartements avec Ania Vyroubova. Elle disposa partout photos, icônes, tableaux et bibelots afin de s'y sentir « chez elle ».

L'air de la mer et de la montagne améliora la santé du petit Alexis. L'impératrice se sentit également revivre ; son fils s'épanouissait et la population semblait en d'excellentes dispositions à l'égard des souverains. Enfin elle pouvait espérer oublier les ragots et se consacrer aux œuvres de charité qu'elle affectionnait particulièrement. Ainsi fit-elle construire, grâce à ses économies personnelles, deux sanatoriums. Pour collecter des fonds nécessaires à l'édification de nouveaux établissements, elle organisa des ventes de charité. Durant des heures, elle travaillait sans relâche avec ses filles, ses dames d'honneur et sa suite à dessiner, à coudre et à broder des pièces de linge marquées à son chiffre, qui se vendaient à merveille. Telle était sa véritable vocation : aider, soulager, se dévouer, comme elle le faisait pour tous ceux qu'elle aimait.

Les filles avaient grandi. Olga, l'aînée, allait avoir seize ans. Elle était sensible et rêveuse, intelligente et cultivée, douée pour la musique. Pour fêter sa majorité, l'impératrice donna un magnifique bal à Livadia.

Mais la tourmente allait bientôt assombrir ce court moment de répit. De nouveau, la calomnie frappait le couple impérial. Des quatrains et des caricatures se répandirent dans la capitale montrant Raspoutine et ses deux maîtresses, Alexandra et Ania Vyroubova, l'impératrice en Allemande hystérique, soumise à l'antéchrist, au diable lui-même. L'affaire était grave. Et la police eut beau traquer, ordonner, rien n'y fit. La cabale contre Raspoutine servait de fer de lance à cette entreprise de destruction.

Quelques mois plus tard, Alexis se blessa en sautant d'une barque. La chute entraîna la plus grave crise qu'il ait jamais eue. Les médecins n'osaient pas tenter d'opération et Raspoutine était en Sibérie. Se devant à ses invités puisqu'elle recevait pour l'ouverture de la chasse, Alexandra vécut un calvaire. Dès qu'elle le pouvait, elle se faufilait furtivement au chevet de son fils, puis revenait dans les salons, dissimulant de son mieux son angoisse sous un sourire triste.

À la fin du mois d'octobre, le rythme cardiaque d'Alexis s'affaiblit au point qu'il reçut les derniers sacrements. Nicolas, Alexandra et leurs filles prièrent à son chevet. Ne voulant pas croire à une issue fatale, Alexandra envoya Ania télégraphier à Raspoutine. La réponse fut prompte : « Aie confiance, le mal ne l'emportera pas. Que les médecins ne le fassent pas souffrir. »

En quelques heures la fièvre tomba et la tumeur diminua. L'enfant était sauvé. Il mit néanmoins des mois à se remettre et dut porter un appareil orthopédique pour redresser sa jambe.

La famille impériale partit pour Livadia au printemps 1914. Les fleurs des arbres fruitiers, les jasmins, les glycines embaumaient les terrasses du Nouveau Palais. Là-bas, loin des commérages de la capitale, la vie était douce. Alexis avait recommencé à courir et à s'amuser.

Au mois de juin, peu après l'attentat de Sarajevo, Raspoutine fut poignardé par une femme en Sibérie.

N'ayant sans doute pas oublié la prophétie du sauveur de son fils, Alexandra pria de longues heures pour son rétablissement.

L'impératrice rassembla ses forces au mois de juillet, pour recevoir le président français Raymond Poincaré. En effet, Alexis s'étant encore blessé en montant à bord du yacht impérial l'*Étendard*, elle avait dû le veiller. Malgré les rumeurs alarmistes, Alexandra espérait une fois encore que la guerre n'aurait pas lieu. Après l'ultimatum de l'Autriche à la Serbie, Nicolas passa ses jours et ses nuits dans son bureau, tandis que, de Sibérie, Raspoutine lui soufflait que cette guerre serait un désastre pour son pays et sa famille…

Dans la soirée du 1er juillet, le tsar livide entra dans le boudoir mauve de sa femme : « C'est tout de même arrivé. L'Allemagne nous déclare la guerre… »

L'impératrice était furieuse contre Guillaume II et accusait les Hohenzollern d'avoir semé, par ambition et orgueil démesuré, la zizanie en Europe. « Qu'ont-ils fait, s'insurgeait-elle, de l'Allemagne de mon enfance ? »

Cependant, Alexandra était devenue russe. Elle s'engagea totalement dans cette guerre aux côtés de Nicolas, déterminée à se battre jusqu'à l'anéantissement de l'empire allemand.

Devant l'obstination des souverains, Raspoutine, rentré à Saint-Pétersbourg, répéta ses prophéties : cette guerre à outrance allait enfoncer la Russie dans le chaos et la plonger dans l'ombre pendant des décennies…

L'impératrice fit de nouveau installer un hôpital dans le palais Catherine et mit des appartements à la disposition des parents des blessés. Avec Ania et ses filles Olga et Tatiana, elle suivit une formation accélérée d'infirmière. Elle s'occupa alors des hommes les plus atteints avec une sollicitude exemplaire. Certains n'acceptaient de soins qu'en sa présence, tant elle avait le don de réconforter. Elle terminait sa journée par la prière commune pendant laquelle tout le monde chantait. Quand la santé d'Alexis le lui permettait, elle revenait après le dîner au chevet de ceux qui la réclamaient.

Peu à peu les fronts tombèrent sous les feux ennemis. La tsarine, acclamée par le peuple lors de la déclaration de guerre, devint « la Boche ».

Nicolas s'absentait de plus en plus fréquemment, faisant des tournées à travers le pays. Alexandra lui écrivait alors : « Mon ange, mon trésor adoré, mon soleil… Tu es constamment et pour toujours dans mes pensées. » Pour elle, cette guerre était « effroyable », elle pensait à ceux de sa famille qui étaient dans les deux camps et se souciait de chacun.

En l'absence de son mari, Alexandra fut obligée d'abandonner temporairement ses activités à l'hôpital, se devant d'assumer une partie de la charge impériale. Elle rappelait sans cesse aux ministres la nécessité d'une union sacrée du pays autour de l'empereur. Elle aussi sillonna le pays durant l'année 1914, surveillant les installations sanitaires et se dépensant sans compter. Au gré de ces petits voyages, elle retrouvait son cher Nicolas pour quelques heures ou une nuit.

En janvier 1915, le train venant de Petrograd* dérailla. Se trouvant parmi les victimes, Ania Vyroubova fut considérée comme perdue. L'impératrice pria aussitôt Raspoutine de se rendre sur les lieux du drame. Le Sibérien s'agenouilla auprès de la blessée et lui passa les mains sur le visage. La jeune femme sentit une chaleur traverser son corps et dit : « Ce n'était donc pas mon heure… » Elle resta néanmoins infirme jusqu'à la fin de ses jours.

---

* Le nom de Saint-Pétersbourg fut ainsi russifié en 1914.

Malgré le dévouement et la générosité de l'impératrice, la rumeur persistait à la fustiger et à partir du mois de juin on réclama sa tête et celle de Raspoutine. Pour elle, Raspoutine était envoyé par Dieu pour sauver l'empire et ces attaques ne pouvaient entraîner que le malheur.

En août, la Galicie et la Pologne tombaient aux mains des Allemands. Il était temps pour l'empereur d'imposer sa volonté aux ministres, aux généraux et au grand-duc Nicolas. « Montre-leur que tu es le maître. Ils doivent apprendre à trembler devant toi, Souviens-toi de Monsieur Philippe, Grigory dit la même chose… », disait Alexandra. Elle n'avait guère de sympathie pour le grand-duc Nicolas, d'abord parce qu'il détestait Raspoutine, ensuite parce qu'il n'obéissait pas aux ordres du tsar. Aussi incita-t-elle son mari à prendre le commandement des troupes à sa place. Nul doute que cette initiative n'allait pas lui être pardonnée…

Alors que la calomnie poursuivait ses ravages, le couple demeurait indiciblement soudé, comme en témoigna le grand-duc Paul : « Ils sont admirables de vaillance. Jamais un mot de plainte ni de découragement. Ils ne cherchent qu'à se soutenir l'un l'autre. »

La tsarine regarda avec fierté Nicolas annoncer fermement, sous un tollé général, qu'il partait pour la Stavka. « Souviens-toi, la dernière nuit, à quel point nous nous sommes tendrement enlacés. Comme je vais attendre tes caresses ! » écrivit-elle au lendemain de son départ.

Désormais, le pouvoir était entre ses mains. Soutenue par Raspoutine, elle combattait pour la gloire future de la Russie. Le Sibérien, comme jadis Philippe, avait ancré en elle l'attachement à la tradition et à l'ordre. Aussi était-elle prête à assumer la dimension répressive de l'autocratie, confortée par son cher « Ami ». Monarchiste et populiste, Raspoutine aimait à sa façon la tsarine, il voulait la sauver et sortir le pays de la guerre. Mais ce fut un pas de trop pour cette impératrice russe d'origine allemande. Un témoin déclara à l'époque : « Les ennemis les plus vils et les plus acharnés du pouvoir tsariste n'auraient pu trouver plus sûr moyen de discréditer la famille impériale. La Russie a connu des favoris qui, mettant à profit les bonnes dispositions du monarque à leur endroit, dirigeaient la politique du pays. Raspoutine, lui, "fait" parfois des ministres. Mais son vœu principal est d'aider le tsar et la tsarine, perdus dans un monde effrayant… »

Pour l'heure, ce qu'Alexandra attendait du gouvernement était clair : mettre fin aux querelles intestines pour gagner la guerre et en finir avec les campagnes de diffamation. Aussi fit-elle valser quelques ministres hostiles à Raspoutine, ce qui entraîna un vaste mécontentement. Si la Cour considérait Raspoutine comme l'une des causes directes du délire politique de l'impératrice, la tsarine douairière songeait à faire enfermer sa bru dans un couvent : « Je crois que Dieu aura pitié de la Russie. Alexandra Féodorovna doit être écartée. Je ne sais pas comment cela doit se faire. Il se peut qu'elle devienne tout à fait folle, qu'elle entre dans un couvent ou qu'elle disparaisse. »

De plus en plus persuadée que les généraux étaient des incapables, Alexandra écrivait à Nicolas : « … Le temps de l'indulgence et de la bonté est passé. Il faut les contraindre à s'incliner devant toi, à écouter tes ordres et à travailler comme tu le désires et avec qui tu veux… Pourquoi suis-je détestée ? Parce que l'on sait que j'ai une volonté ferme et que lorsque je suis convaincue qu'une chose est juste (et en outre bénie par Grigori), je ne change plus d'avis ; et cela ils ne peuvent le supporter. » Le 14 décembre 1916, elle écrivait encore : « Notre cher Ami t'a demandé de dissoudre la Douma... Sois donc Pierre le Grand, Ivan le Terrible, écrase-les tous sous tes pieds... Tu dois m'écouter, chasse la Douma... »

Mais le 31 décembre, le corps de Raspoutine, assassiné par le prince Félix Youssoupov, était repêché dans la Neva. Pendant les sombres jours du début de l'hiver 1917, la tsarine se rendit tous les jours sur la tombe de « l'Ami ». Effondrée, elle ne pouvait même plus écouter de la musique sans pleurer. Voilà qu'on l'accusait maintenant d'entrer en relation avec « l'esprit de Raspoutine » par l'intermédiaire du ministre de l'Intérieur Protopopov que l'on disait médium...

Quelque temps avant sa mort, Raspoutine avait écrit à son secrétaire Simanovitch :

« J'écris et je laisse derrière moi cette lettre à Saint-Pétersbourg. Je sens qu'avant le 1er janvier, je ne serai plus de ce monde. Je voudrais faire savoir au peuple russe, à Papa et à la Mère des Russes, aux Enfants, à la terre de Russie ce qu'ils doivent comprendre. Si je suis tué par des assassins communs, et en particulier par mes frères, les paysans, toi, tsar de Russie, ne crains rien, demeure sur ton trône et gouverne, et toi, tsar de Russie, tu n'auras rien à redouter pour tes enfants, car ils régneront durant des siècles sur la Russie. Mais si je suis mis à mort par des boyards ou des nobles, et s'ils font couler mon sang, leurs mains demeureront à jamais souillées, et durant vingt-cinq ans, ils ne parviendront pas à le faire disparaître. Ils quitteront la Russie. Les frères tueront les frères, ils se haïront l'un l'autre et, durant vingt-cinq ans, il n'y aura plus de nobles dans ce pays. Tsar de la terre de Russie, si tu entends le son du glas qui t'avertira que Grigori a été tué, sache cela : si ce sont tes parents qui ont préparé ma mort, alors aucun membre de ta famille, c'est-à-dire aucun de tes enfants ou de tes parents, ne survivra plus de deux ans. Ils seront tués par le peuple russe… »

Malgré son chagrin, la tsarine assista aux cérémonies de la Cour et reçut les participants à la Conférence interalliée. Au début de l'année 1917, la situation politique s'était encore détériorée. Les grèves devinrent de plus en plus fréquentes. Le 7 mars, Alexandra accompagna Nicolas à la gare. Il repartait pour le quartier général. Le lendemain, Petrograd se réveilla avec un froid de quarante-trois degrés au-dessous de zéro. Douze cents locomotives devinrent d'immuables blocs de glace. Cinquante mille wagons destinés à ravitailler la capitale furent paralysés. Hommes et femmes affamés se déversèrent dans la rue, se mettant en grève. Les soldats fraternisèrent avec les manifestants.

Pendant ce temps, Alexandra soignait ses enfants et Ania qui, un à un, avaient contracté une forte rougeole. Loin du tumulte, elle ne prit conscience du danger que lorsque les gardes du palais lui racontèrent que les régiments se mutinaient et massacraient leurs officiers. Pourtant, elle se répétait sans cesse : « Jamais je ne croirai que la révolution est possible ! Je suis sûre que l'agitation se limite à Petrograd… » Elle télégraphia au tsar de rentrer d'urgence. Nicolas, qui venait d'avoir un malaise cardiaque, annonça son arrivée prochaine.

Bientôt sommé d'abdiquer par le gouvernement provisoire créé par les membres de la Douma, l'empereur renonçait au trône pour lui et son fils. Nicolas Romanov fut autorisé à faire ses adieux à l'armée et à sa mère, puis envoyé à Kiev.

En juillet 1917, le gouvernement provisoire décida d'envoyer la famille impériale à Tobolsk, en Sibérie.

Alexandra qui au début s'était insurgée, révoltée, y trouva une sorte de paix intérieure. Elle écrivit à Ania, enfermée à la forteresse Pierre-et-Paul : « Dieu est très près de nous, nous sentons Son appui et nous sommes surpris de pouvoir endurer des événements et des séparations qui autrefois nous auraient tués. Bien que nous souffrions horriblement, la paix règne en nous. Je souffre surtout pour la Russie… Seulement je ne comprends plus rien, tout le monde a l'air d'être devenu fou… »

L'égérie secrète de Brejnev

En 1917, d'abord la révolution de février, puis le coup d'État bolchevik d'Octobre sonnèrent le glas de la monarchie. Désormais la Russie était soviétique. C'est sous ce régime que je suis né à Moscou, en 1950. Staline dirigeait le pays en maître absolu. Ma jeunesse se déroula sous Khrouchtchev, avant que je ne devienne diplomate à l'époque de Brejnev. Je dus ma carrière à la double connaissance des langues arabe et française, ainsi m'arriva-t-il d'être l'interprète de Brejnev lors de ses négociations avec les dirigeants étrangers. Plus tard, je me liai avec l'équipe de Gorbatchev, et en particulier avec Alexandre Yakovlev, le père de la perestroïka. Mais au début de l'année 1991, je quittai la carrière pour participer à la création du Mouvement des réformes démocratiques dont je fus le porte-parole pendant la résistance au putsch paléo-communiste du mois d'août.

Après la révolution d'Octobre, malgré les déclarations fracassantes des bolcheviks sur l'égalité des sexes, l'influence réelle des femmes sur la vie politique a diminué. Certes, Alexandra Kollontaï devint commissaire du peuple dans le premier gouvernement de Lénine, et mena une campagne flamboyante pour l'union libre et le droit de la femme à disposer d'elle-même. Cependant Lénine, comme Staline, voulut prouver que la vie privée ne comptait pas. Ni leur femme ni leurs maîtresses ne jouèrent un rôle déterminant dans l'élaboration de leur stratégie politique. Le bref intermède amoureux de Lénine avec Inès Armand le confirme. Une misogynie profonde régnait dans la société soviétique. Les femmes devaient y assurer famille et travail : se lever pour préparer le petit déjeuner, emmener leurs enfants à l'école avant d'aller travailler, faire les courses pendant la pause de midi, retourner chercher leurs enfants, préparer le repas, ranger la maison, repasser, etc. Leur seul réconfort était la fête de la femme le 8 mars, jour férié. Il est encore de coutume en Russie, pour les hommes, d'offrir ce jour-là à leur mère, leur épouse ou leur fille un bouquet de fleurs ou un petit cadeau pour les remercier. Cependant rares sont ceux qui mettent la main à la pâte.

Les premiers éléments d'innovation dans ce domaine ne sont apparus qu'après la mort de Staline, en 1953.

Le 14 février 1956, au cours d'une séance à huis clos du XXe Congrès du PCUS, Nikita Khrouchtchev osait projeter une lumière crue sur les crimes de Staline. Cette politique de déstalinisation lui permit d'ailleurs de garder une image assez sympathique dans l'histoire.

Comme ses prédécesseurs, il n'eut pas d'égérie politique. Son épouse, symbole même de la *babouchka*, demeura toujours dans l'ombre. Certes, le bouillonnant leader fit entrer son amie Ekaterina Fourtseva dans le cercle restreint des dirigeants du Kremlin. Elle fut la première femme à être acceptée au Politburo. Mais cette amatrice de bains russes et de vodka ne parvint pas à se maintenir au plus haut niveau et fut rapidement rétrogradée au poste subalterne de ministre de la Culture.

L'emploi du temps surchargé des jeunes Soviétiques ne leur laissait guère le loisir de participer à la vie publique. Seulement un quart des membres du Parti était des femmes. Et si elles n'étaient pas inscrites au PCUS, elles ne pouvaient accéder à aucune fonction influente. D'ailleurs, même si elles étaient bien représentées dans les provinces, aucune, à l'exception d'Ekaterina Fourtseva, n'occupa de hautes fonctions.

Cette ambiance concerna non seulement l'époque de Khrouchtchev mais aussi celle de son successeur.

En automne 1964, Leonid Brejnev fut proclamé le « tsar rouge », avec le soutien des boyards de la nomenklatura désirant assurer leurs postes menacés par les réformes de Khrouchtchev.

Ce maître en intrigue politique, jovial amateur de bonne chère, de chasse et de voitures de sport, avait des traits de caractère très particuliers. Né en Ukraine, ce Méridional se considéra jusqu'à la fin de sa vie comme l'incarnation même du charme masculin. Lorsqu'il arriva au pouvoir, c'était un homme d'une cinquantaine d'années, énergique et pugnace.

Élu numéro un du pays, Brejnev laissa ouvertement s'exprimer son narcissisme. Sa préoccupation essentielle était de se maintenir en grande forme. Pour ce faire, il nageait quotidiennement deux heures ; son coiffeur venait le voir deux fois par jour pour dompter son épaisse chevelure. Chaque semaine, il s'adonnait à sa passion : la chasse. Aussi fit-il agrandir le domaine forestier de Zavidovo appartenant au ministère de la Défense, dans lequel il avait la jouissance d'un pavillon de chasse. Situé à une centaine de kilomètres au nordouest de Moscou, le domaine devint une véritable entreprise d'élevage de chevaux, de vaches, de canards, de perdrix ou encore de visons. Pas moins de cinquante personnes y étaient attachées. On raconte que lorsqu'il invita sa mère à visiter la salle des banquets de Zavidovo ornée d'une cheminée monumentale, le secrétaire

général demanda : « Alors, Maman, qu'en penses-tu ? »
Après avoir parcouru l'immense et luxueuse pièce,
Mme Brejnev répondit à son fils : « C'est magnifique,
Leonid, mais si les rouges revenaient ? »

De nombreuses conquêtes féminines furent attribuées
à Leonid Brejnev, même s'il traitait avec une certaine
tendresse son épouse Viktoria. Combien de petites
employées au giron imposant purent faire de fulgurantes
carrières ! Il fut d'ailleurs toujours magnanime avec les
femmes. En 1974, alors qu'il était en visite en Crimée,
il voulut revoir Tatiana K. qui fut sa maîtresse pendant
la Seconde Guerre mondiale. La vieille dame aux cheveux gris était fort émue de retrouver son beau général,
et lorsque Brejnev jeta à ses pieds un magnifique manteau de fourrure, elle murmura dans un sanglot : « Leonid, tu es un vrai tsar… »

Viktoria Petrovna faisait mine d'ignorer les frasques
de son mari. Elle ne se mettait jamais en avant et restait
cloîtrée dans sa maison, comme jadis les femmes dans
les *térèmes*, l'accompagnant très rarement à l'étranger.
Celui-ci estimait en effet que les voyages politiques ne
concernaient en rien sa famille.

Le couple eut deux enfants. Le fils aîné, Youri, réputé
pour son penchant pour le vin, devint vice-ministre du
Commerce extérieur ; la fille, Galina, amateur de bonne
chère comme son père, avait une très mauvaise réputation dans le pays. Ses frasques en compagnie des acteurs
du cirque étaient légendaires et restent le symbole de la
déchéance brejnevienne.

La vie quotidienne des Brejnev était sans fantaisie.
Ils habitaient une datcha de trois étages, bâtisse sans
âme typiquement soviétique, située à une dizaine de
kilomètres de Moscou. Chaque jour, Brejnev pratiquait
le même rituel. Vers neuf heures, il partait pour son
bureau après avoir pris son petit déjeuner en compagnie

de sa femme et de son garde du corps, puis revenait dîner tard et parlait peu. Il ne lisait pas toujours attentivement les documents officiels qu'on lui soumettait et signait tout simplement les résolutions préparées à l'avance par ses assistants.

Dans ce théâtre de l'absurde, le Secrétaire général avait ses petites satisfactions. La venue de son couturier, par exemple, le mettait de fort bonne humeur. Et pour ses costumes taillés sur mesure, il choisissait durant de longues heures les meilleurs tissus d'importation, généralement de fabrication anglaise. La lutte contre le poids était devenue chez lui une manie. Dans ses bureaux du Kremlin, comme dans ses datchas, il accumula une quantité impressionnante de balances et se pesait à chaque instant.

Quand les premiers signes de sa maladie cardiaque apparurent en 1973, le tsar rouge réclama un élixir de jouvence. Des instituts scientifiques ultra-secrets et des départements universitaires entiers travaillèrent sans relâche pour donner satisfaction au Secrétaire général. Un laboratoire du complexe militaro-industriel parvint bientôt à mettre au point un stimulateur autonome pouvant être ingéré sous forme de pilule. Grâce à des impulsions envoyées au cerveau sur les mêmes longueurs d'ondes que ses relais naturels, ce stimulateur régénérait l'énergie de l'organisme et lui assurait une vitalité nouvelle. En apportant ainsi des flots d'énergie, cette pilule permit à Brejnev de survivre longtemps. Aujourd'hui encore, elle est fabriquée par une société travaillant sous l'égide du ministère de la Défense.

Cette réussite technique ne suffit cependant pas à contenter Brejnev, et la médecine ne réussit pas non plus à apporter l'amélioration souhaitée à ses problèmes cardiaques. Certains proches lui conseillèrent alors de faire appel à des guérisseurs, aussi décida-t-il d'essayer les talents d'Evguénia Davitachvili, plus connue sous le nom de Djouna. Nombreux étaient les apparatchiks de haut rang et les artistes qui sollicitaient les soins de celle que le Tout-Moscou allait appeler l'« égérie magnétique » du Secrétaire général.

Dans un système totalitaire, la santé du président est davantage une affaire d'État que dans les nations démocratiques ; les services secrets sont chargés d'y veiller avec une vigilance spéciale. Malgré la réputation flatteuse de Djouna, ils se mirent donc en devoir d'étudier son cas. Ainsi fut-elle placée entre les mains des chercheurs de l'Institut de radiotechnique et radioélectronique de l'Académie des Sciences de l'URSS. Pourtant, aucune explication scientifique des dons de Djouna ne put être trouvée. Les chercheurs établirent seulement, de manière incontestable, que son « pouvoir de guérison » était lié à l'énergie de ses mains. Elle fut alors agréée auprès de Leonid Brejnev.

La méthode utilisée par Djouna consistait non pas à masser ses patients, mais à passer lentement, pendant un certain temps, ses mains au-dessus de leur corps. Une relative amélioration de l'état de santé du Secrétaire général fut constatée dès 1978. Il apparut subitement dans une bien meilleure forme et fit preuve d'un tonus nouveau. Il y avait aussi une autre raison à cela.

Dans ce monde à l'envers, l'utilisation des médicaments allait devenir un des facteurs de l'influence politique. Brejnev était persuadé que pour conserver sa santé, il devait dormir au moins neuf heures par jour. Pour ce faire, il utilisa d'abord beaucoup de barbituriques. Un de ses collaborateurs lui conseilla de les accompagner avec de la vodka… prétendant qu'ils seraient ainsi mieux assimilés ! Des médicaments de plus en plus puissants se succédèrent dans cette bacchanale de la thérapeutique.

Le KGB décida alors d'établir un « poste médical » auprès de lui afin de freiner ces absorptions abusives. Au début, deux infirmières se partagèrent cette tâche, jusqu'à ce que l'une d'elles éliminât l'autre. Belle brune d'une quarantaine d'années, Nina Korovikova allait désormais ne plus quitter le Secrétaire général du PCUS. Cette liaison changea évidemment la vie de la jeune femme. Elle le constata dès les jours qui suivirent leur premier rendez-vous. Un tailleur vint lui faire choisir des tissus et prendre ses mesures. Le lendemain il revint pour un essayage et dans un laps de temps très court Nina posséda une nouvelle garde-robe. On apporta au Secrétaire général un catalogue de cadeaux afin que la nouvelle infirmière puisse faire elle-même son choix parmi les présents les plus luxueux. Bien entendu, tout cela aux frais de la princesse, autrement dit du peuple…

Brejnev l'attendait toujours avec impatience dans le salon de repos jouxtant son bureau du Comité central. Si le bureau, tendu de soie claire et orné des portraits de Marx et de Lénine, avait un aspect impersonnel, le salon de repos était plus chaleureux. Nina Korovikova entrait doucement dans la grande pièce aux fauteuils profonds et aux rideaux de velours, vivement éclairée par une lampe. Elle enlevait son manteau et son chapeau, secouant ses épais cheveux aux reflets dorés.

Comme le confia le médecin personnel de Brejnev, Mikhaïl Kossirev, Nina ne modéra pas la consommation de médicaments de son patient : « Quand j'ai commencé à m'occuper de lui, dit-il, Brejnev était déjà surchargé d'antidépresseurs ; dans le langage scientifique, cela s'appelle dépendance médicamenteuse. Dans le langage commun, on appelle cela un drogué ! »

Petit à petit, la belle Nina devint irremplaçable, s'occupant de tout : de son agenda comme de ses massages, de ses piqûres comme de la haute stratégie.

Les apparitions de Brejnev étaient de plus en plus rocambolesques et le KGB avait toutes les peines du monde à trouver un moment de lucidité pour le présenter en public. (Le protocole d'État aura plus tard les mêmes soucis avec Boris Eltsine.)

L'année 1975 fut particulièrement dramatique. « Le 19 juillet, pendant sa visite à Varsovie, décrivait le dirigeant polonais de l'époque Gierek, Brejnev est apparu complètement incohérent, se prenant pour un chef d'orchestre dirigeant et chantant *L'Internationale*. »

En 1977, à son arrivée à Paris, Brejnev dit aimablement au président Giscard d'Estaing : « Prague est décidément une ville admirable ! » Le traducteur rectifia, imperturbable : « Paris est décidément une ville admirable. »

Je me souviens de la difficulté qu'avait le président de l'URSS à marmonner en public quelques mots. Le ministre des Affaires étrangères, Gromyko, dut bien souvent conduire les entretiens à sa place. Pour donner le change, on glissait dans sa chemise des textes dactylographiés en gros caractères, dûment entérinés par le bureau politique, et confiés à l'interprète une heure avant la rencontre.

Après sa visite en France, en 1977, le président augmenta ses doses avec l'aide de Nina qui se procurait les drogues grâce à la complicité de Tsiniev, numéro 2 du KGB et ami intime de Brejnev[*].

La vie au Kremlin vacillait, une fois encore, entre l'opéra-bouffe et la tragédie. Quand Nina désirait voir son mari, elle augmentait les doses de son patient qui s'endormait sagement. (Grâce à l'influence de sa femme, cet obscur capitaine des gardes frontière fit une

---

[*] Entretien avec Alexandre Iakovlev, ancien numéro 2 de l'URSS à l'époque de Gorbatchev, le 20 août 1991.

carrière fulgurante et devint général en quelques années.)

Que ne fit pas le KGB pour éloigner cette Mata Hari de la drogue ! On tenta d'en parler à l'épouse du président. En vain. Viktoria ne tenait pas à avoir de complications dans son ménage. Youri Andropov, le président du KGB, tâta délicatement le terrain lors d'un tête-à-tête avec Brejnev. Peine perdue. Le tsar rouge coupa court : « Youri, cela ne regarde que moi… » Andropov n'insista pas, sachant que cette ultime tentative pouvait mal se terminer. Ce qui fut le cas de son collègue du Bureau politique, Polianski, qui, après une soirée de chasse bien arrosée, exprima son mécontentement de voir Nina se mêler des affaires de la haute politique. Le lendemain, il était envoyé en exil pour occuper la fonction d'ambassadeur à Tokyo.

Le KGB dut alors s'incliner devant l'inévitable et louvoyer. Les gardes du corps de Brejnev frelatèrent la vodka en la diluant dans de l'eau et on commanda aux grandes sociétés pharmaceutiques occidentales des placebos. De guerre lasse, le KGB élabora une opération destinée à séparer Brejnev de son infirmière préférée et Nina se vit proposer une honorable retraite, après la disparition de son époux dans un mystérieux accident d'automobile…

Au début de l'année 1982, quelques mois avant le décès du tsar rouge, eut lieu une ultime explication entre la jeune femme et son protecteur.

Moscou, habituellement grise, s'était couverte d'un tapis blanc immaculé. Malgré le froid, les rues étaient remplies de gens, même les marchands de glaces étaient à leur poste. Brejnev sortit avec peine de sa voiture pour se rendre à son bureau du Comité central. Nina l'attendait à la porte du bâtiment. Andropov, prévenu par les gardes du corps du président, arriva à l'instant même où ils se saluaient et s'interposa presque physiquement entre eux pour éviter que la conversation ne se prolonge. Tout se passa en quelques secondes. Cette fois-ci, Brejnev, déjà déliquescent, ne put s'opposer à la volonté du chef du KGB.

Ainsi se termina la carrière de la femme qui partagea *de facto* le fardeau du pouvoir suprême en URSS, durant les dernières années brejneviennes. Nina vivra encore longtemps dans son luxueux appartement de l'arrondissement moscovite Krilatskoïe, fuyant ostensiblement les questions concernant son réel rôle politique.

L'impératrice de la perestroïka

Jamais, en URSS, une épouse de dirigeant suprême ne fut aussi brutalement impliquée dans les vicissitudes du pouvoir. Pourtant les complots ou les tentatives de putsch n'avaient pas manqué depuis la révolution d'Octobre, et jusqu'alors les femmes en avaient été tenues à l'écart. La devise des membres du Politburo à l'égard de leurs épouses était d'ailleurs : « Moins tu en sauras, mieux cela vaudra… »

Raïssa Gorbatchev, au contraire, fut toujours étroitement associée à la carrière de son époux, au point de susciter une campagne de dénigrement de la part des ultras du Parti. Sa prétention à être associée aux affaires lui valut des inimitiés farouches.

En donnant une place prédominante à son épouse, le dernier président soviétique remit à l'honneur la tradition du XVIIIᵉ siècle. Cette initiative fut même l'une des causes de sa brouille avec Boris Eltsine, qui dénonça cet activisme féminin devant le Comité central du PCUS en 1987.

À l'époque, la population supporta très mal la présence de cette « occidentaliste » auprès du chef de l'État, et le phénomène de rejet provenait aussi bien des hommes que des femmes.

Qui était en réalité cette tsarine des temps modernes ?

On la disait autoritaire, exigeante, goûtant avec apparemment trop de plaisir les délices du pouvoir. Elle fut la véritable égérie politique de son mari, son omnipotent conseiller.

Raïssa et Mikhaïl Gorbatchev voulaient-ils réellement détruire le système totalitaire ou étaient-ils simplement des apprentis sorciers cherchant à améliorer l'ordre existant ?

En tout cas, le rôle personnel de l'impératrice de la perestroïka fut déterminant dans la transformation des mentalités, et a ouvert la porte à une évolution en Russie que beaucoup jugent dorénavant irréversible.

Gorbatchev et Raïssa proclamaient des valeurs intrinsèquement féminines. Ils désiraient être des leaders de consensus, de discussions organisées et de décisions arbitrées, prétendant ainsi changer le tempérament violent des gouvernants russes. Cette attitude nous ramène à la réflexion d'Anatole Leroy-Beaulieu qui, dans *L'Empire des tsars*, disait : « Entre l'homme et la femme slaves, il n'est pas rare de trouver une sorte d'échange ou d'intervention de qualités ou de facultés. Si l'on a pu reprocher parfois aux hommes quelque chose de féminin, c'est-à-dire de mobile, de flexible, de ductile ou d'impressionnable à l'excès, les femmes, en comparaison, ont dans le caractère et dans l'esprit quelque chose de fort, d'énergique, de viril en un mot, qui, loin de rien enlever à leur grâce et à leur charme, leur vaut souvent un singulier et irrésistible ascendant. »

Raïssa rapprocha son mari des méthodes éminemment plus modernes et moins misogynes que celles qui caractérisaient l'esprit russe depuis des siècles. Dans sa vie privée, comme en public, le couple affichait l'acceptation des différences, faisant fi des rapports dominant dominé.

Leur idylle commença au début des années cinquante. Gorbatchev étudiait le droit et Raïssa la philosophie à l'université de Moscou.

Difficile d'imaginer caractères plus opposés. Mikhaïl, avec son sourire facile et ses gestes spontanés, était un vrai Méridional. Il avait grandi à la campagne dans une austère famille de paysans de Stavropol. Bien que rêvant passionnément de l'amour, il rougissait en entendant les conversations libertines que tenaient ses camarades de l'université.

Plus réservée, Raïssa venait de Sibérie où son père était cheminot.

Dans le club des étudiants, Mikhaïl avait déjà remarqué à plusieurs reprises cette petite jeune fille soigneusement mise. Il ne parvenait pas à détourner son regard des gouttes de neige fondue luisant sur ses longs cils. À la bibliothèque, un livre sur ses genoux, elle inclinait son étrange petite tête, offrant au regard de son admirateur sa nuque fine jusqu'à la courbe naissante de ses épaules.

Belle, intelligente et cultivée, Raïssa était très populaire parmi les étudiants ; Mikhaïl avait dû se frayer un chemin au milieu de ses soupirants afin de l'approcher. Sous ses airs d'enfant boudeuse, cette Cendrillon de Moscou n'avait rien d'un bas-bleu. Elle donnait des avis tranchants comme l'acier sur tous les sujets.

Ce fut évidemment un coup de foudre, Gorbatchev le dira plus tard : « Dès que j'ai vu cette petite, je n'ai connu que tourments et bonheurs. »

Feignant d'être indifférente à la cour assidue de son chevalier servant, Raïssa mena d'emblée le jeu. Ils se retrouvaient souvent, au club des étudiants ou encore dans leur foyer rue Strominka. Elle portait comme une dame une blouse colorée et de modestes souliers, mais au galbe du genou et du mollet c'était une jeune fille. Il la regardait en secret renverser sa tête menue et ronde en fixant le regard sur la pointe de ses seins qui s'imprimaient sous le tissu fin de son corsage. Devant la froideur apparente de Raïssa, il ne pouvait évidemment pas poser la main sur son genou ou passer son bras sur son épaule, et encore moins baiser ses lèvres entrouvertes. Rien d'étonnant si leurs relations ne tardèrent pas à traverser une crise.

C'était en plein hiver, une neige fine était tombée, couvrant de sucre glacé la boue gelée des trottoirs moscovites. Raïssa et Mikhaïl se rendaient au foyer de l'université. La jeune fille demeurait silencieuse. Boudeuse, elle se contentait de répondre par monosyllabes, puis, déclara d'un ton autoritaire : « Nous devons cesser de nous voir. J'ai beaucoup souffert de la rupture avec un autre homme. Il vaut mieux rompre avant qu'il ne soit trop tard. »

Mikhaïl crut défaillir. Depuis qu'il l'avait rencontrée, il ne pouvait plus imaginer sa vie sans elle. Il continua à marcher sans rien dire.

— Nous ne devons plus nous voir, répéta-t-elle sèchement.

— J'attendrai, se contenta-t-il de répondre.

Il ne dormit guère la nuit suivante, retournant sans cesse dans sa tête la scène qu'il venait de vivre. Le lendemain, une véritable tempête de neige s'abattit sur la capitale, les maisons qu'on voyait à travers les fenêtres étaient devenues bleutées. Une force irrésistible poussa Mikhaïl à se rendre au lieu habituel de leurs rendez-vous, un square faisant face à l'université. Paralysé par un profond désarroi, il ne vit pas tout de suite Raïssa, fine et élancée, les mains plongées dans ses poches, fixant sur lui un regard décidé. Désormais, ils ne devaient plus se quitter.

Flânant sur les boulevards de Moscou, les amoureux se confièrent leurs pensées les plus secrètes. Ils parlaient de tout, de leur enfance, de leurs premiers émois, du dernier livre qu'ils avaient lu ou de la pièce qu'ils avaient vue, mais pratiquement jamais de politique : Staline régnait à l'époque et la prudence commandait le silence sur ce sujet – un Soviétique sur cinq travaillant pour la police secrète.

Une chaude nuit de juin, sous un ciel couvert percé d'étoiles sans éclat, le couple demeura cœur à cœur jusqu'à l'aube dans le petit jardin jouxtant le foyer des étudiants.

Un an plus tard ils se mariaient. Quelque temps auparavant, Mikhaïl s'était engagé comme saisonnier pour pouvoir acheter son premier costume ainsi qu'une robe pour sa fiancée. Raïssa dut tout de même se faire prêter des escarpins blancs pour la cérémonie.

Désormais le couple allait être inséparable. Leurs premières années de mariage se déroulèrent dans la gêne. Ils n'avaient même pas les moyens d'avoir une chambre familiale. Et les dortoirs des étudiants n'étaient pas mixtes…

À cette époque, Raïssa et Mikhaïl éprouvaient le désir farouche de trouver leur chemin dans la vie. Raïssa avait déjà vécu de rudes années dans son enfance. Elle le raconte elle-même : « Au début des années trente, les membres de ma famille étaient considérés comme des koulaks. On les a privés de leur terre et de leur maison. Mon grand-père fut accusé de trotskisme, il fut arrêté et disparut, on a perdu toute trace de lui. Ma grand-mère est morte de faim et de malheur, elle était l'épouse de "l'ennemi du peuple". Ma mère était femme de ménage. Toute la famille suivait mon père, employé des chemins de fer. Nous avons eu toutes sortes de "maisons", des hangars, des cabanes. »

En 1955, après avoir terminé leurs études, les Gorbatchev partirent pour le midi de la Russie. Il y avait, pour réussir en Union soviétique, deux voies royales, le KGB ou le Parti. Raïssa était réticente pour la première, sa famille ayant souffert des fléaux de la police politique. Elle poussa alors son mari à revenir à Stavropol, son fief natal. Gorbatchev y devint apparatchik de la jeunesse communiste, puis du Parti.

Leur vie n'en fut pas moins rude. L'appartement communautaire, la médiocrité du milieu des fonctionnaires communistes et parfois des vacances dans la famille de Mikhaïl.

Raïssa fut mal acceptée par sa belle-famille : lorsqu'elle vint voir pour la première fois sa belle-mère, l'accueil fut glacial. Leurs relations, d'ailleurs, ne s'améliorèrent pas avec les années ; le volontarisme de Raïssa n'arrangea pas les choses.

La province russe était un peu partout la même : un air piquant, des petites maisons primitives aux toits pointus ramassées en tas à côté d'un pont, le bouillonnement d'un torrent aux eaux vertes et laiteuses ; au centre de chaque village l'inévitable maison du président du kolkhoze avec son drapeau rouge délavé flottant sur le toit et ses portraits de Staline, remplacés plus tard par ceux de Khrouchtchev.

Gorbatchev gravit très vite les échelons. De médiocre jeune Komsomol, il devint en une dizaine d'années secrétaire fédéral de la région agricole phare de Stavropol, dirigeant d'une main de fer cette province. Raïssa déjà ne doutait pas de son destin : « Je ferai de Michka un tsar », aurait-elle dit.

La chance l'accompagnait à l'époque. Dans la région se trouvait une station balnéaire renommée pour ses eaux ferrugineuses. Des personnages de premier plan de la politique soviétique y venaient en cure, notamment Youri Andropov, l'omnipotent président du KGB.

Le premier contact avec ce parrain très influent remonte au mois d'avril 1969.

Raïssa savait créer une ambiance propice à ce genre de rencontre. Elle introduisit dans ce sanatorium de luxe la mode des bouquets de fleurs exubérantes du Caucase, fit disposer sur les tables des corbeilles de fruits et des vins parfumés de la région ainsi que des petits souvenirs locaux. Madame Gorbatchev fut également un guide avisé pour Andropov et son épouse. S'étant documentée sur l'histoire de la région, elle cita en érudite les grands auteurs russes épris du Caucase.

Le Caucase fut le passage obligé des romantiques au XIXe siècle. Raïssa rappela les voyages initiatiques de Pouchkine, Tolstoï, Lermontov et Alexandre Dumas.

Pendant ces soirées, Gorbatchev et Andropov évoquaient la nécessité de faire des réformes pour « améliorer » le système. (Le président du KGB n'était pas le seul des grands du régime à avoir repéré le couple, ce fut aussi le cas de Souslov, idéologue du Parti.) Ils ne se posaient pas de questions sur la moralité ou la légitimité du bolchevisme fossilisé, mais sur sa fragilité et sa décadence, cherchant les moyens de redonner vigueur au régime.

Les Gorbatchev eurent désormais le vent en poupe. De plus en plus souvent, ils firent partie des délégations officielles envoyées à l'étranger. Ainsi le 9 septembre 1977, le train de Moscou menait le couple à Paris sur l'invitation du Parti communiste français.

Mikhaïl et Raïssa furent logés à Bazainville, en banlieue parisienne, dans l'ancienne résidence du défunt leader du PC, Maurice Thorez. Un programme touristique classique fut offert à la délégation : Versailles, le Louvre, le musée Rodin et le Centre Pompidou récemment ouvert. Ils passèrent ensuite deux semaines à Cannes et visitèrent la région méditerranéenne.

Les communistes français avaient déjà remarqué un brin d'originalité dans les propos de cet apparatchik pas comme les autres. Contemplant le panorama de la capitale de l'esplanade du Trocadéro, le futur président de l'URSS avait lâché un mot de trop à Pierre Juquin, jeune membre du bureau politique du PCF, qui leur servait de guide : « Vous avez bien raison de ne pas vouloir faire comme nous... »

Ce séjour renforça l'intérêt du couple Gorbatchev à l'égard de l'Occident.

L'année suivante, leur puissant protecteur, Andropov, imposa son jeune poulain au poste de secrétaire du Comité central du PCUS chargé de l'agriculture.

Les Gorbatchev faisaient désormais partie de la plus haute nomenklatura soviétique.

Le couple s'installa alors à Moscou, son train de vie changea. Ainsi profita-t-il des privilèges multiples attachés à sa fonction, luxueuses « cantines », rayons réservés dans les grands magasins, « rations du Kremlin », consistant en denrées de premier choix à moitié prix, vêtements et cadeaux sur commande, logement de fonction, datcha, personnel domestique, hôpitaux spéciaux, lieux de villégiature, etc. Sans oublier une limousine dont le plus beau fleuron de la gamme était la grosse Zil noire, rappelant les belles américaines des années cinquante.

Raïssa semblait arrivée au sommet. Mais en réalité sa position était subalterne, car son mari était le plus jeune des grands boyards moscovites. Cette condition de subordonnée blessait la femme de caractère.

Gorbatchev reconnaît lui-même dans ses *Mémoires* : « En fait, elle n'a jamais pu trouver sa place dans le groupe des "épouses du Kremlin" et ne se lia intimement avec aucune d'entre elles. Ces réunions de femmes la frappèrent particulièrement par le climat imprégné de morgue, de suspicion, de flagornerie, de sans-gêne. »

À quelques nuances près, ce monde des « dames » reflétait la hiérarchie des maris. Le 8 mars 1979, Raïssa participa à une réception officielle, en qualité d'épouse du secrétaire du comité central nouvellement intronisé. Habituellement, les épouses des dirigeants se rangeaient à l'entrée de la salle pour saluer les hôtes étrangers. Raïssa se plaça au hasard, sans respecter la préséance à observer. Devant cette entrave majeure au protocole du Kremlin, Mme Kirilenko (femme d'un membre influent de la direction soviétique, numéro 3 à l'époque de Brejnev) la désigna grossièrement du doigt en l'interpellant :

– Votre place est là-bas, au bout de la file !

On imagine facilement ce que Raïssa put prédire secrètement à cette dame…

Elle ne raconta jamais l'amertume qu'elle put ressentir de cet épisode, en battante rancunière. Elle n'était pas de ces femmes qui s'épanchent, gémissent ou pleurnichent. Les époux Gorbatchev attendront le moment propice pour régler leurs comptes, et ce moment n'allait pas tarder : tandis que Mikhaïl allait devenir numéro un du pays, les Kirilenko devaient être bientôt déchus.

Pour l'heure, il fallait faire semblant de jouer le jeu.

Il arrivait à Raïssa de regretter le soleil de Stavropol où elle était l'épouse omnipotente de l'homme fort de la région. Malgré l'avancement formel de son mari, son influence à Moscou étaient paradoxalement réduite. Ainsi durant toutes ces années, ils n'eurent pas la possibilité de rencontrer leur protecteur Andropov en privé.

À la fin de l'année 1980, la nomination de Gorbatchev au poste supérieur de membre du Politburo s'accompagna de l'attribution d'une nouvelle luxueuse datcha, voisine de celle d'Andropov. L'été venu, Mikhaïl téléphona à son parrain pour l'inviter à déjeuner en compagnie d'amis de Stavropol. « Comme au bon vieux temps », dit-il.

– Eh oui, répondit Andropov, c'était le bon temps. Mais aujourd'hui, Mikhaïl, je dois décliner l'invitation.

– Mais pourquoi donc ?

– Parce que dès demain on commencera à cancaner. Dans quel but ? De quoi avons-nous parlé ?

– Nous serons encore en chemin que l'on sera déjà en train de faire un rapport à Brejnev. Si je te dis cela, Mikhaïl, c'est avant tout dans ton intérêt.

Andropov continua néanmoins à soutenir Gorbatchev, surtout lorsqu'il succéda à Brejnev en 1982. Il n'eut cependant pas le temps de pousser au premier rang son protégé, le benjamin du bureau politique. En effet, quinze mois après la mort de Brejnev, l'Union soviétique enterrait son nouveau Secrétaire général.

Au cours des funérailles d'Andropov, seuls les Gorbatchev, parmi tous les dignitaires, avaient entouré l'épouse du défunt. Ce geste chaleureux révéla à quel point le couple avait été proche de son protecteur. D'ailleurs, Andropov avait fait savoir à Raïssa, par l'intermédiaire de sa femme, qu'il souhaitait voir Mikhaïl lui succéder.

Mais les vieux bonzes du Kremlin en décidèrent autrement. Au bout de quatre jours de délibérations, le secrétariat général fut confié à Constantin Tchernenko, soixante-treize ans, compagnon de beuverie et premier courtisan de Brejnev, surnommé son « ouvreur de bouteilles ». Le président américain Ronald Reagan constata, dépité, que les dirigeants soviétiques « ne cessaient pas de mourir ». En effet, Tchernenko disparut à son tour treize mois après son accession au pouvoir. Désormais, il n'y avait plus d'alternative.

Le couple Gorbatchev entra alors en scène sous les feux de la rampe.

Le temps des splendeurs

Cette nuit du 10 mars 1985 fut très longue. Raïssa ne dormit pas jusqu'au retour de son mari, vers quatre heures du matin. Mme Gorbatchev vit s'arrêter devant chez elle une longue file de voitures. Constatant que la garde de son époux s'était renforcée, elle comprit que le tour était joué. En effet, Gorbatchev venait d'être élu numéro un de l'Union soviétique, sur la proposition du ministre des Affaires étrangères, Gromyko, qui le présenta comme « un homme au sourire affable mais avec des dents de fer ».

Cette nuit-là, Mikhaïl et Raïssa discutèrent encore, malgré la fatigue. Leur conversation allait être le prélude de l'élaboration de la stratégie de la perestroïka. Raïssa et Mikhaïl la formulèrent en une phrase : « On ne peut plus vivre ainsi... »

Mikhaïl fut officiellement élu Secrétaire général du PCUS le 11 mars 1985. Raïssa était enfin tsarine.

À dire vrai, elle n'avait jamais douté de sa bonne étoile. Depuis longtemps déjà, elle s'était préparée à être la première dame du pays, se renseignant sur l'organisation des forces de protection ou de la garde ; le personnel de service, ses effectifs, les cuisiniers, les maîtres d'hôtel, les femmes de ménage et même les jardiniers du Kremlin.

Une drôle de période commença, pendant laquelle tout allait être incertain.

Dès lors la tsarine allait contribuer d'une manière décisive au choix des principaux collaborateurs de son mari, notamment en offrant le ministère des Affaires étrangères à leur ami Chevarnadze, qui dirigeait la république de Géorgie, voisine de Stavropol. L'avis de Raïssa sera toujours décisif pour Gorbatchev. Les témoignages sont unanimes : il avait l'habitude de prendre constamment conseil auprès de sa femme. Dans le contexte misogyne de l'époque, c'était une attitude culottée.

Dans les années 1985-1986 s'instaura une réelle complicité entre la tsarine et le principal théoricien de la perestroïka, Alexandre Iakovlev, que Gorbatchev ramena de son voyage au Canada en 1983.

Iakovlev était un homme à part, exilé depuis dix ans comme ambassadeur à Ottawa pour avoir dénoncé, quand il était responsable de la propagande, l'influence des nationalistes russes d'extrême droite. Raïssa l'encouragea à constituer un réseau de grosses têtes nourries de dossiers. À son tour, Alexandre Iakovlev proposa à Gorbatchev de donner à sa protectrice le poste officiel de présidente du Fonds soviétique de la culture. Si elle déclina l'offre, Raïssa n'en devint pas moins animatrice de cette fondation prestigieuse. Gorbatchev reconnaîtra lui-même que grâce au réseau animé par son épouse, il disposait d'informations précieuses sur la situation à l'étranger, en dehors des circuits contrôlés par le KGB. Elle fit par exemple parvenir à son mari des informations objectives sur le processus inévitable de la réunification allemande à la veille de la destruction du mur de Berlin, en novembre 1989.

Alexandre Iakovlev m'a raconté qu'il lui arrivait souvent de travailler sur les textes des discours du président, en compagnie de Mikhaïl et de Raïssa. Il précisa qu'elle avait toujours le dernier mot [*]. Ce n'est pas par hasard si Gorbatchev dans ses *Mémoires* qualifie son épouse de « principal conseiller bénévole ».

Il ne supportait pas qu'on dise quoi que ce soit à son encontre. En 1987, lors d'une interview, un animateur de la chaîne américaine NBC demanda à Gorbatchev :

– Lorsque vous rentrez chez vous le soir, discutez-

---

[*] Entretien avec l'auteur, le 20 août 1991.

vous de politique intérieure ou de vos problèmes politiques ?

– Nous discutons de tout, répondit Gorbatchev.

L'animateur insista :

– Y compris des affaires soviétiques les plus confidentielles ?

– Nous parlons de tout, répéta Gorbatchev.

En URSS, seules la première question et sa réponse furent divulguées à la presse.

Cette complicité exceptionnelle provoqua une réelle controverse dans le pays, et les ultras du Parti dénoncèrent les tentatives d'ingérence de cette égérie politique dans les affaires d'État. Pour la discréditer, une rumeur évoquant ses aventures amoureuses fut lancée. Défiant cette campagne, Raïssa poursuivit son chemin contre vents et marées.

Il y avait déjà trente et un ans que les Gorbatchev étaient mariés. L'investiture suprême changea bien sûr leur vie quotidienne. Ils bénéficièrent alors de plusieurs nouvelles datchas. Des travaux substantiels furent réalisés dans leur résidence principale, la datcha de Razdori. On y érigea une maison pour la garde, un central de liaison stratégique, un héliport et un local pour les véhicules et les équipements spéciaux. Le bâtiment central fut aménagé de manière à pouvoir recevoir d'éventuelles conférences et réunions secrètes. Une pièce fut également destinée au personnel médical.

La nouvelle tsarine avait une curieuse façon de sélectionner ses domestiques, qui appartenaient évidemment au neuvième directorat du KGB, chargé de la protection de la haute nomenklatura. Elle demandait des photos des candidats et jetait son dévolu en fonction de leur mine. Elle n'aimait pas les gens gros et les cuisiniers étaient d'office rejetés (Raïssa les accepta toutefois pendant les voyages à l'étranger). Les trois cuisinières, trois femmes de chambre et trois serveuses mises à sa disposition étaient donc toutes minces. Elles avaient pour tâche de s'occuper non seulement de la tsarine mais également de sa fille et de ses deux petites-filles. Pour la moindre erreur elles pouvaient être impitoyablement congédiées. Une femme de chambre eut un jour l'audace de gronder l'aînée des petites-filles : elle fut aussitôt remerciée.

Les moindres détails de la vie quotidienne du Secrétaire général étaient réglés par sa femme ; les décors, les sorties, et bien entendu les vêtements qu'il portait. Venant de l'étranger, les costumes de Mikhaïl avaient souvent besoin de retouches. Il était parfois plus difficile de les effectuer que d'en tailler un sur mesure. Il se prêtait à ces interminables séances d'essayage sans rechigner, sous l'œil vigilant de sa femme.

Dès les premiers jours de son règne, la tsarine eut l'ambition de conquérir l'Occident. Aussi son domaine de prédilection fut-il les voyages à l'étranger. Pendant ces périples, elle reconstitua à sa manière l'ambiance des salons littéraires du XVIIIe siècle. Raïssa choisissait elle-même les membres de la suite d'honneur et s'entourait de savants, d'écrivains, de peintres et d'acteurs. Depuis sa jeunesse estudiantine, le couple était attiré par l'intelligentsia et la bohème moscovite. N'ayant plus le temps de rassembler chez elle ces interlocuteurs de prédilection, Raïssa tenait salon lors de ses visites à l'étranger ; l'atmosphère y était moins formelle et permettait à Gorbatchev d'avoir accès à des informations objectives concernant la situation de son pays. La tsarine se préparait soigneusement à ces rencontres et connaissait tout de ses invités. À l'occasion des préparatifs de son premier voyage officiel en France, en octobre 1985, elle se rendit de nouveau dans la salle des impressionnistes du musée Pouchkine de Moscou et relut des auteurs français tels que François Mauriac et Hervé Bazin. Quand l'ambassade inscrivit à son programme la visite de la manufacture de Sèvres, elle s'y opposa, lui préférant le musée Picasso.

Toujours friande des détails, Raïssa se renseigna auprès des journalistes francophones sur les nouvelles tendances de la vie parisienne. La tsarine s'enquit également de savoir comment allait être habillée Danielle Mitterrand. À son grand dam, ses interlocuteurs demeurèrent évasifs…

Jamais les diplomates russes n'avaient dû déployer tant d'efforts pour une épouse de dirigeant.

Je me souviens de l'arrivée du nouveau maître du Kremlin et de sa femme à Paris. La délégation qui les accompagnait comprenait quatre-vingt-dix-sept personnes, sans compter les journalistes. Trente-quatre fonctionnaires du KGB s'occupaient uniquement de la sécurité. Parmi eux, le personnel spécifiquement alloué à Raïssa : une femme de chambre, une habilleuse, deux cuisiniers et deux maîtres d'hôtel, placés sous la direction du général du KGB. Avant son arrivée, le Kremlin avait fait savoir à l'ambassade que la première dame de l'Union soviétique ne souhaitait pas être accompagnée de trop de monde et surtout « d'un nombre restreint de femmes ».

D'emblée, la tsarine affola ses gardes du corps, français et russes, en changeant les programmes établis. Ainsi, passant devant *La Closerie des lilas* à Montparnasse, un des restaurants de prédilection de l'émigration russe, elle fit stopper la 604 présidentielle et proposa à Danielle Mitterrand d'aller y prendre un verre avec elle. Lorsque les gorilles lui déclarèrent que sa sécurité n'était pas assurée dans ce lieu, Raïssa répondit sèchement : « Nous sommes davantage en sécurité là où nous ne sommes pas attendus. »

Une autre innovation de la première dame de l'URSS fut de se rendre dans les maisons de couture pour assister aux défilés. Elle honora de sa visite Pierre Cardin, déjà bien implanté en Union soviétique, et Yves Saint Laurent, dont les ateliers se trouvaient juste en face de l'hôtel Marigny, résidence des Gorbatchev. À cette occasion, elle arrangea une exposition *Yves Saint Laurent* à Moscou et discuta d'une manière décontractée avec le grand couturier.

« *Opium* est mon parfum préféré et j'aime beaucoup le noir, avoua-t-elle à son hôte ; pensez-vous qu'il va continuer à se porter ?

— Oui, toujours, répondit le couturier.

— Défendrez-vous les jupes courtes, la saison prochaine ?

— Je suis pour le court comme pour le long : cela dépend des cas…

— Vous voulez dire que cela dépend des jambes, n'est-ce pas ?

— Si l'on veut…

— Mais combien une femme doit-elle peser pour porter vos modèles ?

— Il vaut mieux qu'elle soit le plus mince possible

— Alors il est temps que je m'en aille ! »

Raïssa avait aussi de l'humour, car ses mensurations étaient susceptibles de correspondre aux modèles du couturier (comme le précise Bernard Lecomte) : 86-70-89.

Décidément, Mme Gorbatchev montrait aux Occidentaux que l'époque des *térèmes* où les femmes vivaient jadis recluses était révolue.

Le courant était passé entre le couple Gorbatchev et le couple Mitterrand, taraudé par une seule question : comment le système communiste pouvait-il produire des êtres si ouverts et si séduisants ?

Au fil des années, leurs relations prirent un caractère réellement amical.

La première dame soviétique demandait même conseil à l'épouse du président français : « Je suis novice dans le métier », rappelait-elle avec un sourire mutin dans son élégant ensemble de soie à rayures beiges et noires. C'est peut-être cette complicité installée qui poussa Raïssa à faire des caprices, frôlant l'incident diplomatique. Je me souviens de leur seconde visite à Paris, à l'occasion du bicentenaire de la Révolution française : Mitterrand organisa pour Gorbatchev un dîner privé en son domicile de la rue de Bièvre. Fatiguée par une journée harassante, la tsarine demanda à son époux – en toute simplicité – de se décommander au dernier moment. Effrayé par cette entrave au protocole, Mikhaïl dut mener d'âpres négociations avec sa femme pour parvenir à la convaincre d'assister à ce dîner. Il y avait quelque chose de surréaliste dans l'échange de leurs propos, ressemblant à une querelle de clocher entre une femme rebelle et un mari docile.

En octobre 1991, les Gorbatchev furent reçus à Latché. Comme Raïssa avait apprécié le miel servi au petit déjeuner, Danielle Mitterrand proposa de lui offrir quelques ruches pour sa maison de campagne. La tsarine leva les bras au ciel et se tourna vers son mari :

– Que ne t'ai-je demandé de renoncer aux datchas d'État pour posséder ne serait-ce qu'un petit lopin de terre !

– Nous n'avons rien à nous, ajouta-t-elle en s'adressant à Danielle Mitterrand, même pas un endroit où installer une ruche !

Il est vrai qu'à cette époque, selon le mot d'Andreï Gratchev, même les oreillers que Raïssa avait l'habitude d'emporter lors de ses voyages appartenaient à l'État.

Un épisode est entré dans les annales diplomatiques.

Lors d'une réception officielle en Espagne, en 1990, le roi Juan Carlos et la reine Sophie s'apprêtaient à quitter la salle avant les invités, comme l'exigeait le protocole. Raïssa poursuivit sa conversation sans en tenir compte, tandis que les souverains et le président étaient sur les marches à l'attendre. Après un silence prolongé, Mikhaïl excédé lui demanda de venir les rejoindre. Sans davantage s'en soucier, elle n'interrompit toujours pas sa conversation. Une minute plus tard, Gorbatchev dit d'une voix forte et glaciale :

– Raïssa Maximovna, nous vous attendons toujours !

Cette fois enfin la tsarine daigna se diriger vers la sortie. Elle n'hésita pas à réitérer ce genre d'impair avec Mme Kohl et surtout avec Nancy Reagan.

Les diplomates soviétiques connaissaient bien ces habitudes, cependant leurs véritables soucis commencèrent dans les pays dirigés par les femmes. Depuis 1984, s'étaient instaurées entre Gorbatchev et Mme Thatcher des relations basées sur une sympathie réciproque. La Dame de fer se plaisait à répéter : « Nous pourrons faire des affaires avec cet homme-là. »

Quand Gorbatchev se rendit en visite officielle en Angleterre, en 1989, Margaret Thatcher organisa, pour les photographes, une apparition du numéro un soviétique sur le balcon de sa résidence. Quelle ne fut pas sa surprise lorsqu'elle vit surgir Raïssa les bras chargés de fleurs. La tsarine, sans autre forme de procès, lui plaqua l'énorme bouquet sous le nez. Ainsi le lendemain, tous les journaux publiaient les photos montrant le couple, aux côtés de Mme Thatcher le visage caché par la brassée de fleurs de Raïssa.

Une autre photo – cette fois-ci dans la presse mondaine – montrait Mme Gorbatchev en train de descendre d'une Rolls-Royce arborant les couleurs soviétiques, vêtue d'une robe de satin blanc et chaussée d'escarpins dorés. Ce cliché (ne montrant que ses jambes) fut à l'origine de la disgrâce de l'ambassadeur d'URSS à Londres. Furieuse, Raïssa entra sans frapper dans le bureau de l'ambassadeur où se trouvait son mari : « Vos diplomates, Mikhaïl Sergueïevitch, ne se soucient guère de l'image de marque de votre famille ! » dit-elle avant de ressortir aussitôt…

En 1989 Raïssa accompagna son époux en Italie. Cette fois-ci, elle était vêtue de couleurs si sombres que les journaux locaux la baptisèrent « Raïssa la simple ». Néanmoins, elle n'hésita pas à paraître au Vatican en arborant un tailleur rouge vif pour son entrevue avec le pape Jean-Paul II, au lieu d'une tenue noire, comme il est d'usage pour une audience privée.

Dans son pays, en revanche, Raïssa se faisait moins remarquer. Nancy Reagan s'en aperçut au cours du premier sommet Reagan-Gorbatchev : « Elle était habillée sévèrement – une jupe noire, une blouse blanche et une cravate noire. Je me suis demandé pourquoi. C'était contraire à ses habitudes, à tout ce qu'elle portait auparavant et ne ressemblait guère à son style. J'ai appris plus tard que c'était l'uniforme standard des enseignants soviétiques et que Raïssa arborait cette tenue qui la faisait ressembler à une gardienne de prison uniquement parce que c'était la seule photo que l'on verrait d'elle au sommet de Genève, de retour au pays. »

Les conversations entre Mme Reagan et Mme Gorbatchev se transformaient souvent en épreuve de force. Chacune voulait en imposer le thème. Nancy Reagan tentait-elle d'aborder les problèmes de la drogue, de la criminalité ou de l'enfance maltraitée, Raïssa ne manquait pas de l'apostropher à propos des défaillances du système politique américain. Lorsqu'elle fit remarquer à son interlocutrice que les États-Unis n'avaient jamais eu de guerre sur leur propre territoire, Nancy lui rappela la guerre de Sécession. À l'époque, la première dame des États-Unis était encore sous le choc d'une opération chirurgicale et de la mort récente de sa mère. Elle n'était manifestement pas en forme. Nancy imagina même que Raïssa utilisait ses défaillances. « Les Soviétiques sont au courant de tout. Je ne peux donc penser qu'elle ignorait les épreuves que j'avais endurées quelques semaines plus tôt, se plaignit plus tard Nancy. Étais-je alors hyper-émotive ? Je ne le crois pas. » Quand Nancy lui fit visiter la Maison-Blanche, Raïssa la bombarda de questions :

– Est-ce un chandelier du XVIIIe siècle ? Jefferson a-t-il vécu ici même ? À propos, en quelle année fut construite la Maison-Blanche ?

On demanda à Raïssa si elle aimerait vivre à la Maison-Blanche. Quelques Américains s'offusquèrent de sa réponse :

– C'est une résidence officielle. Humainement parlant, je pense qu'il est plus agréable d'habiter une maison de taille normale.

À quoi Nancy riposta dans ses *Mémoires* : « Ce n'était pas une réponse très élégante, surtout venant de la part de quelqu'un qui n'a jamais visité les quartiers privés. »

« Que voulez-vous, expliqua Gorbatchev avec perfidie, pour disculper sa femme, Raïssa est une philosophe, Mme Reagan, une actrice… »

Raïssa s'attarda tellement sur les meubles de la Maison-Blanche qu'il lui resta à peine le temps de prendre du café avec les épouses des officiels américains. « Nous avons fini par faire attendre Ronnie et Gorbatchev pendant un quart d'heure, écrit Nancy. Lorsque nous sommes arrivées, nos maris renfrognés regardaient leur montre. Mais ils faisaient semblant. Ce geste moqueur d'impatience fut l'idée de Ronnie. »

Dès son retour de voyage, la tsarine exigeait qu'on lui donnât les cassettes vidéo illustrant son passage. Tout le monde avait bien remarqué que lors des cérémonies officielles elle se tenait tranquillement au côté de Gorbatchev, mais dès qu'elle apercevait les photographes, elle n'hésitait pas à faire valoir son dynamisme. Souvent, elle n'était pas contente des reportages qu'on lui présentait. Elle ne faisait jamais de remarques sur la façon dont elle-même était filmée mais critiquait la façon dont était représenté son mari.

— On ne filme pas correctement Mikhaïl, on le prend de dos ou sous un mauvais angle. Vous ne vous souciez donc pas de sélectionner les cameramen ? Regardez la façon dont filment les Américains ! disait-elle aux fonctionnaires du KGB chargés des contacts avec la presse. Sommes-nous incapables d'en faire autant ?

Entre 1985 et 1991, l'image de Gorbatchev se ternit. On accusa Raïssa d'être l'éminence grise de son mari, menant le pays à la ruine. Cependant, au début du mois d'août 1991, l'épouse du président croyait toujours en sa bonne étoile, insistant pour que Mikhaïl parte en vacances en Crimée.

J'eus plusieurs fois l'occasion de me rendre à la datcha de Foros, nouveau lieu de villégiature des Gorbatchev. Depuis des générations, les dirigeants suprêmes de la Russie ont choisi la Crimée pour se refaire une santé avant de retrouver leurs obligations du Kremlin. Les Gorbatchev auraient pu tout simplement suivre cette tradition en s'installant dans l'une des datchas de leurs illustres prédécesseurs. Mais la tsarine préféra faire édifier un nouveau palais où les parquets étaient de bois précieux, les murs de marbre blanc, les salles de bains richement équipées et qui comportait une piscine donnant sur la mer.

L'endroit ne payait pourtant pas de mine : un vent

terrible y soufflait sur des rochers nus et aucune végétation ne venait égayer les lieux. Seule la mer semblait présenter un intérêt. Que faire, sinon dompter cette nature hostile ? Afin de se protéger de la houle, on creusa les rochers à la dynamite, des tonnes de terre furent déversées aux abords de la maison et des essences rares y furent plantés. Un tunnel fut percé puis agrémenté d'escaliers mécaniques pour relier directement la datcha à la mer.

Au deuxième étage du puissant édifice se trouvaient un bureau, des chambres et une salle à manger pouvant accueillir une douzaine de personnes ; une terrasse, où Mikhaïl et sa tsarine prenaient souvent le thé, donnait sur la mer. Une autre surplombait les rochers, faisant suite à un boudoir où trônait une magnifique statue de marbre représentant une femme nue (Raïssa la fit enlever par la suite !). Les murs étaient recouverts de boiseries. Une frise représentant, en tissage ou en peinture, les villes de Crimée ornait le haut plafond. Au rez-de-chaussée se trouvait un jardin d'hiver. Depuis le perron de pierre, l'allée de droite menait à la salle de projection, celle de gauche conduisait à la plage.

La tsarine perd le pouvoir

Le 18 août 1991, Mikhaïl ne se sentit pas bien. Souffrant terriblement d'un lumbago, il fit venir un médecin spécialiste de Moscou, le docteur Anatoli Liev, renommé pour ses dons de guérisseur.

Presque dix jours après son départ de la capitale, le président avait en effet été frappé par une crise radiculaire lors d'une promenade dans les collines. Il avait dû être soutenu par son entourage sur le chemin du retour.

Le mercredi 15 août, un secrétaire de Gorbatchev téléphona au docteur Anatoli Liev, lui demandant de partir immédiatement pour Foros. Discipliné, le médecin insista pour recevoir un ordre écrit. C'était la règle. Et l'on ne plaisantait pas avec la discipline du KGB, surtout lorsqu'il s'agissait de la santé du président. Mais l'ordre ne venait toujours pas et à Foros on s'impatientait : « Le Président a besoin de vous ! » Liev ne s'expliquait pas pourquoi ses supérieurs ne le contactaient pas. Enfin, un coup de fil très bref arriva : « Vous pouvez y aller. »

Sans confirmation écrite, le « guérisseur » s'envola pour la Crimée. Grâce à quelques massages et manipulations, il réussit à diminuer les douleurs du président, qui put bientôt s'asseoir et se relever. Rien de grave, mais un nerf bloqué fait toujours terriblement souffrir…

Le spécialiste venu de Moscou était toutefois intrigué par les mesures de sécurité particulièrement imposantes autour de la datcha. Des herses étaient disposées en travers de la route, ainsi que des véhicules blindés. « J'ai pensé que c'était à cause de la tension en Crimée », expliqua-t-il à un de ses patients qui rapporta plus tard son témoignage.

Le médecin remarqua aussi la présence inhabituelle de nombreux agents de sécurité et aperçut au large, avec les garde-côtes ordinaires, trois bâtiments de la marine de guerre. Il se sentait d'ailleurs lui-même étroitement surveillé.

Un second rendez-vous fut pris pour le lendemain, 18 août. De concert avec le médecin personnel du président, le « rebouteux » fit commander à Moscou certains médicaments introuvables à Foros. Ce dimanche 18, Gorbatchev s'allongea sur la table de massage et dit à son « sauveur » : « Tu peux faire tout ce que tu veux, m'enlever un nerf, une vertèbre, une jambe. Mais demain je dois être à Moscou ! »

Après quelques piqûres et manipulations, Mikhaïl finit par s'endormir.

Auparavant, il n'avait fait que songer aux batailles qui l'attendaient au Kremlin. Il pensait aux journées cruciales qu'il avait préparées depuis longtemps et devaient débuter à partir du 20 août ; celles qui devaient suivre la signature du traité de l'Union.

Juste avant de quitter la capitale, le 5 août, Gorbatchev l'avait confirmé au pays, les dirigeants des Républiques allaient signer avec lui un accord de principe permettant à cette nouvelle Union de prendre la place des anciennes structures dépassées, issues de la révolution.

Certes, beaucoup d'incertitudes demeuraient, mais Gorbatchev était parvenu à un compromis avec Boris Eltsine. Après cette terrible année, le 20 août s'annonçait comme une date clef sur l'agenda du président. Devenu l'otage des conservateurs, il espérait sans doute se libérer des contraintes qui pesaient sur lui en acceptant pour la première fois de donner davantage de marge de manœuvre aux Républiques.

Le traité n'autorisait pas encore la confédération souhaitée par les réformateurs, mais le chef du Kremlin était d'accord pour réduire ses prérogatives au profit de la périphérie. S'il n'avait pas l'intention de se sacrifier sur l'autel de l'Union, la dynamique était malgré tout en route. Et en ce dimanche 18 août 1991, il avait encore le sentiment d'être le maître du jeu. Sinon pourquoi serait-il parti en vacances ?

Gorbatchev n'excluait pourtant pas les contrecoups. Avec son conseiller Tcherniaev, assisté de deux secrétaires, il rédigeait depuis dix jours un article de trente-deux pages dans lequel il envisageait cinq scénarios différents. L'un d'entre eux évoquait d'ailleurs clairement l'hypothèse d'un coup d'État, « la variante de l'état d'urgence » où Gorbatchev employait le mot « junte ». Il ne s'agissait cependant pour lui que d'une hypothèse d'école : « Ce serait une impasse, une régression sociale, la mort du pays », écrivait-il. Le couple emblématique de la perestroïka était convaincu d'être assez fort pour déjouer les complots et continuer à franchir les obstacles qui se dressaient contre lui depuis six ans. Voilà pour la version officielle. Mais Gorbatchev ne songeait-il pas, lui aussi, à des mesures exceptionnelles ? Était-il seulement l'otage des conservateurs ou ressentait-il la nécessité de prendre des oukases radicaux pour tenter de remettre le pays au travail et empêcher la désintégration de l'empire ?

Gorbatchev et Raïssa ne s'attendaient pas à un coup d'État. « L'idée d'un putsch ne nous a même pas effleurés. » La tsarine ne croyait pas que des gens en qui son mari avait placé toute sa confiance fussent capables de se lancer dans « une telle aventure ».

Les événements allaient démontrer que le président et son égérie étaient loin de la réalité et vivaient dans un monde imaginaire, coupé de la réalité, comme naguère Nicolas II et Alexandra Féodorovna. Ou alors, le couple n'a-t-il pas voulu accepter de comprendre ce qui se passait, en songeant sans doute qu'il finirait toujours par récupérer la situation à son profit… En tout cas, à ce moment précis, Raïssa affichait une apparente sérénité. Étrange sérénité tout de même.

Il était cinq heures moins dix lorsque l'ange gardien de Gorbatchev, le général Medvedev, annonça à son patron qu'un petit groupe arrivé de Moscou exigeait d'être reçu séance tenante pour un motif urgent. De nombreux véhicules avec gyrophares et antennes de radio, dont plusieurs Zils noires, avaient pénétré à l'intérieur du territoire de la datcha. En plus des chauffeurs, il y avait de nombreux gardes du corps. Les assistants de Gorbatchev furent encore plus étonnés lorsqu'ils aperçurent le chef de cabinet du président, Valeri Boldine, et plusieurs militaires, dont un général.

Gorbatchev, lui aussi, fut surpris. Même s'il se souvenait sans doute des mises en garde de l'un de ses conseillers avant son départ, qui craignait la disparition de l'Union et une action d'éclat de Eltsine pour libérer la Russie du Centre.

— Je n'attends personne, s'étonna le chef du Kremlin. De quoi s'agit-il ?

Le chef de la garde présidentielle ne comprenait pas non plus.

— Ils viennent de Moscou, expliqua-t-il, ils veulent vous parler.

— Mais pourquoi les avoir laissés entrer ?

— Parce qu'ils sont accompagnés par le chef du neuvième département du KGB, c'est le règlement.

Quelque chose n'était pas clair, et le président l'avait déjà compris. Il décrocha tour à tour les cinq téléphones de son cabinet de travail. En vain. Aucun ne fonctionnait. Le chef de la plus grande puissance nucléaire était coupé du monde. Le circuit intérieur était également débranché. Impossible de communiquer au sein même de la résidence. « C'était la fin, confia Gorbatchev, j'étais totalement isolé. »

Ce qu'il ignorait encore, c'est que le fameux téléphone rouge placé sous une cloche et « que l'on n'a même pas le droit d'épousseter », celui qui relie le chef du Kremlin au chef des armées, ne fonctionnait plus. Les Américains avaient en effet découvert que les tests systématiques effectués toutes les heures s'étaient brutalement interrompus. Et voilà que les putschistes étaient déjà à la porte de la résidence présidentielle.

En un rien de temps, leurs hommes armés de mitraillettes prirent possession des postes principaux, porte d'entrée, garage, héliport où deux camions empêchaient tout décollage et atterrissage. Gorbatchev comprit que l'affaire était sérieuse. Il décida alors d'informer ses proches et alla trouver Raïssa dans sa chambre.

– Quelque chose de grave, de terrible se produit, lui dit-il en lui faisant part de l'arrivée d'un groupe de Moscou. Je n'ai invité personne. Et quand j'ai cherché à téléphoner, toutes les lignes étaient débranchées.

La tsarine comprit que la coupure des lignes signifiait au mieux l'isolement, au pire l'arrestation, et de toute façon un complot. Bien que bouleversée par cette nouvelle, elle conserva son sang-froid, et répondit à son époux :

– Quoi qu'il advienne, je suis à tes côtés.

Le groupe des émissaires des putschistes avait quitté Moscou au début de l'après-midi à bord d'un Tupolev 134. Leur appareil s'était posé sur la base aérienne de Belbek, près de Sébastopol, après avoir survolé sans encombre les petites collines boisées de Crimée. Le général Iazov, chef de l'armée Rouge, avait fait mettre un avion militaire à la disposition de la délégation, sur la base militaire de Tchkalovskaïa, à une trentaine de kilomètres du Kremlin. La décision de prendre contact avec Gorbatchev avait été acquise le dimanche matin même. Cinq hommes étaient chargés de faire plier le président.

Celui que Mikhaïl attendait le moins pour accomplir cette perfide tâche était sans aucun doute Valeri Boldine, son chef de cabinet. Homme de confiance de Gorbatchev depuis 1990 et ami intime de Raïssa, il était l'un des deux seuls autorisés à pénétrer dans son bureau du Kremlin à tout moment et sans rendez-vous. Fiable comme une locomotive, discipliné, éprouvant une admiration sans borne pour les paroles venant d'en haut, Boldine était l'apparatchik typique du Parti, pas un monstre. Il était simplement un *homosystemus*, il incarnait ces gens du système, capables de tout, même de faire un putsch.

Le deuxième personnage était Oleg Baklanov, numéro 2 du Conseil de Défense et secrétaire du Parti. Le troisième, Valentin Varennikov, commandant en chef des forces terrestres de l'armée Rouge, avait fait parler de lui quelques semaines auparavant en cosignant un « Appel au peuple ». Un manifeste dans lequel les conservateurs dénonçaient le « chaos » et le « poison » se répandant dans le pays grâce aux agents de l'étranger.

Le quatrième homme était sans doute le plus redoutable. Général du KGB, chef du tout-puissant neuvième directorat chargé avant tout de la protection rapprochée des dirigeants du pays, Iouri Plekhanov avait la réputation d'être sans pitié. Depuis quelque temps, il était devenu une sorte d'homme à tout faire pour Raïssa. Les Gorbatchev n'allaient nulle part officiellement sans que la silhouette légèrement voûtée de Plekhanov ne surgisse de l'ombre. Plus tard, le garde du corps de Eltsine, le général Korjakov, expliqua la trahison de Plekhanov par sa haine à l'égard de Raïssa : elle faisait déplacer par ce vieillard les énormes lampadaires de bronze du Kremlin ! Un grief personnel peut parfois influencer le cours de l'histoire…

Gorbatchev s'apprêtait donc à s'entretenir avec ses « visiteurs ». Il ne fut pas nécessaire de les inviter à monter puisqu'ils étaient déjà là, à quelques mètres du bureau du président. Raïssa se tenait tout près.

Le couple présidentiel savait combien l'URSS était au bord du gouffre, mais ils étaient tous deux intimement persuadés que les solutions proposées par les putschistes replongeraient le pays dans un bain de sang. Le président ne désirait en aucun cas ces « solutions » qui avaient jadis entraîné la mort de centaines de milliers, de millions d'êtres humains. « Ce serait une trahison et la garantie d'une nouvelle moisson de cadavres ! »

Tout au long de leur carrière les Gorbatchev ont voulu réformer le pays, sans à-coups, pacifiquement, et voilà que l'on exigeait que le président prenne la tête d'un coup d'État antidémocratique, anticonstitutionnel. C'était pourtant l'aval de Gorbatchev à leur triste besogne qu'étaient venus chercher les représentants du Comité. Ils avaient encore besoin de lui, ne serait-ce que pour amadouer l'Occident. C'était quitte ou double, non pas pour Gorbatchev, mais pour l'idée même du gorbatchevisme. C'est sans doute pour cette raison que le président, au grand étonnement des putschistes, refusa ce dernier pas qui prenait des allures de pacte avec le démon totalitaire.

Les émissaires du Comité se retrouvèrent donc face à l'intransigeance de Gorbatchev. Du moins c'est ainsi que l'attitude du chef du Kremlin apparut à ce moment-là, sans que l'on puisse exclure des révélations sur la nature profonde de ses relations avec ces apparatchiks.

Mikhaïl sentait bien que l'essentiel avait déjà été décidé. Il ignorait cependant si l'avion dans lequel se trouvaient les fameuses clefs de la valise noire commandant le feu nucléaire était bloqué ou non par les militaires de la junte.

Si l'on se fie au récit du président, la confrontation fut brutale. Mikhaïl réagit d'abord très violemment avant de prendre la décision de ne pas céder et de se calmer. La délégation du Comité ne s'attendait sans doute pas à une telle réaction. Étonnant sursaut – il est vrai – de la part d'un homme qui depuis plus d'un an avait presque toujours cédé aux forces conservatrices.

Raïssa était dans le hall quand les émissaires du Comité quittèrent le bureau du président. Il était presque six heures du soir. Oleg Baklanov, l'homme du complexe militaro-industriel, lui tendit la main. La femme du président ne bougea pas.

– Pourquoi êtes-vous ici ? demanda-t-elle.

Il y a eu un moment de flottement et j'ai entendu Bakhlanov dire : « Ce sont les circonstances qui l'exigent », raconta Raïssa.

La tsarine fixa froidement le chef de cabinet de son époux, Boldine. Elle était abasourdie. Depuis quinze ans, ils étaient en étroite relation. Boldine était presque de la famille et les Gorbatchev lui faisaient confiance, même pour les choses les plus intimes. Cependant Raïssa affirmera plus tard, afin de lever tout soupçon sur leurs relations avec les membres du Comité : « Il n'y avait pas parmi les putschistes des gens à qui j'aurais pu faire part de mes sentiments les plus intimes. Les journaux qui prétendent le contraire ne racontent que des mensonges. »

Ce qui est certain c'est que les Gorbatchev et Boldine étaient très proches. Ce dernier fut l'assistant de Mikhaïl avant qu'il ne devienne Secrétaire général, lorsqu'il était seulement membre du Politburo chargé de l'agriculture. Quand Gorbatchev avait quitté Stavropol pour Moscou, il avait appelé Boldine à ses côtés. Peut-on imaginer que Boldine ait préparé les mesures d'état d'urgence avec le Comité, sans avoir eu le feu vert de son mentor ?

Les ennemis de Gorbatchev ne le croyaient guère. Selon eux, Boldine était la voix de son maître. Cependant, l'ambitieux apparatchik, voyant que Gorbatchev n'acceptait pas « le marché qu'on lui proposait », n'a-t-il pas voulu saisir sa chance, rompre le cordon ombilical, en profiter pour reprendre sa liberté vis-à-vis de celui qui l'avait consacré ?

Lorsque les émissaires eurent quitté la résidence, Raïssa rejoignit son mari dans son bureau. Celui-ci tenait à la main une feuille de son bloc-notes sur laquelle il avait écrit au feutre bleu les noms des membres du Comité. Il fit venir leur fille et leur gendre et expliqua la situation à sa femme et à ses enfants.

– Si l'on remet en cause l'essentiel, à savoir ma politique, je resterai sur mes positions jusqu'au bout. Je ne céderai à aucun chantage, à aucune pression. Pas question de revenir sur les décisions déjà prises.

Quoi qu'il pût arriver, Mikhaïl demandait à sa famille de suivre ses instructions.

La séquestration commençait pour le président et ses proches. Les routes d'accès à la résidence étaient barrées et des unités du KGB encerclaient Foros. Par chance, les trente-deux hommes de la garde leur étaient restés fidèles. Alors que le président recevait les émissaires du Comité, les gardes du corps arrivés de Moscou avaient fait passer le message de façon brutale à leurs homologues fidèles au Kremlin. « Notre souci, dira l'un d'eux, était d'éviter les provocations, afin qu'on ne puisse pas faire croire que le président avait péri lors d'une fusillade. »

La famille Gorbatchev s'était organisée pour vivre dans cette atmosphère de résidence « surveillée ». Le climat qui régnait sur le territoire de la datcha présidentielle était étrange. Mikhaïl, son épouse et ses enfants étaient prisonniers. Mais ces détenus-là jouissaient de privilèges particuliers. Leurs gardes du corps restés fidèles – ce que les putschistes ne pouvaient ignorer – étaient autorisés à assurer leur protection. Jour et nuit, les trente-deux agents de sécurité armés de Kalachnikov, de pistolets et de radios, occupaient les points stratégiques de la datcha. Lorsque des soldats arrivés avec la délégation des putschistes importunèrent le fidèle conseiller de Gorbatchev, Tcherniaev, les hommes de la garde eurent encore suffisamment de poids pour qu'il puisse se promener en toute quiétude où il le souhaitait. S'agissait-il encore de cette cohabitation surréaliste

entre les forces des putschistes et celles du président ?
Ou bien les chefs de la junte à Moscou avaient-ils donné
des consignes permettant de ménager l'avenir et de laisser éventuellement à Gorbatchev une marge de
manœuvre ? Si le putsch avait réussi, peut-être aurait-il
fini par se rallier au Comité d'état d'urgence, au risque
de devenir une marionnette obéissante, après avoir été
l'otage des milieux conservateurs plus d'une année
durant ? À Moscou, certains députés n'excluaient pas
cette hypothèse qui pourtant n'était pas conforme à
l'attitude de la tsarine, intronisée pour la circonstance
ministre de la Résistance.

Les années ont passé et l'on s'interroge encore. Gorbatchev aurait-il pu agir autrement ? Il aurait pu, par
exemple, tenter de gagner son avion la mitraillette au
poing ; autrement dit résister comme le fit Allende, pour
entrer dans la légende. Mais pour Raïssa, cette alternative n'était pas recevable.

Selon les témoignages qui filtraient de Foros, elle
craignait par-dessus tout pour la vie de Mikhaïl, pour
celle de ses enfants et la sienne. Elle redoutait même
d'être empoisonnée. Persuadée que les putschistes
étaient prêts à tout, elle refusait la nourriture préparée
par les cuisiniers habituels de la datcha et que l'on
apportait dans une voiture spéciale depuis le 18 août
1991 au soir.

La tsarine ne dormait plus. Il est vrai que le déploie-
ment des forces autour de Foros était impressionnant.
Ses proches affirmèrent qu'elle avait repéré dans la nuit
du 18 au 19 près de seize navires de guerre dans la
rade, dont un sous-marin.

Les Gorbatchev décidèrent alors de se montrer.
Puisqu'ils étaient coupés du monde, ils allaient tenter
d'adresser des signes aux vacanciers en villégiature au
sanatorium du Comité central jouxtant le territoire de

la datcha présidentielle. Boris Eltsine avait d'ailleurs lui-même envoyé des télégrammes dans plusieurs hôtels de vacances de la Nomenklatura du bord de la mer Noire, dans lesquels il demandait aux médecins qui s'y trouvaient d'entrer en contact avec Gorbatchev pour déterminer son véritable état de santé.

« Nous sortions de la résidence en allant vers la mer, avec un seul but, raconta Raïssa, faire que le plus de gens possible puissent voir le président en bonne santé. Plus les gens nous verraient, plus il serait difficile de cacher la vérité. » Mikhaïl et Raïssa se montraient souvent sur la terrasse. Toujours pour être vus, mais aussi pour parler. Les gardes du corps eux-mêmes, connaissant les systèmes d'écoute qui auraient pu être mis en place, le conseillèrent au couple présidentiel.

La tsarine, obnubilée par les micros et la surveillance, imagina quelques scénarios de fuite ou au moins de contact avec l'extérieur. L'ange gardien en qui elle avait confiance l'en dissuada, précisant que côté mer tout était bloqué et que côté terre la surveillance était tellement rapprochée qu'il serait même impossible de ramper.

Cela n'empêcha par pour autant la tsarine d'essayer de trouver la faille.

Un peu plus tard, d'un commun accord, les Gorbatchev convinrent eux-mêmes de ne rien faire qui puisse mettre leur vie en danger. Leurs petits-enfants ne semblaient pas trop mal supporter la mise en résidence surveillée de la famille. Mais Oksana, la plus âgée, commença à s'inquiéter sérieusement lorsque les gardes du corps conseillèrent de ne plus laisser les petites filles aller sur la plage. Effrayée par les Kalachnikov, elle restait dans sa chambre ou l'on avait installé une télévision en compagnie de sa petite sœur Anastasia. Des hommes de la garde avaient réussi à bricoler des antennes permettant de capter les programmes.

Les Gorbatchev décidèrent de tenir leur conseil sur la plage. Ainsi le soir du 19, vers six heures, le président se rendit au bord de l'eau avec sa famille. Pour tromper les agents du KGB qui observaient leurs « prisonniers » à la jumelle, on se baigna, on joua aux cartes, on fit semblant d'être en vacances. Raïssa demanda à Tcherniaev de la suivre avec son époux dans une cabine. Une fois à l'abri des regards, elle arracha quelques feuilles de son petit carnet, sortit de son sac un crayon et laissa les deux hommes en tête-à-tête. Gorbatchev dicta alors à son conseiller, son frère, comme il dira plus tard, les revendications qu'il voulait formuler.

— 1. J'exige qu'on rétablisse immédiatement la ligne gouvernementale. 2. J'exige que l'on m'envoie immédiatement l'avion présidentiel pour me ramener à Moscou.

Mikhaïl Gorbatchev entendait ainsi donner maille à partir à ses gardiens. Il savait pertinemment que tous ses actes, toutes ses paroles étaient immédiatement rapportés au Comité d'État pour l'état d'urgence qui siégeait à Moscou. Les revendications du président étaient transmises au général Gueneralov. C'est pourquoi chaque jour, matin et soir, il exigeait qu'on rétablisse le téléphone, qu'on le laisse regagner la capitale. Il demandait également qu'un démenti officiel concernant sa santé soit publié.

Pendant ce temps, le médecin guérisseur venu de Moscou avait disparu. On lui avait interdit de revenir à la datcha présidentielle.

Dans la nuit du 19 au 20, vers trois heures du matin, les Gorbatchev décidèrent, dans le plus grand secret, d'enregistrer une cassette vidéo pour alerter le monde entier. Leur gendre, Anatoli Verganski, servait d'opérateur. Plusieurs versions furent enregistrées sur des mini-cassettes. Le président apparaissait en pull-over et chemise à col ouvert, les bras croisés, le visage marqué par la fatigue, les yeux noirs. Son regard et ses expressions portaient le poids de l'épreuve qu'il était en train de subir : « Je suis en bonne santé. Tout ce qui a été annoncé par le camarade Ianaev est pur mensonge. Un crime contre l'État a été commis. La décision du camarade Ianaev d'assumer les fonctions de président est anticonstitutionnelle. J'exige une réunion du Congrès des députés. » Sortit un document de qualité médiocre entrecoupé de parasites. En enregistrant cet appel clandestin au deuxième soir de sa détention, Gorbatchev entendait non seulement montrer qu'il allait bien et déstabiliser les putschistes, mais aussi – et c'était important pour l'avenir – disposer d'une preuve tangible de son refus de « collaborer » avec la junte, quelles que soient les révélations des putschistes à l'occasion de leur procès pour crime contre l'État.

Gorbatchev utilisa plusieurs filières pour faire sortir sa déclaration. Raïssa donna des instructions très strictes. Elle confia une bande vidéo roulée dans un papier scotché à Tcherniaev, qui la transmit à Olga, l'assistante du président. Ses parents étant malades à Moscou, elle avait un bon prétexte pour quitter la datcha. Tcherniaev négocia alors un laissez-passer du nouveau chef de la sécurité. Le document caché dans sa culotte, la secrétaire franchit sans encombre les barrages de la garde. Une fois arrivée à Moscou, elle avait pour mission de remettre la cassette à la femme d'un éditorialiste proche de Gorbatchev.

La tsarine ne reprit ses esprits qu'en fin d'après-midi et se rendit compte que la détention de sa famille allait prendre fin. Certes les putschistes étaient arrivés, mais les amis de Boris Eltsine surtout avaient fait leur entrée dans la datcha.

Raïssa était méconnaissable ; le bras droit replié, la

main crispée, figée, elle avait l'air totalement déboussolé. Elle ne pouvait pas marcher sans aide. Ce n'est qu'une fois dans l'avion qui l'emmenait à Moscou qu'elle retrouva un peu de forces.

La pression avait été et demeurait terrible pour la tsarine, d'autant qu'elle avait joué un rôle considérable auprès de son mari. Elle le savait, et les putschistes ne l'ignoraient pas. D'ailleurs sans doute la rendaient-ils responsable, en partie du moins, du comportement de Gorbatchev.

Physiquement, c'est elle qui fut victime du putsch. Sans doute a-t-elle cru que les hommes de main du KGB étaient capables du pire. A-t-elle vraiment pensé qu'elle allait subir le destin des Ceausescu – une exécution après un procès sommaire – comme on l'a écrit ? Sans doute pas. Elle avait conscience depuis le début d'avoir affaire à un putsch des « ultras », non pas au nom d'une révolution « démocratique », mais d'une action conservatrice néo-stalinienne. Certes, les événements de Roumanie avaient démontré que le rôle du Parti et des services secrets de Bucarest avait été plus qu'ambigu, cependant la comparaison avec le destin de l'épouse du dictateur roumain ne tient pas. En fait, la junte au pouvoir, estimait Raïssa, pouvait être amenée à « supprimer » son mari ou, hypothèse guère plus rassurante, à le laisser en vie en le transformant en « zombie » à l'aide de quelques piqûres spécialement dosées. Raïssa savait bien qu'il y avait eu des précédents contre les opposants au régime, contre les dissidents…

Ce jour-là, la tsarine apparut plutôt comme un animal traqué, confrontée à un scénario qui lui échappait totalement. Un traumatisme intellectuel difficile à supporter lorsqu'on a eu durant six ans une telle influence au côté du dirigeant suprême de la deuxième puissance du globe.

Le couple présidentiel demeura encore trois mois au pouvoir. Gorbatchev perdit son poste au mois de décembre avec la disparition de l'URSS. Une nouvelle vie commença alors.

Raïssa accompagnait son mari dans ses voyages lorsqu'il partait donner des conférences, notamment dans les universités américaines. Pour chaque prestation, l'ancien président d'URSS reçoit quatre cent mille francs. Cependant, le couple ne profite guère de cette manne qui sert essentiellement à entretenir la fondation Gorbatchev. Encore récemment, les Gorbatchev se plaignaient d'avoir perdu toutes leurs économies dans la crise financière russe : quatre-vingt-neuf mille dollars.

Toujours estimés à l'étranger, les Gorbatchev n'ignoraient pas que s'ils sont du bon côté de l'Histoire, en Russie, l'homme de la rue leur reproche d'avoir brisé les fausses idoles et les rêves de grandeur.

La fatalité rattrape ce couple uni le 20 septembre 1999 quand Raïssa s'éteint doucement dans les bras de son mari suite à une leucémie.

Après ce décès, l'attitude des Russes envers Mme Gorbatchev a radicalement changé. Désormais (comme l'écrit le journal *Les Nouvelles de Moscou*), « elle est devenue une fierté de la Russie ». Le nom de Raïssa reste gravé dans l'Histoire.

Avant sa mort, la tsarine retrouva une dernière fois l'ambiance familière de ces pièces voûtées recouvertes de scènes religieuses. Ayant posé son regard sur le dais de bois sculpté garni d'émaux aux armes des provinces, elle murmura : « Nous avons tué le monstre totalitaire... » Puis, les yeux tristes, elle regarda se fermer derrière elle la grande porte recouverte d'or ciselé dont le fronton représente des animaux fantastiques.

La fille du tsar Boris

Après le putsch de 1991, certains crurent que l'Histoire allait s'arrêter. On espérait que l'influence occulte des tsarines allait disparaître avec la fin de l'empire soviétique. Il n'en est rien. Les traditions historiques ne s'anéantissent pas d'un coup.

Nous ne sortons pas seulement de quatre-vingts ans de communisme, mais de mille ans d'histoire sans société civile, sans partis politiques, sans parlement. L'exercice du pouvoir n'a jamais reposé sur la loi mais sur un système de règles bolcheviques ou sur la volonté du tsar, voire de la tsarine. La technique politique en Russie ne se refait pas.

Après la chute du mur de Berlin, comme dans *Fin de partie* de Beckett, on a vu réapparaître un décor vide dominé par des fantômes absurdes et vaniteux. Boris Eltsine, plus que jamais, renoua avec les traditions d'autrefois en faisant triompher les valeurs masculines au détriment de la « féminité » du couple Gorbatchev.

Dominateur, conflictuel, intransigeant, le tsar Boris privilégia les loisirs ancestraux russes des hommes virils. Amateur de bonne chère et de bon vin, il aimait accomplir les rites du *bania*. Avant sa maladie cardiaque de 1995, le chef du Kremlin en respectait les traditions : flagellation mutuelle à l'aide de branches de bouleau dans la vapeur, suivie de bain glacé et de galipettes dans la neige et pour conclure une bonne rasade de vodka ou de bière fraîche.

Cependant les détracteurs de Boris Eltsine avaient tort de penser que ces fredaines ou même son goût prononcé pour l'alcool allaient ternir l'image de marque de ce personnage pittoresque. À l'époque, au contraire, les sondages continuaient à grimper en sa faveur : il buvait et avait des « à-côtés » comme tout le monde.

Après son investiture, il continua bien sûr à pratiquer les rites du *bania*.

Ses courtisans se flattaient d'appartenir à ce réseau des bains où furent prises tant de décisions politiques majeures, notamment concernant la première guerre en Tchétchénie à la fin de l'année 1994. Le signe de l'appartenance à ce cercle d'initiés déterminait de nombreux avantages. Combien de promotions fulgurantes furent-elles ainsi décidées, combien de carrières brisées. Ne plus être invité révélait immanquablement la disgrâce.

Durant ce temps, Naïna l'épouse docile de Boris Eltsine s'efforçait de rester invisible. Quant à Eltsine, il tenait à souligner sa virilité jusqu'à la caricature : quand il rentrait chez lui, il se laissait déshabiller et même ôter ses chaussures par sa femme et sa fille (comme en témoigne son garde du corps).

Lorsqu'à la fin de l'année 1991 Eltsine devint le maître incontestable du Kremlin, Naïna préféra endosser la réserve des épouses effacées et presque invisibles de l'époque soviétique, comme le fut par exemple la femme de Leonid Brejnev. Suspicieuse, elle tint cependant à faire un inventaire détaillé des meubles des résidences officielles héritées des Gorbatchev. Le général Korjakov mit un certain temps à la convaincre que ses prédécesseurs n'avaient rien emporté. En revanche, selon la même source, elle-même s'appropria quelques meubles précieux en bois de Carélie installés dans l'appartement de fonction des Gorbatchev. Elle donna également l'ordre d'y arracher les éléments encastrés de la cuisine pour les mettre dans sa datcha.

Pendant les visites officielles, Naïna était tout le contraire de Raïssa. Effacée, elle semblait ne jamais être sûre d'elle. Sa hantise était de commettre des bévues.

Ce fut aux confins des années 1995-1996 que l'influence féminine devint déterminante dans la vie de Boris Eltsine. Il était devenu difficile pour l'entourage présidentiel de masquer les problèmes de santé contraignant le tsar à disparaître de la vie publique durant des périodes de plus en plus longues. Pratiquement tous les mois il faisait des séjours dans des sanatoriums ou des hôpitaux. Malgré cela, sa famille, inquiète pour l'avenir, le poussa à se représenter aux élections présidentielles de 1996.

Tatiana, sa fille cadette, avait appris lors d'un voyage à Paris que la fille du président français, Claude Chirac, avait des fonctions officielles à l'Élysée. Aussi décida-t-elle de suivre son exemple. Cependant son influence allait dépasser de loin celle de la jeune Française.

Tatiana instaura alors une sorte de régence *de facto* pour donner l'illusion du pouvoir en l'absence du tsar Boris. Elle tira les ficelles, et bien sûr fit avaliser ses décisions par son père. En cette période, son rôle fut maintes fois déterminant. Pendant la bataille électorale décisive du début 1996, elle fit venir des experts américains pour élaborer des conseils en relations publiques. Qui ne se souvient du tsar Boris twistant devant les caméras du monde entier pour prouver, sur les conseils de sa fille, qu'il était en forme malgré sa maladie ?

Tatiana ne s'est pas contentée de transformer l'image de moujik mal dégrossi qui collait à son père. En véritable tsarine, elle a surtout changé la hiérarchie des boyards et placé ses hommes partout. En mai 1996 elle obtint de son père l'impossible : le départ de son éminence grise Alexandre Korjakov et de son réseau. Pour ce faire, Tatiana a mis en première ligne son ami Anatoli Tchoubaïs qui fut d'abord chef de l'administration présidentielle puis devint l'homme fort du gouvernement. En 1998, Tatiana contribua au changement de deux Premiers ministres. Tchernomyrdine fut congédié et remplacé par Kirienko, lui-même disgracié au mois août.

Tatiana entretenait en fait au Kremlin un système d'organisation du pouvoir à mi-chemin entre Byzance et les derniers jours du règne de Nicolas II. Comme l'a constaté le général Lebed : « Eltsine a une confiance aveugle dans le jugement de sa fille. »

On s'attendait à chaque instant à voir disparaître le président ; dans ce théâtre de l'absurde, tout le monde annonce sa chute ; les communistes le traquent, les médecins prédisent sa fin. Grâce à Tatiana, il est toujours là.

En novembre 1996, cinq mois après son élection à la présidence de la Fédération de Russie, le tsar Boris dut subir un quintuple pontage du cœur : Tatiana insista pour faire cette opération malgré l'avis du « concile » des médecins russes et étrangers qui jugeaient Eltsine inopérable. Aussi des chirurgiens allemands se tinrent-ils prêts, en cas d'échec de l'opération à cœur ouvert, à effectuer une transplantation cardiaque. La tsarine s'opposa farouchement à ce que fussent diffusées des informations exactes sur l'état de santé de son père. (En Russie, on évoque d'ailleurs à ce propos l'exemple français de la maladie de François Mitterrand tenue secrète de longues années malgré la publication de nombreux bulletins de santé.)

Cœur, poumons, surdité d'une oreille, cirrhose, ulcère à l'estomac, cela fait beaucoup pour un seul homme : le tsar fut bientôt incapable de prononcer plus que quelques paroles. Pourtant, flanqué de sa fille et de ses Premiers ministres successifs, il a su rester sur la scène de cette Russie au bord du gouffre.

Née le 17 janvier 1960 à Iekaterinbourg, dans l'Oural profond, Tatiana, comme sa mère, est restée longtemps dans l'ombre. À l'école, elle était une petite fille modèle, rieuse et passionnée de mathématiques. Par la suite, elle entra à l'université de Moscou pour y étudier cette discipline. Sa mère, opposée à son départ, voulait qu'à l'instar de sa sœur elle fasse ses études dans son fief natal de l'Oural. Il vrai que la jeune fille se sentit vite seule dans la capitale moscovite. Elle regrettait la cour de son immeuble où vibraient les cris d'enfants. On n'hésitait pas, à l'époque, à sortir les tables, les bouteilles et les zakouski pour fêter ensemble la réussite à un examen de l'un, la promotion de l'autre. Cette nostalgie accentuée par la solitude face à l'immense océan de la vie moscovite la poussa vite à trouver un ami. Il y avait aussi l'aspect pratique : les amoureux trouvaient difficilement un endroit pour se rencontrer car les hôtels n'acceptaient pas les couples non mariés. Cet obstacle ne fut levé dans les grandes villes que quelques années après la perestroïka. Aussi Tatiana se maria-t-elle à l'âge de vingt ans. Après ses études, elle obtint un travail prestigieux au centre scientifique *Salut*, où elle était chargée du lancement des engins spatiaux. Malgré l'appartenance de son père à la haute nomenklatura, la jeune mariée dut affronter les tracas quotidiens. Comme ses consœurs elle accomplissait deux longues journées : son travail à l'extérieur puis chez elle. Aucun confort occidental n'était accessible ; la pilule était un luxe prescrit dans des conditions aberrantes et les crèches et les écoles ne furent jamais à la hauteur de ce que promettait la propagande.

Tatiana remarqua vite que dans la haute politique les femmes étaient quasi absentes. Certes, elles étaient assez nombreuses dans les niveaux intermédiaires du Parti, mais le conservatisme hérité de la Russie ancienne ne permettait pas de progression vers de véritables responsabilités. La disparition de l'idéologie communiste ne changea pas grand-chose à la condition féminine. Ce bond en arrière pouvait se mesurer dans le domaine électoral : aux législatives de 1993, le Parti des femmes ne remporta aucune circonscription, alors qu'en 1991, il avait obtenu vingt-six sièges au Parlement.

Tatiana décida donc de se faire une place, grâce à l'influence qu'elle exerçait sur son père. La perestroïka lui avait donné espoir. Néanmoins, à cette époque, elle n'était pas encore engagée dans la politique. Pendant les jours fatidiques du putsch d'août 1991, ni sa mère ni elle n'étaient aux côtés de Boris Eltsine pour organiser la résistance, demeurant cachées dans l'appartement d'un de leurs amis à Moscou. Tatiana n'était pas féministe à proprement parler, mais elle comprenait que la vie quotidienne devait changer. Elle avait dû affronter l'entourage misogyne de son père, comme par exemple son garde du corps Korjakov, qui ne se gênait pas pour l'apostropher lorsqu'il la voyait en tailleur pantalon au Kremlin.

En 1980, la jeune femme donna à son père une suprême satisfaction : l'héritier mâle qu'il avait tant désiré avoir. Le petit Boris ne devait jamais porter le nom de son père mais le prénom et le nom de son grand-père maternel. Le premier mariage de Tatiana fut un échec. Selon le vœu de son père, après son divorce, la fille du tsar effaça de ses tablettes le nom de l'époux volage. Dès lors, ni le père de l'enfant, ni ses grands-parents paternels n'eurent la possibilité de le revoir. Rancunier, Boris Eltsine, d'abord membre influent de la direction du PCUS, puis président de Russie, eut suffisamment d'influence pour agir à sa guise… L'héritier, devenu un jeune homme, a récemment été inscrit dans l'une des écoles les plus prisées de Cambridge, en Angleterre.

Pour le maître du Kremlin, le jeune Boris symbolisait l'avenir d'une dynastie dont il souhaitait être le fondateur. Le tsar a également un autre héritier mâle, Gleb, né du deuxième mariage de Tatiana. Le président a imposé ce prénom à sa fille parce que ce saint fut un martyr orthodoxe ! Alexeï Diatchenko, le dernier mari de Tatiana, préfère rester dans l'ombre. Cependant, ce prince consort n'hésite pas à faire valoir sa parenté avec le tsar Boris, pour assurer ses affaires dans le domaine de l'exportation des métaux non ferreux de l'Oural.

De 1992 à 1999, le pilier du système eltsinien fut un ami de la famille, Boris Abramovitch Berezovski. Après avoir miraculeusement échappé à plusieurs attentats, cet entrepreneur sulfureux devint, grâce à Tatiana, un véritable faiseur de roi. Sa fortune actuelle – constituée en moins de dix ans – est estimée par le journal américain *Forbs* à plus de trois milliards de dollars…

La tsarine a donc encouragé l'émergence du capitalisme oligarchique, système où les mêmes gens disposent du pouvoir politique, de la presse et de l'argent. L'argent donne le pouvoir, le pouvoir donne de l'argent et quand on a l'argent, on a encore plus de pouvoir.

La complicité entre Berezovski et le clan Eltsine se forgea étape par étape. Pour commencer, celui-ci eut la lumineuse idée en 1993 de faire éditer en Finlande les souvenirs du nouveau maître du Kremlin. L'affaire fut conclue par l'intermédiaire du « nègre » Valentin Youmachev, qui rédigea les *Mémoires* du président. Selon le général Korjakov, Berezovski versait mensuellement un à-valoir de quinze mille dollars à l'auteur, sans parler des petits cadeaux offerts à Tatiana : voitures Niva de son usine ou Chevrolet. Bientôt, il devint propriétaire des fleurons de l'industrie russe tels que Aeroflot (associé avec Okoulov, le gendre du président, mari de sa fille aînée Eléna), Lada (automobiles), ORT (première chaîne de télévision) ou Sibneft (compagnie pétrolière). Ce système était cependant subtil. Comme toujours en Russie, le tsar laissait faire son entourage tout en continuant à le tenir sous sa dépendance. Aussi Eltsine assura-t-il la fortune des oligarques pour qu'ils le soutiennent, notamment aux élections de 1996. Autrement dit, on prit l'argent de l'État pour l'offrir aux grands barons financiers. En dix ans, la fortune personnelle de chacun, toujours selon le même journal américain, a dépassé le milliard de dollars.

Dans les milieux financiers internationaux, tout le monde connaît leurs procédés. Sous forme de fausses factures, de contrats ou de prêts fictifs, l'argent converge encore vers Londres, Wall Street, Milan, Francfort ou Tokyo. Pris en charge par des sociétés financières ou commerciales tout à fait légales, il est réinjecté dans des circuits économiques ordinaires. Ces banquiers peu scrupuleux investissent dans l'immobilier, le tourisme en France, en Italie, en Espagne où l'augmentation de la présence des Russes sur la côte de Valence a entraîné la création d'un vol direct hebdomadaire entre Alicante et Moscou.

À Chypre, la langue étrangère la plus parlée n'est plus l'arabe mais le russe. Ces trois dernières années, la banque centrale de Nicosie a signé plus de trois mille cinq cents autorisations de sociétés *off-shore* pour des hommes d'affaires d'Europe de l'Est, dont plus de la moitié arrivent avec des valises bourrées de millions de dollars provenant du trafic de drogue ou d'armes. Dans un rapport publié après deux ans d'investigations, le Centre américain d'études stratégiques et internationales chiffre à un milliard de dollars par mois les transferts de fonds illicites de la Russie vers Chypre. Depuis deux ans ces nouveaux Russes ont fait une entrée remarquée sur la Côte d'Azur en investissant des centaines de millions dans l'immobilier, l'hôtellerie, l'import-export. Certains exhibent leurs bijoux, montres serties de diamants, vêtements griffés, jets privés, voitures de grand luxe.

Berezovski nie avoir contribué à la fortune des Eltsine. Il faut dire que l'épouse du président, comme sa fille Tatiana, n'est pas friande de bijoux et de fourrures de prix. Leurs manteaux d'astrakan achetés en Suède (de marque Saga Selected) ne coûtent que cinq mille dollars, une bagatelle comparé au luxe tape-à-l'œil des nouveaux Russes. Aux grands couturiers occidentaux prisés par Raïssa Gorbatchev, elle préfère le couturier russe Valentin Judachkine. Elle ne porte pratiquement pas de bijoux en or et n'utilise pas de cosmétiques. En revanche, le journal moscovite *Profil* (n° 33-1998) précise que Tatiana possède personnellement plusieurs propriétés : un château en Bavière, une villa luxueuse dans le midi de la France, d'une valeur de onze millions de dollars, sans parler d'une datcha sur le mont Nikolina qui domine la vallée verdoyante de la Moscova (selon le journal *Sobecednik* son prix s'élèverait à un million de dollars). Les sources françaises confirment que deux villas luxueuses sur la Côte d'Azur appartiennent à l'ami de Tatiana, Berezovski. Le nom de Tatiana apparut aussi dans l'affaire du blanchiment de sommes colossales d'argent russe (de dix à quinze milliards de dollars) par la Bank of New York. Selon la direction de cette banque, le mari de Tatiana, Alexeï Diatchenko, a déposé deux millions et demi de dollars dans une filiale de cette banque dans une zone *off-shore*.

L'enquête sur la société suisse Mabetex mettrait aussi en cause les deux filles d'Eltsine. Selon le *Corriere della Sera*, Eltsine et ses deux filles auraient eu à leur disposition au siège même de Mabetex des cartes de crédit à leurs noms, utilisées dans des magasins de luxe.

Que reste-t-il de la petite fille modèle qui rêvait aux odyssées de l'espace en faisant des équations sur les boulevards ensoleillés de Moscou ?

Mais à partir de l'apparition du Premier ministre Primakov en septembre 1998, Tatiana n'a plus semblé avoir le vent en poupe. En effet, la lutte contre la corruption fut le terrain de prédilection de ce Premier ministre réputé pour son intégrité. Aussi lança-t-il un assaut contre Boris Berezovski dont la fortune et les multiples passeports font aujourd'hui scandale en Russie. Pour Primakov, Berezovski était l'homme à abattre. Cependant, en mai 1999, Primakov fut limogé et Berezovski, avec le soutien de Tatiana, est sorti triomphant de cette épreuve de force (voir annexe). La démission de son père en décembre 1999 changea la vie de Tatiana.

La lutte pour la survie et la trahison, l'argent facile et le pouvoir, tous les ingrédients des drames russes sont présents dans ce tableau. Une ultime épreuve attendait Tatiana à sa sortie du Kremlin. Quittant le bureau n° 262 qu'elle occupa à la présidence, sans même jeter un coup d'œil sur les reliques, les icônes et les calices plus somptueux les uns que les autres, la jeune femme monta dans sa Mercedes noire, aux côtés de ses gardes du corps. Elle demanda au chauffeur d'allumer la radio. Lorsqu'elle entendit la voix rauque d'Alexandre Soljénitsyne, son visage se crispa : « J'ai refusé de recevoir, disait l'écrivain, l'ordre de Saint-André [dont il fut décoré pour son 80e anniversaire] des mains de Boris

Eltsine. » Il poursuivit en prophète : « Comment le caractère national russe, ou ce qu'il en reste, ce qui n'a pas été entièrement saccagé pourrait-il résister à cette décomposition ? Par quel résidu de magnanimité, de compassion vivante pour le malheur d'autrui (quand on y est soi-même confronté) ? Et surtout, surtout, comment protéger les enfants de cette perversion corrompante, insolente, triomphante ? »

Rue Tsverskaïa, la voiture passa devant l'enseigne lumineuse d'un night-club où, dans une atmosphère électrique, défilent des filles à vendre venues de tous les horizons. Avec leurs yeux bruns ou bleus sans fond, leurs pommettes asiates, leur peau nue sous leurs manteaux de fourrure, elles représentent pour les étrangers le symbole du règne de Eltsine. Plus loin, la limousine s'arrêta pour laisser passer une procession précédée de l'iconostase de l'Assomption ornée de pierreries.

Parmi le cortège, un homme en manteau gris dit avec tristesse : « Notre vie ressemble de nouveau à ces films soviétiques, longs, ennuyeux et pénibles. » Ainsi en quelques mots fut décrit le bilan du règne de Tatiana.

Quel destin difficile que celui d'être tsarine en Russie.

Ce pays n'a probablement tenu aussi longtemps que grâce aux femmes. Tsarines ou simples Russes, leurs destins passionnés ont été forgés par l'histoire même de ce pays. Et d'Ivan le Terrible à nos jours elles ont aidé les hommes à survivre dans un environnement hostile.

Les tsarines ne nous font pas seulement faire un voyage dans le temps et dans l'espace des palais étincelants de Saint-Pétersbourg d'avant la Révolution au Kremlin d'aujourd'hui. Elles nous incitent aussi à méditer sur la métaphysique de l'exercice du pouvoir politique.

Si, après vingt-cinq ans de carrière diplomatique, j'ai décidé de publier ce livre, c'est avant tout pour saluer ces femmes qui furent de grandes inspiratrices.

Leur influence sur les affaires d'État fut parfois plus étonnante encore que celle des autocrates eux-mêmes. En ce monde impitoyable construit autour du pouvoir absolu, elles ont su apporter le réconfort aux âmes tourmentées des tsars. Cet ouvrage est aussi un éloge à la gloire de la force de caractère des femmes qui, mieux que les hommes, savent affronter les coups du destin pour repartir parfois à zéro, et se battre pour gagner le bonheur de ceux qu'elles aiment.

Plus que tous les secrets politiques, l'énigme féminine me subjugua. L'amour meurt comme il naît, pour subsister dans la mémoire. Comme l'a dit Gorbatchev au chevet de Raïssa mourante : « Finalement, qu'y a-t-il eu dans ma vie ? Cette rencontre avec elle au printemps, et un rêve infini… »

À travers ces histoires se pose un problème sur l'avenir de mon pays. Quelle Russie triomphera ? Celle de Tatiana ou celle de Soljénitsyne ? Une troisième reste-t-elle à inventer ? Nombreux sont ceux qui n'acceptent pas cet état de choses et veulent redonner à la Russie sa fierté. Il est grand temps, si on veut vraiment l'aider à sortir non seulement du communisme, mais des conséquences du communisme, de se décider à analyser la Russie telle qu'elle est.

À un problème totalement original, seule une solution originale peut convenir. Et cette solution doit prendre en compte tout le poids de cette Russie éternelle passée à travers les filets de soixante-dix années de communisme.

La force de caractère des tsarines me rend un brin d'optimisme quant à l'avenir. En racontant ces histoires parfois violentes et tragiques, je ne recherche pas le plaisir impie de diminuer mon pays. Si je croyais irrémédiable cette déchéance mouvementée, je me tairais. Je parle librement parce que je suis persuadé du contraire. Le regard de ces femmes d'exception, qui nous vient de la profondeur des siècles, est le meilleur gage de l'avenir dans cette Europe, de l'Atlantique à l'Oural.

Mais en attendant le 31 décembre 1999, Vladimir Poutine, nouvel homme fort du Kremlin, s'était envolé avec sa jeune et discrète « tsarine » Lioudmila sur le front en Tchétchénie pour partager avec sa troupe son réveillon...

Lioudmila Poutine sera-t-elle une femme effacée à la mode soviétique ou une égérie politique, comme le furent au cours des siècles un grand nombre des tsarines mythiques de la Russie éternelle ?

C'est le 31 décembre 1999 que Lioudmila a appris la démission d'Eltsine et la nomination de son mari. Sentant que sa vie personnelle était finie, la première dame de la Fédération de Russie a longuement pleuré.

La nouvelle tsarine semblait peu à l'aise au théâtre Marinski de Saint-Pétersbourg, en compagnie de Tony Blair et de son épouse. Mais que peut-elle faire d'autre qu'apporter le réconfort à l'âme tourmentée de ce nouveau tsar qui a tant de choses à affronter, la corruption, la guerre, la crise financière et le désarroi de ses compatriotes ?

Elle n'a jamais douté que cet homme soit capable de braver les plus grands paris : « J'ai toujours pensé, dit-elle, qu'avec Volodia, quelque chose comme cela pouvait arriver. »

La plus jeune tsarine, depuis la régente Sophie, demi-sœur de Pierre le Grand, est prête à assumer son destin.

Annexe

Qui a gouverné en Russie ?
(Membres de l'entourage de Tatiana Diatchenko,
fille cadette de Boris Eltsine)

Boris Berezovski, président du groupe Logovaz, âgé de cinquante-trois ans, s'est bâti en moins de dix ans une fortune personnelle évaluée entre trois et quatre milliards de dollars. Il contrôle le constructeur automobile Avtovaz, une partie des médias (les chaînes de télévision ORT et TV6, un groupe de presse écrite comprenant notamment *Nezavissimaya Gazeta*, *Novie Izvestia*, *Kommersant* et *Ogoniok*), la compagnie aérienne Aeroflot, de nombreux intérêts immobiliers ou industriels, et enfin l'énergie. En 1998, Berezovski a acquis Sibneft, importante société pétrolière sibérienne. En s'associant avec le groupe Menatep, cela lui a permis de créer Yuski : la première société pétrolière russe.

Surnommé le Méphistophélès de la Russie soviétique, Berezovski a su se rendre indispensable à Boris Eltsine et à sa famille. En bâtissant leur fortune privée, mais aussi en leur fournissant des collaborateurs comme Roman Abramovitch et Alexandre Volochine, ainsi que de nombreux contacts en Occident.

En janvier 1999, il fut accusé de blanchiment d'argent à travers sa filiale Andava, chargée des paiements internationaux d'Aeroflot. Cette société étant de droit suisse, l'affaire risquait de déboucher sur un mandat d'arrêt international. Berezovski tint tête, fit annuler les poursuites et surtout obtint la destitution de Primakov en pleine guerre du Kosovo.

Roman Abramovitch, âgé de trente-trois ans, protégé de Berezovski, a été placé à la tête de Sibneft, la principale composante de la société pétrolière Yuski. Excellent gestionnaire, il aurait pour mission de créer un « groupe financier parallèle », doublant Logovaz, afin de désarmer les accusations de mainmise sur les richesses nationales. Dans la presse, il passe pour avoir pris en charge la plupart des dépenses courantes de la famille Eltsine.

Alexandre Volochine, quarante-trois ans, ingénieur des chemins de fer, a fait sa carrière dans diverses entreprises du groupe Logovaz. « Prêté » au Kremlin en 1997, il dirige depuis le mois de mars dernier l'administration présidentielle, État dans l'État contrôlant les organes vitaux de la Fédération russe. Il coordonne les opérations visant à neutraliser puis à éliminer Primakov, mais aussi le quadrillage des grandes entreprises au profit de la famille Eltsine. Volochine passe pour avoir mis au point la « stratégie du jeune premier » : le successeur d'Eltsine doit être un homme jeune et séduisant, disposant de tous les leviers de commande économiques. un rôle confié d'abord à Sergueï Kirienko en 1998, et aujourd'hui à Poutine.

Vladimir Poutine, Premier ministre depuis le mois d'août 1999, ce vétéran de l'ex-KGB a eu pour mission d'organiser les élections législatives de décembre 1999 et la présidentielle de 2000. Au-delà de la préservation des intérêts de la famille Eltsine après le départ du premier président russe, il a annoncé qu'il veut lui-même devenir chef du Kremlin.

Âgé de cinquante-deux ans, *Pavel Borodine* fut l'un

des hommes les plus puissants de Russie. Depuis 1993, il fut en effet le secrétaire général inamovible de la présidence. À ce titre, il administra les services, les entreprises et les domaines qui dépendaient autrefois de la direction du parti communiste : plus de deux cents organismes ou sociétés, et de cent mille employés. Ces fonctions lui auraient permis d'attribuer à sa guise d'importants contrats d'équipement et d'assurer, à travers divers pots-de-vin et avantages, la fortune personnelle des Eltsine. Il était aussi candidat au poste de maire de Moscou contre Youri Loujkov. Il fut limogé par Poutine.

Anatoli Tchoubaïs a détenu, depuis 1991, plusieurs ministères importants et a même été Premier ministre adjoint. Libéral bon teint, estimé par les Occidentaux, il a été le maître d'œuvre des privatisations russes jusqu'en 1998. Il vient d'être nommé à la tête d'EES Rossii, la compagnie nationale d'électricité. Deux atouts sur le plan politique : il a organisé la réélection d'Eltsine en 1996 et assuré l'ascension de Vladimir Poutine.

Valentin Youmachev, journaliste de quarante et un ans, a d'abord été le nègre d'Eltsine dont il a rédigé les mémoires et de nombreux discours. En 1993, il organisa les premiers contacts entre le président et Berezovski (qui allait être le premier commanditaire des Mémoires). Il devint ensuite le conseiller le plus proche de Tatiana, au point que l'on parle à Moscou, en utilisant leurs diminutifs respectifs, du « couple Tania et Valia ». En 1997 et en 1998, il fut directeur de l'administration présidentielle.

Elena Okoulova, sœur aînée de Tatiana avec laquelle elle est d'ailleurs brouillée, joue un rôle plus effacé. Mais son mari Valery Okoulov est le président d'Aeroflot, la compagnie aérienne nationale dont Berezovski est un des principaux actionnaires.

Begghet Pakolli, Albanais du Kosovo, dirige Mabetex, une société basée à Lugano, en Suisse, chargée de travaux de rénovation extrêmement coûteux à Moscou : la restauration du Kremlin mais aussi la reconstruction de la Maison-Blanche, ancien siège du Parlement, détruite en 1993, et les bureaux centraux du gouvernement.

Ces contrats, d'un montant total de trois cent trente-cinq millions de dollars, auraient été négociés moyennant des pots-de-vin versés à l'entourage d'Eltsine.

L'affaire fut dévoilée par le procureur Skouratov en janvier 1999. En août, les autorités suisses confirmèrent une partie des suspicions. Trois cartes de crédit, aux noms de Boris Eltsine et de ses deux filles, furent saisies au cours d'une perquisition surprise au siège de Mabetex. En fait, la carte au nom du Président n'a jamais été utilisée par Eltsine lui-même mais par ses filles.

Cet exemple est révélateur des procédés financiers en vogue en Russie. En réalité, il s'agit d'une sorte d'escroquerie du siècle, sans précédent dans l'histoire économique mondiale, car entre quinze et vingt milliards de dollars par an sortent illégalement de Russie.

Bibliographie

AKSAKOV S.T., *Une chronique de famille*, Paris, Gallimard, 1946.

ALEXANDROV V., *Les Mystères du Kremlin*, Paris, Fayard, 1962.

ANNENKOVA Pauline, *Souvenirs de Pauline Annenkova*, Paris, Éditeurs français réunis, 1976.

BANNOUR Wanda, *Les Nihilistes russes*, Paris, Anthropos, 1978.

BAYNAC Jacques, *Le Roman de Tatiana*, Paris, Denoël, 1985.

BIENSTOCK J.W., *Histoire du mouvement révolutionnaire*, 1790-1894, Paris, Payot, 1920.

BRUPBACHER Fritz, *Michel Bakounine ou le Démon de la révolte*, Paris, Éd. du Cercle, Éd. de la Tête de feuilles, 1970.

CARRÈRE D'ENCAUSSE H., *Lénine*, Paris, Fayard, 1998.

CUSTINE, marquis de, *Lettres de Russie*, Paris, Éditions de la Nouvelle France, 1946.

—, *La Russie de 1839*, Bruxelles, Wouters, 1843.

DURAND-CHEYNET C., *Dernière Tsarine*, Paris, Payot, 1998.

FAURE Christine, *Quatre femmes terroristes contre le tsar*, Paris, François Maspero, 1978.

FENNER Jocelyne, *Les Terroristes russes*, Paris, Éditions Ouest-France, 1989.

FERRO Marc, *Nicolas II*, Paris, Payot, 1990.

FIGNER Véra, *Mémoires d'une révolutionnaire*, Paris, Denoël-Gonthier, 1973.

FUNK V.V., NAZAREVSKI B., *Histoire des Romanov, 1613-1818*, Paris, Payot, 1930.

GALITZINE princesse Véra, *Réminiscences d'une émigrée*, Paris, Plon, 1924.

GOLOVINE princesse Varvara N., *Souvenirs de la comtesse Golovine, née princesse Galitzine*, Paris, Plon, 1910.

GORBATCHEV M., *Mémoires*, Monaco, éditions du Rocher, 1996.

GRATCHEV A., *La Vraie Histoire de la fin de l'URSS*, Monaco, éditions du Rocher, 1992.

GRUNWALD Constantin de, *Alexandre Ier, le tsar mystique*, Paris, Amiot-Dumont, 1955.

—, *Société et Civilisation russes au XIXe*, Paris, Le Seuil, 1975.

—, *Le Tsar Alexandre II et son temps*, Paris, Berger-Levrault, 1963.

—, *La Vie de Nicolas Ier*, Paris, Calmann-Lévy, 1946.

HERZEN Alexandre, *Mémoires d'un proscrit*, Genève, Ch. Grasset, 1946.

KROPOTKINE prince Pierre, *Autour d'une vie*, Lausanne, La Guilde du livre, 1972.

LECOMTE Bernard, *Le Bunker*, Paris, Lattès, 1994.

LEFFLER Anne-Charlotte, *Souvenirs d'enfance de Sophie Kovalewski écrits par elle-même et suivis de sa biographie*, Paris, Hachette, 1907.

LEROY-BEAULIEU Anatole, *L'Empire des tsars et les Russes*, Paris, Laffont, coll. Bouquins, 1938.

MARIE DE RUSSIE, grande-duchesse, *Éducation d'une princesse*, Paris, Stock, 1934.

MEDVEDEV V., *Dans l'ombre de Brejnev et Gorbat-chev*, Paris, Plon, 1992.

MOUROUSY Paul, *Alexandre Ier, un sphinx en Europe*, Monaco, éditions du Rocher, 1999.

NIKOLAS MIKHAÏLOVITCH, grand-duc, *Le Tsar Alexandre Ier*, Paris, Payot, 1931.

NOTOVITCH Nicolas, *L'Empereur Alexandre III et son entourage*, Paris, Paul Ollendorf, 1895.

PALÉOLOGUE Maurice, *La Russie des tsars pendant la Grande Guerre* (3 volumes), Paris, Plon, 1921-1922.

—, *Roman tragique de l'empereur Alexandre II*, Paris, Plon, 1923.

PALEY princesse, *Souvenirs de Russie*, Paris, Plon, 1923.

PORTER Cathy, *Pères et filles, femmes dans la révolution russe*, Paris, Éditions des Femmes, 1978.

RADZIWILL princesse Catherine, *Alexandra Féodorovna, la dernière tsarine*, Paris, Payot, 1934.

—, *La Malédiction sur les Romanov*, Paris, Payot, 1934.

—, *Nicolas, le dernier tsar*, Paris, Payot, 1933.

RIAZANOVSKI Nicolas V., *Histoire de Russie des origines à 1984*, Paris, Laffont, coll. Bouquins, 1987.

SPIRIDOVITCH général Alexandre, *Les Dernières Années de la cour à Tsarskoïe-Sélo* (deux volumes), Paris, Payot, 1928-1929.

—, *Histoire du terrorisme russe 1886-1917*, Paris, Payot, 1930.

TROYAT Henri, *Alexandre Ier, le sphinx du Nord*, Paris, Flammarion, 1980.

—, *Alexandre II, le tsar libérateur*, Paris, Flammarion, 1990.

—, *Les Terribles Tsarines*, Paris, Grasset, 1998.

VASILI comte Paul, *La Société de Saint-Pétersbourg*, Paris, Nouvelle Revue, 1886.

VOLKOV prince Alexis, *Souvenirs d'Alexis Volkov, valet de chambre de la tsarine Alexandra Féodorovna, 1910-1918*, Paris, Payot, 1928.

VOLKOFF Vladimir, *Les Faux Tsars*, Paris, De Fallois, 1992.

WOLKONSKY princesse Marie, *Mémoires de la princesse Marie Wolkonsky*, Saint-Pétersbourg, Expédition pour la confection des papiers d'État, 1904.

ZAVARZINE général P., *Souvenirs d'un chef de l'Okhrana, 1900-1917*, Paris, Payot, 1930.

Ouvrages en russe

CHACHKOV S., *Istoria rousskoï jenchtchiny (Histoire de la femme russe)*, Saint-Pétersbourg, A.S. Souvorine, 1879.

LICHATCHEVA S., *Materialy po istorii jenskogo obrazovania v rossii (Matériel pour étudier l'histoire de l'instruction féminine en Russie)* (4 volumes), Saint-Pétersbourg, 1890-1899.

PEROVSKI Vassili, *1 marta 1881 goda : kasn imporatora Aleksandra II (1er mars 1881 : exécution de l'empereur Alexandre II)*.

TIOUTCHEVA A.F., *Pri drovedvoukh imperatorov (À la cour de deux empereurs)*, Moscou, S. Sabachnikov, 1928.

Table

Table

Du même auteur :

AUX ÉDITIONS DU ROCHER

Le Roman du Kremlin, 2004.
Le Roman de la Russie insolite, 2004.
Diaghilev et Monaco, 2004.
Le Roman de Saint-Pétersbourg, 2003.
L'Histoire secrète des Ballets russes, 2002.
Les Tsarines, 2000.

CHEZ D'AUTRES ÉDITEURS

La Guerre froide, Mémorial de Caen, 2003.
La Fin de l'URSS, Mémorial de Caen, 2002.
De Raspoutine à Poutine, les hommes de l'ombre,
    Perrin-Mémorial de Caen, 2001.
Le Retour de la Russie (en collaboration avec Michel
    Gurfinkiel), Odile Jacob, 2001.
Le Triangle russe, Plon, 1999.
Les Deux Sœurs, Lattès, 1997.
Le Département du diable, Plon, 1996.
Les Égéries romantiques (en collaboration avec Gon-
    zague Saint-Bris), Lattès, 1995.
Les Égéries russes (en collaboration avec Gonzague
    Saint-Bris), Lattès, 1993.
Histoire secrète d'un coup d'État (en collaboration
    avec Ulysse Gosset), Lattès, 1991.
Histoire de la diplomatie française, Éditions de l'Aca-
    démie diplomatique, 1985.

Composition réalisée par PCA

Achevé d'imprimer en mars 2006 en France sur Presse Offset par

BRODARD & TAUPIN

GROUPE CPI

La Flèche (Sarthe).
Dépôt légal 1ʳᵉ publication : mars 2006
N° d'imprimeur : 34198 – N° d'éditeur : 67890
LIBRAIRIE GÉNÉRALE FRANÇAISE – 31, rue de Fleurus – 75278 Paris cedex 06.

31/1086/3